I.

Südlich von Rom, in einem heruntergekommenen Anwesen an der Via Nettunense, zanken sich zwei Jungen.

Jaime ist achtzehn. Ramon zweiundzwanzig. Die Narbe auf seiner Stirn besagt, dass er das Kommando hat. In der *Pandilla* aus dem Giardinetti-Viertel ist er der Ranghöchste. Jaime schuldet ihm Gehorsam und Respekt.

Zwei unruhige und hungrige junge Hunde. Untersetzt, muskulös, voller Tattoos.

Die Straße war ihre Schule. Um in die Bande aufgenommen zu werden, mussten sie Gesichter zerschneiden, zustechen, Feinde verprügeln, und auch ihre Gesichter sind zerschnitten worden, auf sie ist eingestochen und auch sie sind verprügelt worden. Sie haben Knochen gebrochen und Gesichter zerschnitten, sie haben sich mit Gewalt Respekt verschafft.

Aber so etwas haben sie noch nie erlebt. Niemals.

Auf dem Boden eines ehemals großen Aufenthaltsraumes, zwischen Gerümpel und verrosteten Nägeln, liegt ein Mädchen.

Ihre Augen sind geschlossen, und von ihrem winzigen, in eine Decke eingewickelten Körper, auf dem sich rote Blutflecken und weitere undefinierbare Flecken befinden, steigt ein säuerlicher Geruch auf. Tiefe Rillen in der weißen Haut, und unter den Fesselungsknoten, die aus merkwürdigen bunten Schnüren bestehen, sieht man ein Netz aus blauen Flecken und Schnitten.

Der, der sie so zugerichtet hat, hat viel Zeit und Energie dafür aufgewendet.

„Das ist das Werk eines Verrückten“, sagt Jaime, der Verrückte hasst.

„Das ist nicht unser Problem, *hermano*“, antwortet Ramon.

„Nicht? Ramon, die *puta* krepiert.“

„Na und?“

„Das gefällt mir nicht, gehen wir.“

„Zuerst der Job, *hermano*.“

„Was für ein Job?“

„Der da.“ Grinsend holt Ramon eine Machete hervor. Er geht zum Mädchen hin und macht Jaime ein Zeichen, er möge ihm folgen. „Los, hilf mir. Wir erledigen das und dann fahren wir nach Hause.“

„Was hast du vor?“

„Was glaubst du?“

Schwer atmend umrundet Ramon den Köper des Mädchens. Er hält inne und hebt die Klinge, wie um zu zielen. Jaime begreift, was er von Anfang an geahnt hat, jedoch nicht glauben wollte.

Der Job. Die *chica* zerstückeln. Wie man es in TV-Serien sieht, wie man es in den Erzählungen der Alten hört, die sich noch an die Todesschwadronen unten im fernen Salvador erinnern.

Brechreiz steigt aus seiner Speiseröhre auf. Er hat zugestochen, zugeschlagen, zugehauen. Doch noch nie getötet. Bis jetzt. Gut, es gibt immer ein erstes Mal. Aber das bedeutet nichts. Tja, wenn Raufereien an der Tagesordnung sind, kann schon mal einer ins Gras beißen. Und die Verteidigung des Territoriums ist heilig, wie auch die Verteidigung deiner Familie, deiner Brüder, deiner Frau. Doch es muss einen Grund geben, sonst ist es nur *locura*, Wahnsinn.

Mit ganzer Kraft unterdrückt Jaime den Brechreiz und macht einen Schritt in Richtung seines Freundes. Er muss Zeit gewinnen.

„Warte.“

„Was ist?“

„Und was machen wir mit der … Leiche?“

„Stimmt. Geh zum Lastwagen und hol die Müllsäcke."

„Ramon …"

„Hast du Angst?"

„Ramon, sag mir wenigstens, warum!"

„Was warum?"

„Das! Wegen dem Geld? Unsere Geschäfte laufen gut, wir brauchen kein Geld."

„Es geht nicht ums Geld. Wir tun einem großen Tier einen Gefallen. Jemandem, der uns helfen kann, selbst groß zu werden."

„Wem?"

Ramon gibt einen wilden Fluch von sich. Wenn er bei Pater Rodriguez zur Beichte geht, muss er sich daran erinnern: Flüche sind eine Sünde und bringen Unheil, wie seine *mamita* immer sagt. Jaime übertreibt wieder einmal! Ein Weichei ohne *cojones*. Wäre er nicht der Neffe von Hernan, *el lobo*, einer Bandenlegende, würde er dafür sorgen, dass er der *chica* Gesellschaft leistet.

„Du gehst mir auf die Nerven, *amigo*. Hol die Säcke und beenden wir die Sache!"

Er hebt die Machete, um den ersten Schlag zu führen, und während Jaime resigniert und in heller Panik die Augen zusammenkneift, um sich zumindest den Anblick des Massakers zu ersparen, verspürt Ramon einen heftigen Schlag und die Machete fliegt davon. Eine laute, heisere Stimme brüllt: „Halt, Polizei, auf den Boden, oder ich bringe euch um!"

„Nicht schießen!", schreit Jaime, legt die Hände auf den Kopf und seufzt erleichtert.

Ramon zögert einen Augenblick. Aber nur so lange, wie er braucht, um einen massigen Typ mit weißen Haaren – *carajo*, ein Alter! – zu erblicken, der jedoch mit beiden Händen eine Halbautomatische hält, danach folgt er dem Instinkt. Er springt zur Seite, zieht gleichzeitig ein Messer aus der an der Achsel befestigten Scheide und schleudert es wie ein wahrer Messerwerfer auf die bewaffnete Silhouette.

Der *pistolero* sieht die Gefahr, bückt sich, um dem Messer auszuweichen, verliert dabei das Gleichgewicht und geht mit dem Gesicht voran zu Boden. Mit einer schnellen Bewegung verhindert er, dass ihm die Pistole entgleitet. Ein Schuss löst sich, der an der Decke verhallt.

Ramon überlegt, die Situation auszunutzen. Immerhin ist er jünger und kampfgeschult. Doch der Typ sieht aus wie ein Profi und hat eine Pistole. Außerdem hat er sich als Polizist ausgewiesen und ist vielleicht nicht allein, sondern wartet auf Verstärkung. Zum Teufel mit dem Job, sagt sich Ramon, das ist eine Falle, offenbar hatte Jaime, dieser Hosenscheißer, recht. Er rennt zur Tür und schreit seinem Freund zu, er solle ihm folgen.

Doch Jaime denkt gar nicht daran. Er bleibt auf dem Boden liegen, nur wenige Zentimeter von dem röchelnden Mädchen entfernt, das kurz davor ist zu krepieren. Ein Grund mehr, nichts mit dieser Geschichte zu tun zu haben. „Nicht schießen, ich ergebe mich, ich ergebe mich", sagt er immer wieder, eine müde Litanei.

Der Typ mit der Pistole ist aufgestanden. Er betrachtet den Jungen, der heulend am Boden liegt. Draußen hört man Motorengeräusch. Der Kumpan haut ab. Der Typ sagt sich, ich bin ein Idiot, ich hätte die Reifen des Lastwagens aufschlitzen sollen, doch jetzt ist es zu spät.

Fürs Erste sichert er den Tatort. Mit den Plastikhandschellen, die er immer dabeihat, fesselt er den Jungen an Händen und Füßen.

„Eine Bewegung und ich bringe dich um."

Dann geht er zu ihr. Er hebt ihren Kopf an. Ihre Augen sind weit aufgerissen, doch sie ist nicht im Koma. Wahrscheinlich steht sie unter Schock, denkt er und weiß, dass er sich nicht irrt. Immerhin hat er eine gewisse Erfahrung. Seit zehn Jahren arbeitet er auf der Straße. Sie wird sich erholen, aber im Augenblick kann man sie nicht befragen. Er flüstert ihr tröstende Worte zu. Sie scheint nicht zu verstehen. Vielleicht ist sie Ausländerin, der Hautfarbe nach kommt sie aus dem Osten. Eine Hure? Zu früh, um das zu sagen. Außerdem ist das im Augenblick nicht wichtig. Mit ruhigen, vorsichtigen Bewegungen befreit er sie von der schmutzigen Decke. Sie ist nackt. Nackt und voller Wunden. Er zieht seine Jacke aus und bedeckt damit den mageren Oberkörper, er streicht ihr eine Haarlocke aus der Stirn, sie glüht vor Fieber, ihre Lippen sind aufgesprungen, und er hat nicht einmal einen Tropfen Wasser bei sich. Mitleid und Gewalt überwältigen ihn. Er betrachtet den gefesselten jungen Mann, am liebsten würde er ihm die Rippen brechen. Er hält sich nur deshalb zurück, weil er in einem peripheren Bereich seines Gehirns eine Tatsache zur Kenntnis nimmt, die er erst jetzt, mit etwas Verspätung, verarbeiten kann.

Er konzentriert sich wieder auf das Mädchen, schiebt die Jacke beiseite und schaut genauer. Die Knoten. Die Knoten und die bunten Bänder. Die Art, wie sie angeordnet sind.

Er macht ein paar Handyfotos. Dann nimmt er ihre Hand und streichelt ihr über das Haar. Seine raue Stimme ist zärtlich und tief. Er beginnt ganz leise zu singen, als ob sein Gesang den sinnlosen Schmerz lindern könnte.

Er heißt Gianni Romani, früher trug er den Spitznamen Biondo. Er ist Polizeikommissar. Er ist hier, weil Pulce, ein Informant, ihm den Tipp gegeben hat, dass sich in dem alten Anwesen zwielichtige Gestalten herumtreiben.

Er ist gekommen, um sich umzusehen, insgeheim und mit der Hoffnung, einen kleinen Dealer zu erwischen.

Doch nun steht er seiner Vergangenheit gegenüber.

Mit einem hinterhältigen Grinsen wendet er sich an den gefesselten Jungen. „Wir beide unterhalten uns jetzt."

II.

„Herr Doktor, erinnern Sie sich an die Wissenschaftlerin, die mit den Gorillas zusammenlebte, die von Wilderern umgebracht wurde?"

„Dian Fossey?"

„Genau.

„Haben Sie geträumt, Dian Fossey zu sein?"

„Aber nein, ich habe geträumt, ein Gorilla zu sein."

„Ein Gorilla?"

„Ich war ein prächtiger Bursche, groß und mächtig, mit riesigen Muskeln ..."

„Wirklich interessant. Ein Männchen? Ich frage Sie, weil Sie ‚ein Bursche' sagten."

„Tatsächlich. Männlich. Ja, männlich."

„Reden Sie bitte weiter."

„Also. Ich flüchte vor ... keine Ahnung, ich glaube, vor Jägern ... mit einem Wort, sie sind hinter mir her, ich höre Schüsse, sie schießen, aber ich bin nicht verletzt. Ich bin in einer Art Wald, dann befinde ich mich plötzlich auf ... einer Art Klippe, und darunter ist das Meer, Felsenklippen, und das Meer schäumt, kocht. Ich würde sagen, eine bretonische Landschaft, oder vielleicht die Maremma im Winter."

„Und weiter?"

„Dann falle ich. Eigentlich fliege ich. Typisch, oder?"

„Interessant."

„Während ich fliege, falle, oder was auch immer, stelle ich fest ... dass unten, auf einem Strand mit ganz feinem, weißem Sand – ich kann sogar die glitzernden Körnchen sehen, die in der Sonne, einer schönen Hochsommersonne glitzern –, eine kleine Familie sitzt. Eine typische italienische Kleinfamilie, der Vater ein wenig übergewichtig, die Mutter im Badeanzug und ein Mädchen mit Zöpfen. Sie haben ein Badetuch oder vielleicht eine Decke ausgebreitet und bereiten ein

Picknick vor ... die Mutter hat eine Kühltasche mitgebracht, Sie wissen ja, eine Dose mit kalter Pasta, kaltem Nudelsalat, und etwas Obst ... Weintrauben und Feigen ... und der Vater hat eine große Melone eingekühlt ... ins Meer gelegt ..."

„Das ist vielleicht eine Erinnerung an Ihre Herkunft. Wenn ich nicht irre, stammen Sie aus Apulien ..."

„Ach, ich bitte Sie, ersparen Sie mir das alte Lied von den Erinnerungen, der Familie ... Wenn ich in meiner Kindheit ans Meer fuhr, dann mit Chauffeur, Haushälterin und einer Gouvernante für mich und meine Schwester, meine Mutter hätte sich niemals in den Sand gesetzt, um Gottes willen, bei den vielen Leuten, den Keimen ... Nein, es geht nicht um Erinnerung, es geht um etwas anderes."

„Erzählen Sie es mir."

„Während ich falle und den Leuten immer näher komme, bin ich mir ganz sicher, dass ich ihnen wehtun werde. Ich weiß es. Vielleicht werde ich sie fressen oder ..."

„Es ist bemerkenswert, dass Sie sich mit einem Gorilla identifizieren, der doch Vegetarier ist ... Wen wollten Sie vor allem fressen?"

„Ich hatte das Gefühl, dass ich auf sie drauffallen würde, dass sie mir ausgeliefert waren, und ... das machte mir einen Riesenspaß. Ich meine das Gefühl der Macht. Ja. Die Angst, die sie gleich verspüren würden, der Schrecken. Und das alles hing von mir ab. Ja, es machte mir einen Heidenspaß."

„Und dann?"

„Was dann?"

„Haben Sie die kleine Familie erschlagen?"

„Nein. Ist sich nicht ausgegangen. Ich bin aufgewacht."

Eine kleine Vibration geht der Antwort des Arztes voraus. Doktor Salzano lächelt vage, schüttelt seine rabenschwarze Mähne und nickt. „Sie sind nicht ans Ende des Traums gelangt, doch wir sind am Ende der Sitzung angelangt. Wir sehen uns nächsten Dienstag. Zur gleichen Stunde."

„Ich werde pünktlich sein."

Sobald er allein ist, atmet Salzano das zarte Parfüm mit der Bitterkakaonote ein, das sie zurückgelassen hat. Worin besteht dieser kaum wahrnehmbare Duft, der dem Aroma beigemengt ist? Wenn er ihn doch nur erkennen könnte ... Alba Doria. Hauptkommissarin der Staatspolizei. Der Doktor hat einige Chefs der Sicherheitspolizei in Therapie, sogar ein paar große Tiere der Geheimdienste. Die häufigsten Probleme: Depressionen und mangelnde Impulskontrolle. Doch Alba Doria gehört nicht dazu. Ein in wissenschaftlicher Hinsicht sehr interessanter Fall. Er sollte etwas darüber schreiben. Offiziell hat sie sich wegen posttraumatischem Stresssyndroms an ihn gewandt: Vor einigen Monaten hat sie einen gewissen Cardine, einen Serienkiller, gestellt und umgebracht, einen *hater*, der zur Tat geschritten war und zwei Jugendliche angestiftet hatte, ihre Familien auszurotten. Bevor er ins Gras biss, hatte er noch ihren Vorgesetzten, Paolo Petti, eine Art Polizistenlegende, umgelegt. Alba hatte Lobeshymnen geerntet, große Zeitungsartikel, man hatte sie im Fernsehen interviewt. Bei der ersten Sitzung hatte sie gesagt, sie könne sich nicht verzeihen, gescheitert zu sein. Die Vorstellung des toten Petti ließe ihr keine Ruhe.

Nach zwölf Sitzungen war Salzano zu der Erkenntnis gelangt, dass die posttraumatische Störung nur ein Vorwand war. Alba hatte ein viel größeres Problem. Ein viel tiefer sitzendes. Wäre er nicht ein hochgeschätzter Profi, worauf er stolz ist, würde er ein Wort verwenden, das er sich aufgrund von Berufsethos und Erkenntnis versagt: Wahnsinn.

In Alba Doria steckt Wahnsinn. Seine Aufgabe ist es herauszufinden, welcher Art und in welchem Ausmaß. Im Augenblick ist Doktor Salzano einzig und allein davon überzeugt: Die Frau ist gefährlich.

Und jetzt kann er dem zarten Aroma, das ihm noch immer zu denken gibt, auch einen Namen geben. Es ist der Intimgeruch einer Frau. Dieser Geruch. Albas Geruch.

Jetzt, wo er den Geruch definieren kann, wird er konkret, nimmt Form und Gestalt an und dringt wie eine ungesunde und nicht tilgbare Wolke in jeden Winkel der würdevollen Praxis mit den soliden, antiken Mahagoni-Möbeln. Eine Gischt, an der er trinken kann, zwischen deren Wellen er schwimmen kann, bis er untergeht ... Der Arzt weiß, dass dieser Geruch nur in seinem Kopf existiert, und die Tatsache, dass er sich dessen bewusst ist, verstärkt die Spannung. Was ist mit ihm los? Er ist nicht bereit, zwei Jahrzehnte Berufserfahrung über Bord zu werfen. Der riesige Aufwand für die Ausbildung ... und jetzt diese Frau ...

Wäre er nicht ein geschätzter Profi, worauf er stolz ist, wäre er schon vor geraumer Zeit über sie hergefallen. Vielleicht sollte er die Therapie beenden. Sich diplomatisch eine Krankheit einfallen lassen und die Sache beenden.

Oder vielleicht auch nicht.

Seufzend nimmt Doktor Salzano das iPhone zur Hand und gibt ein Sprachkommando: „Öffne die Doria-Datei."

Die Datei ist offen.

Salzano diktiert mit geschlossenen Augen: „Rom, 4. Dezember. Zum ersten Mal ist mir die Patientin zumindest teilweise aufrichtig erschienen ..."

Alba schließt das schwere Tor des alten Palazzo im Della-Vittoria-Viertel und unterdrückt zum x-ten Mal den Wunsch zu rauchen. Sie hat beschlossen aufzuhören und wird es auch schaffen. Während sie über die von den letzten Platanenblättern bedeckte Allee geht, denkt sie, dass sie nicht so oft zu einer Sitzung gehen sollte. Wenn sie in diesem Rhythmus weitermacht, wird Salzano irgendwann zum Angriff übergehen. Nicht, dass sie nicht imstande wäre, eventuelle Avancen abzuwehren. Sie hat schon schlimmere erlebt und im Grunde missfällt ihr dieses Spiel nicht. Er ist ein gut aussehender Mann, wahrscheinlich ein guter Liebhaber. Doch die Banalität der Situation schreckt sie ab. Die Patientin, die mit dem *shrink* in einer klassischen Übertragungssituation fickt. Nein, das ist ihrer nicht würdig. Und vielleicht ist Salzano tatsächlich ein guter Psychoanalytiker. Der ihr helfen kann, ihr Problem zu lösen.

So bezeichnet Alba die Dunkle Triade, ihre stille Lebensgefährtin. Die Persönlichkeitsstörung, die sie an sich festgestellt hat, während sie den Serienmörder Cardine gejagt hat. Die Triade ist ein Cocktail aus Narzissmus, Soziopathie und manipulatorischen Fähigkeiten. Sieger leiden daran genauso wie Verlierer. Die Triade kann dich auf den Olymp führen oder in die Hölle. Wer unter der Triade leidet, ist vorherbestimmt. So fühlt sich Alba: vorherbestimmt. Doch wofür? Das ist das wahre Dilemma. Für das Licht oder die Dunkelheit? Und warum bezeichnet sie das Ganze als Problem und nicht als Ressource? Auf jeden Fall war sie heute Salzano gegenüber nahezu aufrichtig. Sie hat wirklich geträumt, und zwar genau das, was sie ihm erzählt hat.

Zumindest bis der Gorilla zu der Familie gelangt ist. Und sie zerfleischt hat.

Während er die Leute zerfleischte, lachte er. Dabei verspürte sie ein merkwürdiges Gefühl der Befriedigung. Dieselbe Befriedigung wie an jenem Abend, als sie Nino Cardine erschoss, während er … Nun, diesen Teil des Traums hat sie verschwiegen. Und natürlich auch das Ende. Das Ende mit dem unstillbaren Heulkrampf und der bodenlosen, schwarzen, verzweifelten Traurigkeit …

„Ciao, Alba."

Sie zuckt zusammen und greift instinktiv in die Tasche des Trenchcoats, wo sie für gewöhnlich die Pistole und jetzt den Pfefferspray aufbewahrt. Sie hasst es, überrascht zu werden. Sie hasst es, wenn ihre Aufmerksamkeit nachlässt.

Sie hasst es, wenn …

Dann sieht sie ihn. Er lehnt an einem blattlosen Stamm, eine Zigarette zwischen den Lippen. Groß und schwerfällig, mit Schultern wie ein Rugbyspieler, die ehemals aschblonden Haare sind jetzt weiß, er ist ein wenig dick geworden, etwas mitgenommen, sein Ausdruck ist halb sarkastisch und halb ratlos, die ursprünglich leuchtenden grauen Augen sind erloschen. Sie erinnert sich, wie ihr Herz in den gemeinsamen Nächten, im Dienst, in den seltenen Momenten der Ruhe, geklopft hat, sogar dann noch, als ihre Beziehung von Tag zu Tag schwieriger wurde und die Trennung nicht mehr zu verhindern war. Sie versucht sich an das Gefühl von damals zu erinnern, und es überrascht sie, dass sie es nicht mehr heraufbeschwören kann. Dass sie unfähig ist, sich im Detail daran zu erinnern.

Sie geht zu ihm und streckt ihm die Hand hin. „Ciao, Gianni“, sagt sie, ernst und kalt.

III.

Polizeiakademie, die Kaderschmiede für die zukünftigen Bullen-Führungskräfte. Italienisches Schießzentrum, Nettuno, Provinz Rom. Beim fünften Durchgang mit der Dienstwaffe, einer halbautomatischen Pistole, Kaliber 9x19, standen die Wetten fifty-fifty für Biondo und Dr. Sax. Wie bei allen früheren Übungen, als sie beide die Besten waren. Die anderen Schüler hatten keine Chance: Biondo und Dr. Sax waren einsame Spitze.

Von den Mädchen, die sich seinem Wikingercharme nicht entziehen konnten, wurde Gianni Romani Biondo genannt, und die Neidischen nannten ihn wegen seines mörderischen rechten Hakens Klaus Kinski.

Giannaldo Grassi war für Freund wie Feind Dr. Sax, denn wenn er sich nicht in den Kopf gesetzt hätte, die Straße von den Bösen zu säubern, wäre er gewiss bei einem großen Orchester gelandet, so gut spielte er.

Von Anfang an stand fest, dass die beiden die vielversprechendsten Kandidaten des Jahrgangs 2006–2008 waren. Sie konnten mit der Pistole umgehen und strategisch denken, sie hatten eine Ahnung von japanischen Kampftechniken und vom Strafgesetz, von Spurensicherung und Beschattung, Stichwaffen und Booleschen Operatoren. Außerdem waren sie sympathisch, und das rief noch mehr Neider auf den Plan, denn es war unmöglich, ihre Schwachpunkte zu finden: Vielleicht hatten sie gar keine, und wenn doch, verbargen sie sie erstaunlich gut. Außerdem waren sie befreundet. Obwohl sie körperlich wie charakterlich ganz verschieden waren. Biondo war athletisch und leidenschaftlich und gleichzeitig verschlossen und düster, Dr. Sax war schmächtig, stets mit einem ironischen, ja sarkastischen Lächeln auf den Lippen, nicht gerade ein Covermodel. Charismatisch der eine, sympathisch der andere, ein perfektes Paar.

Doch ein wahres Ranking gab es im Kurs nicht, man kam durch oder nicht. Der offensichtliche Egalitarismus war allerdings nur eine Fassade. Die Aktivitäten der Schüler wurden von Supervisoren überwacht, die über die zukünftige Karriere der Schüler entschieden. Und es verstand sich von selbst, dass sich Typen wie Biondo und Dr. Sax die begehrtesten Jobs unter den Nagel reißen würden.

Den anderen blieben nur die Wetten.

Und die Wetten waren der Grund für den fünften Durchgang, den es eigentlich gar nicht hätte geben dürfen, weil im Rahmen des Kurses nur vier vorgesehen waren. Sowohl Dr. Sax als auch Biondo kamen mit dem ex aequo gut zurecht. Was brachte der fünfte Durchgang, wenn nach dem sechsten dann doch wieder Gleichstand herrschte? Wichtig war nur, dass nach ihnen lange nichts kam.

Doch die Jungs, die Jungs hatten einen Riesenspaß bei dem Wettkampf. Und vor allem liebten sie die Wetten.

Eigentlich waren Wetten verboten, da es sich um zukünftige Ordnungshüter handelte. Doch die Vorgesetzten tolerierten sie, solange man nicht übertrieb. Im Grunde trugen sie sogar dazu bei, den Gruppengeist zu stärken. Wenn in der Zeitung oder in einem Film von Kameradschaft die Rede ist, denkt man, das sei bloß Rhetorik, doch wenn man sie wirklich erlebt, ist es ganz was anderes, und ob!

Und so hatte man letzten Endes beschlossen, doch noch einen fünften Durchgang zu machen.

Natürlich durfte man dem Wettkampf keinen offiziellen Anstrich geben. Um ihn zu rechtfertigen, hatte man einen Trick angewandt.

Es gab eine neue Kommissarsanwärterin, Frau Dr. Alba Doria, die an den früheren Durchgängen nicht teilgenommen hatte, weil sie erst später in den Kurs aufgenommen worden war. Irgendjemand im Ministerium hatte die Unterlagen verschlampt und Doria war fürs Erste nicht aufgenommen worden. Sie hatte vom Verwaltungsgericht einen Aufschub erhalten, und ausnahmsweise hatte in der höheren Etage die Klugheit gesiegt. Anstatt zu mauern, hatte die Verwaltung die verspätete Aufnahme bewilligt. Versuchen wir es mit der Tussi und schauen wir, aus welchem Holz sie geschnitzt ist. Wenn sie gut ist, behalten wir sie. Sonst schmeißen wir sie wieder raus, wie die anderen Trottel. Und niemand kann uns Diskriminierung oder sonst was vorwerfen.

So flankierten Biondo und Dr. Sax diesmal ein hochgewachsenes Mädchen. Ihre schwarzen Haare hatten einen brünetten Schimmer, die schräg geschnittenen Augen changierten zwischen Grün und Aquamarin, nur die hohen, nahezu slawischen Backenknochen störten die Perfektion des zarten Gesichts. Schwanenhals, konzentrierter Blick, ohne die Spur eines Lächelns.

Gut gebaut, wenn auch etwas dünn, dachte Biondo, mit dem Geschmack des zukünftigen mittleren Beamten. Als selbstsicher, wenn nicht gar arrogant, schätzte hingegen Dr. Sax sie ein, den ihr fester, trockener Händedruck beeindruckt hatte.

Der Ausbildner teilte Gehörschutz und Waffen aus.

Dann begann der Wettkampf.

Und am Ende des Wettkampfs gab es einen neuen Star: Alba Doria.

Alba Doria hatte sie plattgemacht. Eigentlich hatte es gar keinen Wettkampf gegeben. Die Frau schoss wie Rambo und Tex Willer gemeinsam. So etwas hatten sie noch nie gesehen. Der Ausbildner war sprachlos. Die Jungs, die gewettet hatten, waren stinksauer. Natürlich war keiner von ihnen auf die Idee gekommen, auf das Mädchen zu setzen. Niemand außer Ugo Ippoliti, der größte Trottel unter den Schülern, ein Schwachkopf aus der Poebene, ein perfekter Niemand, ein Loser.

Er hatte als Einziger auf Alba Doria gesetzt und würde nun drei Monate lang von dem Wetterlös leben können.

Biondo und Dr. Sax hingegen trösteten sich bei Nonno, einer alten Pizzeria, die der betagte Besitzer stur im alten Stil weiterbetrieb, in einem Viertel, das sich allzu schnell änderte.

Sie saß an einem Ecktisch, allein bei einem Glas Bier. Ippoliti versuchte vergebens, ein Gespräch anzuknüpfen.

Biondo und Dr. Sax gingen zu ihr hin.

„Dürfen wir Platz nehmen?"

Noch bevor Alba antwortete, stellten sie zwei Stühle an den Tisch und setzten sich.

„Wenn ihr eine Revanche wollt …", sagte sie, nach wie vor ernst, ohne eine Spur von Lächeln.

Dr. Sax hob kapitulierend die Arme. „Keine Revanche. Ein andermal."

Sie antwortete nicht, blieb steif und distanziert.

„Im Ernst", sagte Biondo, „du spielst in einer anderen Liga. Kompliment."

Sie sah ihn kühl an. „Wenn das Kompliment ernst gemeint ist, nehme ich es an. Für gewöhnlich könnt ihr Männer nicht damit umgehen, einer Frau unterlegen zu sein …"

Biondo fragte sich, ob sie Spaß daran hatte, blöd daherzureden. Im Übrigen konnte auch er ein Arschloch sein. „Das hängt davon ab. Ich würde gern im Bett unter dir liegen …"

Dr. Sax lachte nervös, als wollte er sagen: „Das ist nur ein Witz, nimm es nicht ernst." Kameraderie hat nichts mit der Beziehung zwischen Mann und Frau zu tun.

Ungerührt hob sie das Bierglas und schüttete es Biondo über den Kopf.

Und während er wild fluchend aufsprang, stand sie auf und ging wie eine würdevolle Eiskönigin hinaus.

Ippoliti lief ihr nach, scharwänzelte wie ein Hündchen um sie herum. „Darf ich dich nach Hause begleiten?"

„Warum nicht?“

Ein paar Tage später, als der Kurs beendet war, überreichte Biondo Alba einen riesigen Blumenstrauß.

„Ich bin ein Trottel. Tut mir leid.“

Zum ersten Mal lächelte sie. „Ich glaube, ich bin dir ein Bier schuldig, Biondo.“

Innerhalb von zwei Wochen waren sie ein Paar.

IV.

Alba hat sich nicht verändert, sagt sich Biondo. Zumindest nicht äußerlich. Sie sieht noch immer sehr gut aus. Sie weiß, dass ihr die Schönheit Macht verleiht, und sie genießt es, sie zu missbrauchen. Ein leichter, lästiger Nieselregen fällt. Keiner der beiden hat einen Schirm. Gianni zieht eine Leinenmütze aus der Tasche und reicht sie ihr. Eine instinktiv schützende Geste.

Sie tut, als würde sie es nicht bemerken, und zeigt auf das Schild einer Bar. „Da drinnen stehen Tische. Da können wir uns unterhalten.“

Dann hakt sie sich bei ihm ein, als wäre nicht viel Zeit vergangen, als hätte es nicht so viele schreckliche Missverständnisse zwischen ihnen gegeben. Gianni verspürt den Impuls, sich loszumachen. Unbeabsichtigt hat die Berührung einen undefinierbaren Schauer bei ihm ausgelöst. Erregung. Oder Qual. Doch schließlich folgt er ihr gefügig, mit gesenktem Kopf.

Ein kleines Lokal, das nach Putzlappen und fettigen Kacheln riecht, um diese Uhrzeit ist es leer. Hinter der Theke ein pickeliger, grinsender Chinese.

Er bestellt ein Tonicwater, sie einen Cappuccino und einen Vanillekrapfen. Gianni muss lächeln. Er hat einen ihrer kleinen Ticks wiedererkannt. Alba konnte tagelang von Wasser und Gemüsesäften leben. Doch wenn sie sich in die Enge gedrängt fühlte, fraß sie wie ein Scheunendrescher. Die Begegnung nach so langer Zeit lässt sie also nicht kalt.

„Was ist los, Gianni? Du hast dich jahrelang nicht gemeldet."

„Du hingegen ..."

„Ich?"

Gianni seufzt, nickt und beginnt zu erzählen. Nur wenige Worte, ein nervöser Bericht, denn er will zum Punkt gelangen. Das Mädchen, das Foto. Die Knoten.

Sie hört unkonzentriert zu, als der Chinese ihr den Krapfen serviert, macht sie Biondo ein Zeichen, er solle einen Augenblick lang schweigen. Sie beißt mit Genuss in den Krapfen, schließt die Augen, dann bedeutet sie ihm, er möge fortfahren. Er kommt rasch zum Schluss. Sie gähnt.

„Ich verstehe nicht. Du bekommst einen Tipp von einem Informanten und dringst in ein Bauernhaus außerhalb deines Reviers ein, ohne auf Verstärkung zu warten. Du beginnst einen Schusswechsel mit zwei nervösen Jungs, einer haut ab, der andere ergibt sich und singt wie ein Vogel. Es stellt sich heraus, dass es sich um *Pandilleros* der Mara Salvatrucha, der MS13, handelt, der widerlichsten Latinobande, die in den letzten Jahren in Italien aufgetaucht ist. Geht es um Drogen? Nein. Irgendjemand, wir wissen nicht, wer, hat dem größeren der beiden Jungs den Auftrag gegeben, das Anwesen zu betreten und ein Mädchen zu eliminieren. Merkwürdig, zweifellos. Die Frage ist jedoch: Was geht das mich an?"

Darauf hat er gewartet, er reicht ihr das iPhone und fügt flüsternd hinzu: „Schau dir die Fotos an, Alba."

Sie nimmt das Handy und wirft einen zuerst zerstreuten, dann ungläubigen, dann konzentrierten und schließlich beunruhigten Blick darauf. Als sie das Handy auf den Tisch legt und ihn anblickt, blitzt Angst in ihren Augen auf.

„Vielleicht ist es nur ein Zufall, Gianni."

„Vielleicht auch nicht."

„Wir sollten Sax benachrichtigen."

„Deshalb bin ich hier."

Alba nickt, sucht in ihrer Tasche nach dem Handy, tippt schnell eine kurze Nachricht ein, dann überlegt sie es sich anders, löscht sie, schreibt eine neue, löscht auch diese. Dann aktiviert sie die Sprachfunktion.

„Wir müssen uns sehen. Es geht um Arielle."

V.

Eine große Villa an der Appia Antica. Riesiger Park. Im Frühling und im Sommer würde man die Landschaft an der Grenze zwischen Stadt und Land als „lieblich" bezeichnen. Doch an einem Tag wie diesem, düster und melancholisch grau, wirkt dieses Adjektiv fehl am Platz.

Das Handy, das in der Tasche einer schwarzen Joggingjacke auf der Bank neben einem Tennisplatz steckt, leuchtet auf. Das Handy piepst immer wieder, doch die vier Männer, die gerade ein spannendes Doppel spielen, achten nicht darauf.

Ein hagerer Sechzigjähriger mit der stolzen Haltung eines Soldaten schlägt auf, es könnte sein Matchball sein. General Cono di Sangiorgio, ein hohes Tier im Geheimdienst. Er stammt von einer adeligen Familie aus Salerno ab, unter seinen Vorfahren befinden sich Condottieri und Kardinäle, und nur wenige Auserwählte, die sein Vertrauen genießen, wagen ihn mit dem Namen anzusprechen, unter dem er in den wichtigen Kreisen bekannt ist: Silberfuchs. Ein Ausbund an Scharfsinn, ein Sir mit feinem Humor, freundlich und im Zweifelsfall unbarmherzig.

Sein Partner, der deutlich jünger ist, mit kurzen schwarzen Haaren, schmächtig, aber sportlich, hat kein Problem damit, dass man ihn „Doktor Sax" nennt. Wenn man ihn freundlich auffordert, hat er kein Problem damit, vor einem kleinen Kreis von Freunden und Vertrauten zu spielen, und obwohl er Karriere gemacht hat – im Augenblick ist er Conos engster Mitarbeiter, eigentlich seine rechte Hand –, hat er noch immer die freundliche und uneitle Art wie damals, als er bloß ein zukünftiger Jäger von Verbrechern war. Cono und Giannaldo sind ein eingespieltes Team: ein schönes Beispiel für eine geeinte Familie, denn Giannaldo hat Conos einzige Tochter Luisella geheiratet, und er ist der Vater von Gaspare, Gasparino, Rino genannt, des einzigen Enkels des Silberfuchses.

Auf der anderen Seite des Netzes steht Aldo Silla, fünfzig Jahre, schlank, nicht sehr groß, weißes Haar, klassischer Verführertyp, charismatisches Lächeln. Ein Mann, der gern im Schatten lebt und äußerst diskret agiert. Er würde niemals öffentlich auftreten, eine offizielle Erklärung abgeben, sich äußern. In den sozialen Medien gibt es kein Bild und keine Meinungsäußerung von ihm, auch im Netz zirkulieren nur ganz wenige Fotos von ihm. Silla muss sich nicht zeigen, genauso wenig wie Cono, beide müssen nicht protzen. Silla und Cono sind die wahre Macht, und die wahre Macht bewegt sich im Dunkeln, braucht keine Scheinwerfer.

Worin diese Macht besteht, ist schnell gesagt. Cono führt ein kleines Heer von Profis an, deren Aufgabe es ist, das Land vor äußeren und inneren Feinden zu schützen. Silla ist einer der größten Schattenbankiers der Welt. Ein Finanzmagier. Seine Aufgabe besteht darin, die ungehemmte Zirkulation des Kapitals vor inneren und äußeren Feinden zu schützen. Anders gesagt, zwei aufrechte Verteidiger der Demokratie, Feinde jeglichen Aggressors, egal welcher Hautfarbe oder welcher ideologischen Ausrichtung.

Der vierte Spieler ist William Negrete, Sillas Sekretär und Mädchen für alles. Ein kleiner, introvertierter, schweigsamer Mann, der jedoch vielen zufolge äußerst effizient ist. Cono di Sangiorgio schlägt auf und Silla antwortet mit einer tiefen, aber langsamen Forehand. Dr. Sax retourniert *backhand*, der Ball scheint über dem Netz innezuhalten, dann fällt er weich und leicht zu Boden. Silla, der einen Smash erwartet hat, ist rechtzeitig losgeschnellt. Denselben Kampfgeist würde man von Sax erwarten, doch der steht unbeweglich auf seinem Platz, vielleicht rechnet er nicht damit, dass Silla den Ball noch erwischt. Doch Silla hebt ihn von unten über das Netz, dorthin, wo die Gegner ihn nicht erwischen.

Spiel, Match, Sieg.

Silla jubelt, hebt die geballte Faust grinsend und vielleicht drohend Richtung Sax, der unbeweglich hinten auf dem Spielfeld steht. Cono grinst halbherzig. William Negrete, der nicht zu Gefühlsausbrüchen neigt, geht mit gesenktem Kopf zur Bank. Sax setzt sich extrem langsam, fast widerwillig, in Bewegung. Als er seine Joggingjacke nimmt, stellt er fest, dass das Display des Handys leuchtet, doch er hebt nicht ab. Nichts kann so wichtig sein, dass man es nicht nach einer erfrischenden Dusche erledigen könnte.

Als sich Sax etwas später die Haare abrubbelt, ein weißes Handtuch um die schlanke Hüfte geschlungen, fragt ihn Silla provokant: „Dachtest du, ich würde den Ball nicht mehr erwischen?"

„Ich dachte, ich hätte dich aufs Kreuz gelegt", sagt Sax leise und feindselig.

„Da hast du dich getäuscht", erwidert Silla, „du solltest wissen, dass ich nie kapituliere. Für mich gibt es keine Freundschaftsspiele. Sieg oder Niederlage ..."

Sax kommentiert nicht. Silla nickt zufrieden. Der Dialog hat unter Negretes Blick stattgefunden. Als Sax den Blick des Mexikaners kreuzt, glaubt er in seinen dunklen Augen Solidarität aufblitzen zu sehen.

Ein paar Minuten später verabschieden sich die vier. Silla und Negrete steigen in eine Limousine mit abgedunkelten Scheiben. Cono und Sax bleiben zurück. Auf der Schwelle des Haupthauses der *Tenuta Tina* (so heißt die Villa zu Ehren von Concepita di Sangiorgio, Conos verstorbener Mutter) taucht die Haushälterin auf und verkündet, dass der Tee angerichtet sei. Dr. Sax unterdrückt eine unwirsche

Geste. Sein Schwiegervater mit seiner unerträglichen Anglophilie! Wie oft hat er ihm stolz die Geschichte von seinem Ururgroßvater erzählt, der während der Revolution 1799 Luisa Sanfelice festnahm: „Hast du verstanden, Gianna'? Es reichte ihr nicht, eine Frau zu sein, sie wollte die Welt verändern." Antijakobiner und auch noch stolz darauf. Ein Diener Tausender Herren. Also ein Diener von niemandem.

Schwiegervater und Schwiegersohn gehen aufeinander zu. Endlich gibt Cono ein überzeugtes Lachen von sich. Seit Jahren bestimmt er den Ausgang des Matches. Er legt sogar die Punktezahl fest. In diesem Fall war beschlossen worden, dass das Duo Silla-Negrete das letzte Set beim Tiebreak gewann. Sax ist sein Komplize. Sie irren sich nie. Bisher ist noch niemand draufgekommen. Ein kleiner psychologischer Trick, der Cono dabei hilft, sein Netzwerk noch weiter auszubauen. Unglaublich, dass sogar die Schlauesten wie Silla drauf reinfallen. Aus Narzissmus, Arroganz, Eitelkeit. Hin und wieder ist das Spiel wirklich aufregend. Wenn es darum geht, einen ehemals Mächtigen, der im Dreck gelandet ist, sechs-null, sechs-null zu zerschmettern.

Gibt es eine hinterhältigere und befriedigendere Methode?

„Hin und wieder ist Silla wirklich ein Trottel", fällt Cono wie so oft in den Dialekt seiner Heimat.

Sax zuckt mit den Achseln. „Auch nicht mehr als alle anderen."

„Er hat einen Haufen Fehler und ich weiß, dass du ihn nicht magst", fährt der andere hartnäckig fort. Seine Stimme wird härter, während er sich bei Giannaldo einhakt und etwas fester als notwendig zudrückt.

„Doch solange ich an meinem Platz bin, ist Silla tabu. Er ist zu wichtig."

Sax antwortet nicht. Das Thema „Ende der Dienstzeit" ist bei seinem Schwiegervater tabu. Formal wird Cono auf zwei Jahre von der Regierung gewählt. Dabei handelt es sich um einen gemeinschaftlichen Beschluss mehrerer Minister. In wenigen Monaten wird für die nächsten zwei Jahre entschieden. Die einflussreichsten Kommentatoren prophezeien, dass nach sieben Amtszeiten sein Ende gekommen sei. Die neue Mehrheit hat geschworen, reinen Tisch zu machen. Conos Kopf wird wahrscheinlich als Erster rollen.

Giannaldo ist unter seinen Fittichen groß geworden, doch mittlerweile ist er flügge. Vorsichtig hat er bereits die ersten Kontakte geknüpft. Er hofft, dass er sich an die richtigen Personen gewandt hat. Er hat keine Lust, sich vom General mitreißen zu lassen. Doch Cono hat seit einigen Tagen so gute Laune, dass es dafür einen Grund geben muss. Tatsächlich lächelt er wohlwollend und streicht ihm über die rechte Handfläche: eine der Gesten, die er ihm im Lauf der Zeit beigebracht hat.

„Ich fürchte, dass du mich noch ein paar Jahre als deinen Vorgesetzten akzeptieren musst, mein Junge …"

Aha, daher der große Optimismus! Der alte Bastard hat zum x-ten Mal die Fahne gewechselt.

„Glaubst du, dass auch die … die neuen …", sagt Sax und erwidert die Bruderschaftsgeste.

„Ich habe unzähligen Republiken gedient, mein Junge. Drei, vier, ich habe den Überblick verloren … Glaub mir, immer wenn einer kommt und ein anderer geht, machen alle große Ankündigungen, versprechen unglaubliche Neuerungen und so weiter und so fort … doch letzten Endes gibt es immer eine Übereinkunft."

Sax antwortet mit einem bemühten Lächeln. Conos Selbstsicherheit verspricht eine weitere Phase relativer Ruhe. Doch Sax hat die ganze Routine satt. Wie lange muss er noch warten, bis sein Augenblick gekommen ist? Es war nicht einfach, die übelwollenden Blicke seiner schmierigen Kollegen zu ertragen, die bösartigen Witze über den Parvenü, der die Tochter seines Chefs geheiratet hat. Auch wenn er im Feld seine Tapferkeit bewiesen hat. Auch wenn er heikelste Fälle gelöst, Lob eingeheimst, die Welt bereist hat … Kann er sich darauf verlassen, dass die Politiker, mit denen er sich zum Essen getroffen hat, in der Hoffnung, den Alten auszubooten, diesen nicht bereits von seinen Machenschaften informiert haben?

„Ach, wie schön, der Kleine und der Großvater!"

Als Rino, das fünfjährige Quecksilber, zwischen seinen Beinen durchläuft, strahlt Cono, und Sax nimmt wieder einmal zur Kenntnis, dass sogar ein kaltblütiges Tier wie er zu echten Gefühlen fähig ist. Ein hübsches, dunkles Kind, ein glücklicher und ausgelassener Krauskopf. Gewiss gerät er nicht nach Luisella, die ihn mit süßlichem Lächeln auf dem schiefen Gesicht und dem Kittel einer Vollzeitmutter im Haus empfängt. Immer wenn Sax seine Frau sieht, erscheint sie ihm noch hässlicher. Nicht, dass er sie verabscheute. Luisella ist in Ordnung, eine tadellose Mutter und auch eine tadellose Ehefrau. Solange man auf Dinge wie Begehren, Leidenschaft, Fröhlichkeit, Spaß verzichtet. Luisella: Gott, wie langweilig!

„Papa, spielen wir den Breimarsch?"

Vielleicht hat Rino sein musikalisches Talent geerbt, denn kaum hat ihm die Kindergärtnerin eine Blockflöte in die Hand gedrückt, hat der Kleine ihr wie ein alter Profi Kaskaden von Tönen entlockt. Und jetzt bittet er seinen Vater Tag für Tag, ihm ein Stück beizubringen. Den Breimarsch zum Beispiel. Beziehungsweise *When the Saints Go Marching In*, für Saxofon und Blockflöte. Sax wirft Luisella einen Blick zu und sie verschwindet kurz in der großen Villa und kommt gleich darauf mit Saxofon und Flöte zurück. Sax' Handy vibriert noch immer. Mit einer automatischen Geste schaut er auf das Gerät. Eine Nachricht von Alba Doria: „Schau dir die Fotos an, es ist dringend!"

„Papa!"

„Einen Augenblick, Schatz."

Sax öffnet die Datei, die Alba ihm geschickt hat. Er wirft einen raschen Blick auf die Fotos, wird blass, versucht die Aufregung mit einem halbherzigen Lächeln zu bannen.

„Papa, komm schon!"

Sax packt mechanisch das Instrument und beginnt ein paar leise und langsame Töne zu spielen, damit der Kleine einstimmen kann und den Rhythmus errät. Dann schließt er die Augen.

Er hofft, dass Alba sich irrt.

Alba und Biondo kommen um circa zehn in die Villa. Der Regen hat aufgehört, aber es ist feucht, und der kalte Nordwind jagt Wolken über den Himmel.

Alba parkt den Smart neben einem karminroten Alfa Stelvio und führt Gianni über einen Kiesweg, der zum Haupthaus führt.

„Warst du schon einmal hier?“

„Wir sind in Kontakt geblieben.“

Eifersucht durchfährt ihn wie ein jäher Messerstich. Unverständlich. Zwischen ihm und Alba ist doch alles seit Langem zu Ende. Sie haben andere Wege genommen, andere Entscheidungen getroffen. Woher dann dieser ungerechtfertigte Besitzanspruch? Je näher sie dem Tor kommen, desto lauter werden die Saxofonklänge.

„Time After Time“, sagt sie. „Er hatte immer einen guten Geschmack.“

„Nicht nur bei der Musik“, witzelt er und macht eine Geste, wie um die Größe des Anwesens zu beschreiben.

„Sagen wir, er hat es sich immer gerichtet. Immer.“

Die Musik verklingt. Auf der Schwelle, im Gegenlicht, sieht man Sax' Schatten. Mit einer entschlossenen Geste fordert er sie auf einzutreten.

VI.

Lehrgangsabschlussfeier, 2008. Ein paar Spaßvögel waren auf eine improvisierte Bühne geklettert und spielten *La compagnia*, eine alte Battisti-Nummer, die Vasco Rossi im Sommer davor mit riesigem Erfolg neu eingespielt hatte. Sax hatte sich mit seinem Instrument dazugesellt. Das Staunen der alten Bullen mit den pomadigen

Haaren war bald einer hemmungslosen, ansteckenden Fröhlichkeit gewichen. Der Alkohol floss in Strömen (ein gewaltiges Problem für die, die mit dem Auto nach Hause fahren wollten) und die Euphorie wurde immer größer. Sogar Ippoliti, der Trottel der Truppe, hatte die Prüfung geschafft. Knapp, aber doch. Man flüsterte, er würde von jemandem protegiert. Jetzt verkündete er *urbi et orbi*, wie glücklich er sei, spuckte beim Sprechen Brotbrösel aus und soff ein Glas Prosecco nach dem anderen. Alba und Gianni hielten Händchen, strahlend und stolz. Ein neues Leben lag vor ihnen. Die Welt gehörte ihnen. Und Dr. Sax. Die drei besten Schüler des Jahrgangs. Der Polizeichef höchstpersönlich hatte ihnen gratuliert. Sie würden als Erste einen Job bekommen. Mehrere Führungskräfte aus ganz Italien hatten sich gemeldet, um das Terrain zu sondieren.

Alba und Gianni sangen, blickten einander tief in die Augen und schwenkten die Fäuste, um Sax zu begrüßen.

Sie waren schön, jung, furchtlos, stark, unbesiegbar. Und sie standen auf der richtigen Seite. Sie würden die Welt vor Verbrechern schützen, wenn nötig, würden sie sie vor sich selbst schützen.

Biondo träumte von der *Polizia Giudiziaria*. Seite an Seite mit Staatsanwälten arbeiten, womöglich bei großen Mafiaermittlungen. Aber er wäre auch mit der Bereitschaftspolizei zufrieden gewesen. Alles, nur keinen Bürojob. Er war kein Aktenträger. Alba hingegen stand kurz vor ihrem Abflug nach Amerika zu einem Kurs beim FBI. Er hatte nicht einmal versucht, sie davon abzubringen. Das wäre ihr gegenüber kleinmütig und grausam gewesen. Die Beziehung war gefestigt, er fürchtete die Entfernung nicht.

Sax hingegen war es egal, welchen Job er bekam.

Sein Charisma ließ den zu weiten Anzug, die abgewetzten Schuhe, die hässliche Krawatte vergessen. Der Anzug war eine Leihgabe Biondos, der Rest gehörte ihm, Sax, dem Armen. Doch von nun an würde alles anders sein. Es würde keine peinlichen Ausflüchte mehr geben, kein Abendessen mit Dosenthunfisch, keine im letzten Augenblick übernommenen Verpflichtungen, um Einladungen zum

Abendessen zu entgehen … Sax hatte zu sehr gelitten, um sich weitere Leiden zu erlauben. Er würde sich nicht mehr umdrehen. Die Polizei war für ihn eine Sicherheit.

Und ein Karriere-Sprungbrett.

Der Reihe nach wurden die Musiker müde, und auch Sax legte sein Saxofon ab. Aus unsichtbaren Lautsprechern ertönte eine Techno-Nummer. Eine derartige Lärmbeschallung hielten die älteren Polizisten nicht aus, sie machten sich der Reihe nach auf den Weg. Bald waren nur noch die Jungen da. Die mittlerweile nicht mehr sehr zahlreichen Schüler des Jahrgangs 2008. Die neuen Zenturios. Nur ein eleganter älterer Herr mit rätselhaftem Lächeln hielt stand. Alba und Gianni sahen, dass er sich mit Ippoliti unterhielt.

In diesem Augenblick kam Sax schwitzend und keuchend gelaufen. Alba zeigte auf den Typ, der mit Ippoliti sprach.

„Kennst du den?"

„Sicher."

„Würdest du es auch mir sagen?", mischte Biondo sich ein.

„Cono di Sangiorgio. Ein großes Tier beim Geheimdienst."

„Geheimdienst?", sagte Biondo verwundert. „Warum ist der hier?"

„Tja", lachte Sax. „Vielleicht erzählt Ippoliti ihm von seinem Liebeskummer."

„Shopping", sagte Alba lapidar. „Er wählt die Besten von uns aus und rekrutiert sie."

„Die Besten? Und was macht er dann mit dem armen Ippoliti?", sagte Biondo sarkastisch.

„Vielleicht interessiert ihn sein Liebeskummer!", meinte Sax.

„Was seid ihr doch für Trottel!", stieß sie hervor.

Seitdem sie sich an dem Abend, als sie Biondo eine heilsame Lektion erteilt hatte, von Ippoliti nach Hause hatte begleiten lassen, schmachtete er sie an. Er hatte ihr auf ganz altmodische und provinzielle Weise seine Liebe gestanden. Sie hatte ihn rücksichtsvoll abgewiesen, und das hatte die Flamme noch zusätzlich genährt. Mit seiner aussichtslosen Liebe war er den Schülern des Lehrgangs ordentlich auf die Nerven gegangen. Alba ihrerseits war zu sehr Dame, um sich über ihn lustig zu machen. Doch in diesem Augenblick lachten die drei Freunde bei dem Gedanken, der arme Ippoliti könnte ein Superagent werden.

Einige Jahre später, als sich seine Beziehung zu Cono gefestigt hatte, fragte Sax ihn unverblümt, warum er an diesem Abend ausgerechnet diesen Trottel als Ersten rekrutiert hatte.

„Weil er ein hervorragender Untertan ist, treu, loyal, gehorsam."

Cono würde nie die ganze Wahrheit sagen. Gewiss nicht dem Mann seiner Tochter. Giannaldo hatte sie schon allein herausfinden müssen. Ippoliti hatte eine einzige Qualität: Er war ein Volltrottel. Und in jeder Organisation, die diesen Namen verdient, sind Volltrottel kostbar. Und zwar aus zwei elementaren Gründen: erstens, weil man einem Volltrottel alles antun kann, was man will, sofern man ihn zu nehmen weiß. Und zweitens, wenn man den Volltrottel nicht selbst rekrutiert, schnappt ihn sich ein anderer und setzt ihn ein, um dir zu schaden. Und es kann verheerend sein, einen Volltrottel gegen sich zu haben.

An diesem Abend war Cono tatsächlich auf die Jagd gegangen, wie er es seit Jahren machte. Nachdem er die Akte mit den Schülern sorgfältig studiert hatte, hatte er sich für Ippoliti entschieden und seine Aufmerksamkeit auf die drei Freunde, Alba, Biondo und Sax, gerichtet. „Die Aufmerksamkeit auf jemanden richten" bedeutete allerdings nicht, sich für sie zu entscheiden. Cono war diesbezüglich sogar sehr zögerlich. Alba und Biondo hatte er sofort ausgeschieden: Sie war eine intelligente Frau, und intelligente Frauen schaden, und Biondo war ehrlich, und ehrliche Menschen sollte man im Gegensatz zu den Volltrotteln den Feinden überlassen. In Bezug auf Sax war er unentschlossen. Gegen ihn sprachen die Freundschaft mit den beiden anderen und eine gewisse Extravaganz, das Künstlerische, die Leidenschaft für Jazz, eine Schwäche, die zu einer Gefahr werden konnte. Für ihn sprach jedoch eine unbestreitbare Qualität: Sax war arm. Und Arme sind nicht nur genauso gefügig wie Volltrottel, sondern noch viel, viel nützlicher.

Dann bemerkte er etwas, was ihn einerseits beunruhigte und ihn andererseits zu einer kleinen Hoffnung berechtigte. Luisella, seine einzige Tochter, stand neben dem Saxofonisten. Sie lachte über seine Witze und wirkte ausnahmsweise glücklich.

Seine traurige Tochter, die zu früh Waise geworden war, die so gebildet und ergeben war, so sensibel und höflich.

Und so hässlich und farblos.

Luisella lachte: Das war ein Ereignis.

Cono rief Ippoliti, seinen neuen Adepten, und flüsterte ihm einen Befehl ins Ohr.

Ippoliti schnellte wie eine Feder los und steuerte auf Dr. Sax zu.

Cono hatte beschlossen, dem Jungen eine Chance zu geben.

VII.

Sax geht seinen alten Freunden voraus und bittet sie, an einem großen Tisch aus Eichenholz Platz zu nehmen. Er legt Teller, Besteck und Gläser für drei auf. Von einer massiven Kredenz nimmt er einen Brotkorb und einen Teller mit Schinken und Käse.

Gianni Romani lässt den Blick über die Wände schweifen, wo eine Menge Drucke im Stil Piranesis und Jagdszenen hängen. Ein Feuer im Kamin verbreitet wohlige Wärme. Alles riecht nach Familie, Frieden, aufrechter Tradition. Gianni stellt fest, wie selbstverständlich Alba sich in diesen Räumen bewegt, die für ihn neu sind. Aufs Neue fragt er sich, was wohl dieses „Wir sind in Kontakt geblieben“ zu bedeuten hat. Und wieder verspürt er einen Anflug ungerechtfertigter Eifersucht. Während Sax eine Flasche entkorkt – Falerner, sein Schwiegervater besitzt Anteile eines kleinen Bio-Weinguts in Kampanien –, erklärt er, dass die Villa seit Generationen im Besitz der Familie Sangiorgio ist. Ein Gebäude aus dem späten 18. Jahrhundert, eine klassische Landvilla, denn früher führte hier die Appia Antica vorbei. Große Salons im Erdgeschoss, Schlafzimmer im ersten Stock, drei Arbeitszimmer in der Mansarde. In den Siebzigerjahren, als sein Schwiegervater noch kein großes Tier war und einen finanziellen Engpass hatte, wurde die Villa an die Filmindustrie vermietet, die hier Kostümschinken drehte.

„Gibt dein Schwiegervater uns die Ehre, sich zu uns zu gesellen?“, fragt Gianni sarkastisch.

Ohne auch nur im Geringsten die Fassung zu verlieren, gießt Sax Falerner ein.

„Er ist mit Luisella und dem Kind ans Meer gefahren. Ich habe mir gedacht, ohne Lauscher an der Wand fühlen wir uns wohler. Prost!“ Höflich wie immer, stößt Sax mit Biondo an. „Es überrascht mich, euch zusammen zu sehen. Wie in den alten Zeiten.“

„Was du nicht sagst. Hast du dir die Fotos angesehen?“

Sax nickt, ein halbherziges Lächeln auf den schmalen Lippen, mit einem Seufzer. „Ja, aber ich verstehe nicht, wie du auf die Idee kommst, von Arielle zu sprechen. Meiner Meinung nach beweisen die Schnüre gar nichts.“

„Ich hoffe, du irrst dich nicht“, flüstert Biondo düster.

VIII.

September 2009. Zwei Jungs von der Müllabfuhr hatten sie alarmiert. Gleich am ersten Arbeitstag waren sie zu einer improvisierten Müllhalde an der Salaria geschickt worden. Und hatten die Leiche gefunden. Während der Intelligentere der beiden die 113 angerufen hatte, war dem anderen, einem kleinen Schmächtigen, der im letzten Semester Physik studierte, schlecht geworden. Er hatte den Fundort, der ohnehin schon dreckig genug war, noch weiter versaut. Die Einsatzzentrale hatte den Hinweis entgegengenommen, ihn ans lokale Kommissariat weitergegeben und gleichzeitig den diensthabenden Staatsanwalt verständigt. Biondo und Sax, die mittlerweile bei der *Giudiziaria* arbeiteten (denn es waren die Besten ausgesucht worden!), machten sich auf den Weg.

Kurz nach Sonnenaufgang erreichten sie die Müllhalde. Sie wurden von einem Einsatzkommando, einer überflüssigen Ambulanz und natürlich den zwei Müllmännern empfangen. Die Leiche lag auf einem Haufen weggeworfener Kleider. Wer auch immer sie hier abgelegt hatte, hatte sich die Mühe gemacht, sie in zwei Müllsäcken zu verstauen. Das Mädchen war gefesselt. Möwen hatten Löcher in die Müllsäcke gerissen, durch die das blaue Fleisch der Toten schimmerte.

„Sie liegt seit mindestens zwölf Stunden da", vermutete der Streifenführer, ein Inspektor mit rachitischem Äußeren. Vielleicht kränkte es ihn, dass ihm die beiden Anfänger von der *Giudiziaria* vorgesetzt worden waren.

„Warten wir auf den Gerichtsarzt", schlug Biondo vor, „die Möwen sind sehr schnell."

„Kleine Wette?", sagte der andere spöttisch.

„Auf so was wetten wir nicht", unterbrach ihn Biondo.

Sax zog einen zerknitterten Zehn-Euro-Schein hervor und reichte ihm den älteren Kollegen. „Nicht länger als sechs Stunden."

„Dein Geld bist du los, Junge."

Der Veteran zündete sich eine Zigarette an und ging weg, um sie in Ruhe zu rauchen.

Biondo warf Sax einen ernsten Blick zu. „Wie kommst du auf die Idee, dich auf die Spielchen des Idioten einzulassen?"

„Er ist einer von der alten Schule, was willst du?"

„Er ist ein Zyniker."

„Meiner Meinung nach eine Form von Selbstschutz."

Sax und er waren Freunde, dachte Biondo, und trotzdem sehr verschieden. Er war sich sicher, dass er nie so werden würde wie dieser Typ. Es gab zwei Arten von Polizisten, aber nicht im Sinne von *good cop* und *bad cop*, wie man sie aus den Spielchen bei Verhören kannte. Nein. Sondern entweder bist du der Typ, der sich mit Haut und Haaren einlässt, dann leidest du, als ob jeder Tote ein Mitglied deiner Familie, ein lieber Verwandter und jedes Verbrechen das einzige Verbrechen auf der Welt wäre, oder du pfeifst dir nichts: Egal, ob du es mit Toten oder Dieben, Betrügern oder Serienkillern zu tun hast, dein Beruf besteht bloß aus Statistik, auszufüllenden Formularen, lästigen Pflichten, und hin und wieder schickst du einen armen Teufel hinter schwedische Gardinen. Egal, ob schuldig oder nicht. Entweder glaubst du daran und bist ein gewisser Polizisten-Typ, oder du glaubst nicht daran und bist ein anderer. Biondo hatte sich bereits entschieden. Obwohl alle sagten, man finge als Idealist an und höre als Pragmatiker auf. Um zu überleben.

Doch wovor schützte sich Sax? Oder war er bereits drauf und dran, ein Zyniker zu werden?

Der Polizeiarzt kam. Bei ihm waren ein Fotograf und Alba. Der Leiter der UACV, der Gewaltverbrechensbekämpfung, hatte sie verständigt. Alba war gerade von ihrem halbjährigen Kurs in Quantico zurückgekommen. Vor einer Woche war sie in die Basis zurückgekehrt. Ihre Augenringe zeugten von einer heißen Wiedersehensfeier mit Biondo. Sie begrüßten sich mit einem formalen Händedruck. Ort und Umstände luden nicht zu Gefühlsausbrüchen ein. Der Arzt bat Alba, die Leiche aus verschiedenen Perspektiven zu fotografieren. Als die Techniker von der Spurensicherung auftauchten, befreite er die Leiche von den Müllsäcken. Bei allem, was er machte, sprach er in ein kleines Diktiergerät: „Leiche weiblichen Geschlechts, weiße Rasse, Alter ungefähr fünfundzwanzig, dreißig Jahre. Bauchlage, eingewickelt in zwei … nein, drei Müllsäcke, Hausmüllsäcke, die ich nun seitlich aufschneide … auf dem linken Unterarm ein Tattoo, die Figur …“

„Das ist Arielle von Walt Disney“, flüsterte Biondo.

„Danke. Arielle. Ach ja … die oberen und unteren Gliedmaßen sind mit Schnüren gefesselt …“

„Herr Doktor, dürfte ich kurz?"

Überrascht zuckte der Arzt mit den Achseln und ließ Alba vortreten, die mehrere Fotos machte. Dann zeigte sie auf weitere Details: „Schauen Sie hier, diese Rillen …"

„Ja und?"

„Wahrscheinlich wurden sie ebenfalls von Schnüren verursacht."

„Möglicherweise. Aber ich müsste sie mir genauer ansehen."

„Im Augenblick reicht mir, dass Sie die Hypothese nicht ausschließen."

Der Arzt nickte und fuhr mit der Untersuchung fort. Alba schoss weitere Fotos. Biondo fragte, was sie sich dachte.

„Deiner Meinung nach?"

„Das Werk eines Verrückten."

„Das steht fest. Aber was für eines Verrückten … kannst du mir das sagen?"

„Keine Ahnung. Eines Verrückten, der Spaß dabei hat, Mädchen zu quälen … Die Leiche weist mindestens fünfzig Messerstiche auf."

„Ich würde sagen, alle oberflächlich."

„Das erinnert mich an das Verbrechen in Bologna", sagte Sax. „Aber ja doch, die Geschichte im DAMS, wir haben in Kriminalgeschichte davon gehört."

Der Polizeiarzt drehte sich zu ihnen um.

„In diesem Fall gab es aber keine Schnüre. Vielleicht kann Ihnen Ihre Kollegin das sagen."

„Ich sterbe vor Neugier", flüsterte Sax.

Alba zuckte mit den Achseln. Als wollte sie sagen: Junge, lass mich arbeiten.

Sax und Biondo nahmen die Aussage der Müllmänner auf. Alba sah Zeichen an diesem gefolterten Körper, die den anderen entgingen. Aber welche?

Die Antwort kam spät am Abend, als sie sich bei Nonno zu den beiden gesellte und den Computer auf den Tisch stellte.

„Schaut her", sagte sie und drehte den Bildschirm zu ihnen.

Biondo und Sax sahen Bilder nackter Frauen. Nackt und auf fantasievolle Weise mit Schnüren gefesselt, die Arme, Brust, Beine einschnürten; Schnüre unter dem Hals, gekreuzte Schnüre, an denen ein Körper aufgehängt war, gekreuzte Schnüre, an denen zwei Körper aufgehängt waren.

„Bondage", sagte Sax abschließend, wie selbstverständlich.

„Nicht einfach Bondage", korrigierte ihn Alba. „Ich spreche von Shibari."

„Okay, ich kapituliere", sagte Sax. „Rede weiter."

„Shibari", fuhr Alba fort, „ist eine alte japanische Fesselungstechnik mit starkem erotischen Beigeschmack. Es ist eine Art von Bondage, aber viel … keine Ahnung, wie ich es sagen soll …"

„Künstlerischer?", schlug Sax vor.

„Die SM-Comunity würde dir recht geben."

„Die SM-Comunity …" Biondo schüttelte den Kopf.

„Kennst du dich da aus?"

„Bist du eifersüchtig? Der Kurs in Quantico muss ja was gebracht haben, oder?"

„Ja. Dein Verlobter ist zu einer Nervensäge geworden", sagte Sax scherzhaft, „Alba hier, Alba da …"

„Wollt ihr mir zuhören oder kränkt es euch, dass ich vor euch draufgekommen bin?", fragte sie.

„Was ist künstlerisch, wenn ich eine Frau fessele und wie eine Wurst aufhänge?", protestierte Biondo.

„Manche halten das für sehr raffiniert", stellte Alba fest.

„Solange niemandem Schmerzen zugefügt werden? Wie sagen noch mal diese Schmutzfinken?", fragte Sax.

„*Safe, sane and consensual (SSC)* – das ist die SM-Formel."

„Ich sehe, ihr kennt euch aus", unterbrach Biondo etwas säuerlich.

Sax prustete. „Alba, hast du ihm schon mal erklärt, dass es eine Welt jenseits der Missionarsstellung gibt?"

Alba legte Biondo lächelnd die Hand auf den Arm. „Entschuldige, aber du hast es so gewollt."

Alle drei lachten. Beste Freunde. Und sogar Biondo fragte sich, ob man die Zumutungen des Lebens nicht besser aushielt, wenn man scherzte, abwiegelte, abwehrte. Alba fuhr mit der Erklärung fort: „Der Typ, der beim Shibari die Fesselung vorbereitet und vornimmt, heißt Nawashi. Der Nawashi bereitet die Schnüre höchstpersönlich vor, die es in zwei verschiedenen Längen gibt: vier oder acht Meter. Sie müssen unbedingt aus Hanf sein. Manche Schulen, die jedoch in der Minderheit sind, erlauben Leinen. Die Schnüre müssen gekocht, getrocknet und mit Biberöl eingerieben werden, damit sie die Haut nicht verletzen. Das Merkmal des Nawashi ist das Seilende. Jeder Nawashi hat ein spezielles. In unserem Fall hat der Nawashi Seidenbänder mit eingearbeitet …"

„Woher weißt du, dass sie aus Seide sind?", fragte Biondo.

„Ich habe mich mit dem Polizeiarzt unterhalten."

„Wer weiß, wie viele Nawashi Seide verwenden", meinte Sax.

„Sicher. Ich denke jedoch, es wird nicht allzu viele geben, die blaue, rote, weiße und schwarze Bänder verknoten. Ich glaube, das ist sein spezielles Merkmal."

IX.

Biondo leert das dritte Glas Falerner. Biondo war immer ein starker Trinker, aber jetzt übertreibt er. Sax und Alba sehen einander an. Das Essen ist nahezu unangetastet, sie haben gerade mal zerstreut zwei, drei Bissen genommen. Ihre Gläser sind noch halb voll.

Sax steht auf und nimmt noch eine Flasche von der Kredenz.

„Pinot Noir. 2014, ein ordentlicher Jahrgang."

Gianni gibt eine Art zustimmendes Grunzen von sich.

Sax entkorkt die Flasche und schnuppert. „Brauchbar. Kommen wir zu uns zurück und nehmen wir mal an, es handle sich um dieselben Knoten. Doch auch dann gibt es mehrere Möglichkeiten, nicht wahr?"

„Sicher", gibt Alba zu. „Ein Nachahmer zum Beispiel. Einer, der im Netz über den Fall gelesen und sich inspirieren lassen hat."

Biondo gießt sich noch mal Wein ein, dreht das Glas in den Händen, betrachtet die rubinrote Flüssigkeit im Gegenlicht.

„Zu viele Zufälle. Die Schnüre. Die Knoten. Die Farben der Bänder. Die Wunden sind oberflächlich. Auch die von Arielle waren oberflächlich."

„Aber damals hat es einen Gnadenschuss gegeben", stellt Alba fest.

„Einen Schlag auf die Halsschlagader", stellt Biondo fest. „Diesmal nicht. Ich frage mich, warum."

Sax seufzt. „Das fragst du dich nur, weil du von einem identischen Fall ausgehst. Oder von einem sehr ähnlichen Fall. Doch das wird durch nichts bestätigt. Vielleicht handelt es sich nur um ein Spiel, das schiefgegangen ist …"

„Hör schon damit auf!", brummt Biondo. „Jaime, der Typ, den ich erwischt habe, sagt, dass der, der abgehauen ist, den Auftrag hatte, das Mädchen zu zerstückeln. Man zerstückelt niemanden, nur weil ein Spiel schiefgegangen ist!"

„Doch damals", sagt Sax hartnäckig, „ein Gnadenschuss … ein Schlag auf die Halsschlagader … zack … und diesmal nichts!"

„Vielleicht ist es sich nicht ausgegangen, weil ihm etwas … oder jemand dazwischengekommen ist", vermutet Alba.

„Ja, möglich", gibt Biondo zu. „Dann würde Jaimes Erklärung Sinn ergeben. Im schönsten Augenblick muss er unterbrechen und gibt Ramon den Auftrag, den Job zu vollenden."

Sax kratzt sich am Kinn, wo ein Schatten von Spitzbart steht, den er nie wachsen lässt. „Jaime behauptet also, ein großes Tier hätte Ramon den Auftrag gegeben."

„Genau."

„Ramon ist Mitglied einer Pandilla. Soweit ich weiß, sind die Pandillas ethnische Banden. Sie rekrutieren ihre Mitglieder nur in ihrem eigenen Umfeld. Die Italiener lassen sie in Ruhe, sie kümmern sich nur um ihre eigenen Angelegenheiten … Wenn es das ‚große Tier' wirklich gibt, muss es logischerweise einer von ihnen sein …"

„Das macht Sinn", betont Alba.

„Zu Zeiten der Meerjungfrau, mein Lieber", sagt Sax und betont jede Silbe, „war kein einziges Mal von Südamerikanern die Rede."

Biondo ist in Erklärungsnot. Diesen Aspekt hat er noch nicht in Betracht gezogen. Beinahe wütend stellt er das Weinglas ab.

Alba kommt ihm zu Hilfe: „Möglicherweise handelt es sich um einen sehr ehrgeizigen Pandillero. Vielleicht hat er mit einer einflussreichen Person Bekanntschaft geschlossen … die nicht unbedingt aus seinem Land ist …" Biondo ergreift den Rettungsanker. „Ja, genau das denke ich auch."

Die Tatsache, dass Biondo ihre These so heftig und doch so unbeholfen unterstützt, entlockt Alba ein beinahe zärtliches Lächeln. Biondo ist im Grunde noch derselbe.

Die Vergangenheit kehrt zurück, man kann nicht so tun, als ob nichts gewesen wäre.

Sax nimmt ebenfalls einen Schluck Rotwein. „Gut. Auf jeden Fall, solange das Mädchen uns nicht erzählt, was vorgefallen ist … Übrigens … du hast uns nicht gesagt, wie sie heißt."

„Weil ich es nicht weiß. Sie ist sicher nicht gemeldet."

„Und sie spricht nicht."

„Nein."

„Ist sie stumm oder was?"

„Schock. Physisch geht es ihr nicht einmal so schlecht. Die Wunden sahen schrecklich aus, sind in Wirklichkeit jedoch oberflächlich. Nach einer Nacht und einem Tag an der Infusion geht es ihr viel besser. Morgen versuche ich sie zu verhören."

„Wo ist sie jetzt?"

„Im Augenblick im Santa Marzia. Doch wenn sie entlassen wird, müssen wir sie in einem Frauenhaus unterbringen. Vielleicht fühlt sie sich in einem weniger aseptischen Umfeld wohler und öffnet sich."

„Ich könnte mit ihr sprechen", schlägt Alba vor, „vielleicht fällt es ihr bei einer Frau leichter …"

„Hervorragende Idee!", ruft Sax.

Wegen eines plötzlichen heftigen Donners fällt für einen Augenblick, ganz kurz, das Licht aus. Es geht jedoch sofort wieder an.

„Diese Geschichte hat das Zeug zum Melodrama. Ein altes Verbrechen. Und jetzt auch noch die Gewalt der Elemente … Es ist spät geworden, wisst ihr das? Wollt ihr einen Teller Spaghetti … wie in den alten Zeiten?"

„Ich gerne", sagt Alba.

„Wenn du meinst", willigt Biondo ein.

„Gut, davor muss ich aber ein paar Anrufe machen … entschuldigt mich …"

Biondo greift in die Tasche seines karierten Hemds, mit dem er aussieht wie ein skandinavischer Holzfäller, holt Tabak und Papier heraus und dreht sich eine Zigarette.

Sax, der schon am oberen Ende der Treppe steht, verbietet es ihm. „He! Das ist eine rauchfreie Zone, mein Freund."

„Wo darf ich dann rauchen?"

„Draußen."

„Es regnet."

„Es gibt einen Laubengang. Ich komme gleich."

Wir reden um den heißen Brei herum, denkt Alba, während sie mechanisch Wasser in einen Topf füllt und ihn auf den Herd stellt. Einen Augenblick lang hat sie die Versuchung gespürt, Biondo nachzugehen. Das wäre der perfekte Moment, um wieder mit dem Rauchen anzufangen … Doch dann lässt sie es bleiben. Irgendwie fühlt sich das Ganze falsch an. Es klingt falsch. Sax setzt alles daran, um abzuwiegeln. Doch das ergibt keinen Sinn. Wir drehen uns im Kreis. Alle drei.

X.

Das Mädchen war nicht gemeldet und niemand hatte ihr Verschwinden angezeigt. Im Protokoll wurde sie als „Opfer“ oder als „nicht identifizierte Leiche“ bezeichnet. Ein fantasievoller Lokalreporter nannte sie „Arielle“, wegen des Tattoos. Ein paar Kommissare sahen sich vergebens im Milieu der Tätowierer um. Alba stellte fest, dass die Zeichnung im Netz sehr verbreitet war. Möglicherweise hatte sich Arielle nicht in Rom, sondern woanders tätowieren lassen. Je mehr Zeit verging, desto geringer wurde die Chance, sie zu identifizieren. Für alle war sie nunmehr Arielle. Was den Mörder anbelangte, hatten sich die Reporter nicht sehr angestrengt: „Das Ungeheuer von der Müllhalde“ klang trivial und furchteinflößend, es funktionierte.

Arielle.

Wahrscheinlich würde man ihr nie mehr ihren richtigen Namen zurückgeben können.

Doch darum ging es nicht.

Es ging darum, den Nawashi zu fassen.

Der glaubwürdigsten These zufolge hatte der Mann das Opfer geködert, es für seine Spielchen missbraucht und dann umgebracht.

Alba konzentrierte sich auf die DNA.

Auf den Schnüren und Bändern, mit denen Arielle gefesselt worden war, hatte man verschiedene Gensequenzen gefunden. Alba ging bei den Untersuchungen äußerst sorgfältig vor, um sogenannte „Laborartefakte“ zu vermeiden. Hin und wieder sind die Geräte, die man für die Analysen verwendet, hinterhältig: Bei manchen Screenings verschwinden Spuren, bei anderen tauchen Spuren auf, die es gar nicht gibt.

Biondo und Sax verfolgten die Analysen, die Alba im Polizeilabor durchführte, mit einer Mischung aus krankhafter Neugier, Ehrfurcht und Neid.

„Es gibt Gene, die hineinspringen, und Gene, die davonlaufen. Wir nennen das Allelic Drop-in und Allelic Drop-out. Wir müssen die Analysen wiederholen, bis wir ein stabiles Ergebnis haben. Erst dann können wir uns sicher sein.“

Schließlich waren drei eindeutige Spuren zutage getreten. Eine stammte von dem Opfer. Die zwei anderen stammten von zwei männlichen Individuen: Mister X und Mister Y. Dann gab es noch eine vermischte Spur: Mister X und das Opfer.

„Ich verstehe gar nichts mehr. Hat es zwei Mörder gegeben?“

„Nicht unbedingt“, erklärte Alba. „Das Vorhandensein zweier Spuren bedeutet nur, dass zwei verschiedene Personen die Schnüre und Bänder berührt und ihre Abdrücke hinterlassen haben. Einer der beiden, den wir Mister X nennen, ist auch in Kontakt mit den Körpersäften des Opfers gekommen. Daher die vermischte Spur.“

Sax versuchte wie ein Polizist zu denken. „Sie sind zu zweit. Einer bereitet die Schnüre vor und reicht sie dem anderen, der die Frau foltert.“

„Ein Nawashi würde niemals akzeptieren, dass ein anderer die Schnüre vorbereitet.“

„Also könnten es ein Nawashi und ein Lehrling sein.“

Sax und Biondo waren zufrieden, doch Alba hielt die These für schwach.

„Zwei Verrückte? Möglich, aber selten.“

„Siehst du eine andere Möglichkeit?“

„Ach ja, eine ganz banale. Die Spur, die uns interessiert, ist die gemischte, weil sie von einer Interaktion mit dem Opfer zeugt. Die andere Spur kann auch ganz belanglos sein.“

„Das heißt?“

„Das heißt: Unser vermeintlicher Nawashi hat die Schnur bei einem Händler gekauft, und der hat sie berührt und in einen Umschlag gelegt. Oder unser vermeintlicher Nawashi hat die Schnur aus einem Lager geholt oder sie gestohlen, auf dem Land gefunden oder …“

Das klang überzeugend.

War aber keine brauchbare Spur.

Nicht weniger frustrierend waren die Ergebnisse von Biondos und Sax' Ermittlungen, die beiden hatten die Hilfe der Sittenpolizei angefordert und auch erhalten. Eigentlich hieß sie nicht mehr so, sondern *Abteilung zur Verhinderung von sexueller Ausbeutung*. Das klang entschieden besser, sehr politisch korrekt, und bezeugte, dass die Polizei im Dienste der Allgemeinheit arbeitete. Doch alle nannten sie „Sitte", die Arbeit trug zwar ein anderes Etikett, war aber noch immer dieselbe.

Die „Hurenböcke", wie die Kollegen sie liebevoll nannten, erklärten, dass man sich auf zwei Niveaus bewegen musste: dem offiziellen oder halboffiziellen Niveau der BDSM-Community und jenem des Pornos. Es gab eine BDSM-Szene, die sich im hellen Tageslicht bewegte.

Biondo und Sax versuchten sich mit deren Ritualen vertraut zu machen. Sie besuchten Lokale, unterhielten sich mit SM-Jüngern. Lernten Master kennen, die sich rühmten, bis zu sechs Sklavinnen zugleich zu dominieren, und Sklavinnen, die, bevor sie antworteten, ihren Herrn um Erlaubnis baten, die dieser gönnerhaft erteilte. Sie lernten Swinger kennen, die abwechselnd in die eine und in die andere Rolle schlüpften, Cuckolds, die scharf wurden, wenn sie dabei zusahen, wie ihre Frau von einem anderen gevögelt wurde, sie ließen sich von Sissys eine Tasse Kaffee servieren, das waren die devoten Zofen mit Servierhäubchen und Miedergürtel, die manchmal unbeholfene Mädchen, manchmal in die Jahre gekommene Transen im Fummel waren.

Mit Sex, stellten sie fest, hatte das Ganze wenig oder nichts zu tun: Sex wurde hauptsächlich von einzelnen Swingern oder ganzen Swingergruppen praktiziert, die von den hartgesottenen Sadomasochisten als Stümper verachtet wurden. Die Hartgesottenen sprachen vor allem von psychologischer Dominanz und Unterwerfung: Geh in die U-Bahn-Station, zieh dein Höschen aus und wirf es einem

Unbekannten ins Gesicht. Wenn ich dich finde, sitzt du nackt und geknebelt auf einem Stuhl. Sechs Stunden lang nichts trinken. Wie viele Hiebe auf den Hintern hättest du gern, mein Schatz?

Sax sparte nicht mit schmutzigen Witzen, der humoristische Aspekt der Sache schien ihn zu faszinieren. Biondo, der ursprünglich strenge Moralmaßstäbe an den Tag gelegt hatte, musste zugeben, dass die BDSM-Community eine wahre Überraschung war. Die Rituale wurden sehr locker und oft auch mit gehöriger Ironie und Selbstironie gehandhabt, und zwar von Hunderten Personen jeglichen Standes, Berufes und jeglicher Ideologie.

Die Menschen, die sie in Augenschein nahmen, wirkten so harmlos, dass sie den Mut verloren. Einige bekannte Bondage-Jünger, sogar zwei anerkannte Nawashi-Meister, lieferten spontan die eigene DNA ab. Sie wollten verhindern, dass ein wahnsinniger Mörder mit ihrer friedlichen Community in Zusammenhang gebracht wurde.

Der Ausflug in die Sadomaso-Szene schien also ein echter Schlag ins Wasser zu sein. Doch es gab noch immer die These, dass ein „normaler“ Jünger sich überschätzt hatte, zu weit gegangen war und sich nicht mehr hatte kontrollieren können. Dann wäre es zwar nach wie vor Mord gewesen, doch der Mörder wäre kein Wahnsinniger gewesen. Diese Spur musste ebenfalls verfolgt werden, und Dr. Sax und Biondo sparten nicht mit Kontrollen. Im Falle eines Betriebsunfalls wäre die Sache wohl schon längst ans Tageslicht gekommen.

Also konzentrierten sie sich auf die Pornoszene.

Sie machten Razzien in Lokalen, aktivierten Informanten, legten Köder aus, sichteten Videos, sprachen mit Prostituierten und Zuhältern, durchsuchten Videoläden, Chatrooms und Escortservices.

Wie sie es bereits im Fall der Nawashi aus der BDSM-Community gemacht hatten, überprüften sie die DNA von Personen, die aufgrund von Vorfällen oder Hinweisen „verdächtig“ waren. Während die Nawashi freiwillig ihre DNA gespendet hatten, gab es hier zwei Möglichkeiten: Entweder schrieb man die Zielperson auf die Liste der Verdächtigen und bat sie, eine Probe abzugeben, was unter

Umständen jedoch zur Folge hatte, dass sie einen Anwalt beizog, die Speichelprobe verweigerte, Einspruch erhob, es zu einem Gerichtsverfahren kam, etc. etc., oder man bemächtigte sich ohne Wissen des Verdächtigen irgendeines Gegenstands, auf dem sich seine DNA-Spuren befanden, und analysierte sie. Natürlich war das dann eine inoffizielle Analyse. Die im Falle eines möglichen Gerichtsverfahrens überhaupt keinen Wert hatte.

Dr. Sax, Alba und Biondo entschieden sich für die Abkürzung.

Sax und Biondo sammelten Zigarettenkippen und schmutzige Kaffeetassen, Bürsten mit schuppigen Haaren und Taschentücher mit Körpersäften.

Wieder absolut nichts. Keine Übereinstimmung mit Personen, die wegen Sexualdelikten aufgefallen waren. Alle negativ, wie die sympathischen Sadomasochisten.

Niemand hatte je ein Mädchen mit dem Arielle-Tattoo gesehen oder von ihr gehört. Sicher, auch in dieser Szene war es sehr wahrscheinlich, dass man sich in einem Lügengeflecht verfing.

Sie hatten das Gefühl, dass da noch etwas war. Dass sich irgendwo eine Lücke auftun würde.

Aber sie hatten sie noch nicht entdeckt.

Dann fand Alba Vicky of Paris.

Und die Ereignisse überstürzten sich.

XI.

Ramon versteckt sich seit zwei Tagen wie eine Ratte.

Sein bisschen Geld ist alle, ihm ist kalt, er hat Hunger, er zittert, und der heftige Regen macht die Sache noch schlimmer.

Jurado meldet sich nicht. Bei seinem ersten Anruf hat er zu ihm bloß gesagt, er solle das Handy wegwerfen.

„Aber so schnell hören sie nicht ab, nicht mal Batman ist so schnell."

„Aber es gibt Telefonlisten, du Idiot, und sie hinterlassen Spuren."

„Okay, dann klaue ich ein Handy."

„Untersteh dich. Man würde dich sofort aufspüren. Ruf mich nur von einem öffentlichen Telefon an."

„Wie? *Hermano*, wo soll ich ein öffentliches Telefon finden? Es gibt keine mehr!"

Jurado hat ihm drei oder vier Möglichkeiten genannt. Orte, wo man noch mit Karte telefonieren kann. Lokale, wo Karten verkauft werden.

Es war nicht einfach, doch schließlich ist es Ramon gelungen. Er betritt das alte Krankenhaus durch die Notaufnahme und setzt sich auf eine Bank unter den Arkaden des Innenhofs. In einer Viertelstunde wird er es noch mal versuchen. Er hofft, dass auf der Karte noch ein wenig Guthaben ist.

Jurado antwortet nicht.

Ramon ist verzweifelt. Am liebsten würde er weinen. Vielleicht muss er einen Passanten überfallen. Vielleicht hat er nicht einmal dazu die Kraft. Er hat Schüttelfrost, vielleicht bekommt er Fieber. Vielleicht. Vielleicht. Vielleicht hätte er das Angebot nicht annehmen dürfen. Aber jetzt ist es zu spät.

Am Nachmittag, als es noch hell war, ist er an einer Polizeiwache vorbeigegangen. Mit tief ins Gesicht gezogener Kapuze ist er dicht an der Mauer vorbeigeschlichen und zwei Schritte vor der versperrten Tür stehen geblieben. Er hat sich umgeblickt. Irgendeine Videokamera wird ihn wohl aufgenommen haben, doch dort, wo er steht … Einen Augenblick lang hat er überlegt, sich zu stellen, wie es seine *mamacita* gewollt hatte. Im EUR hatte er eine Telefonzelle gefunden. Seine Mutter hatte am Telefon geweint. Die Polizei hatte ihn in ihrer Wohnung in der Via Giovannipoli gesucht. Ja, einer Wohnung, verdammt noch mal, keiner stinkenden Baracke, in der sich Junkies und Huren rumtreiben. Seine Mutter hatte zu ihm gesagt, sie habe sich an einen Anwalt gewandt. Der Anwalt meinte, seine Situation sei gar nicht so schlimm.

„Und woher weiß er das, Mama?"

„Ramon, mein Sohn, dein Freund hat gesungen."

„Jaime! Der Verräter hat doch keine Ahnung!"

„Ramon, er hat das Richtige getan. Du musst es auch tun. Da draußen ist es gefährlich. Und ich kann dir nicht helfen. Stell dich. Dem Mädchen geht es gut, auch dem Polizisten geht es gut. Rede, erzähl ihnen alles, und du kommst gut davon!"

„Danke, Mama, ich überleg es mir."

„Ramon?"

„Mama?"

„Ich liebe dich."

„Ich dich auch!"

Sich stellen! Als das Tor der Kaserne zu summen begann und einen Spaltbreit aufging, wich Ramon instinktiv zurück, dann steckte er die Hände in die Taschen, machte einen Buckel und ging in entgegengesetzter Richtung davon.

Sich stellen! Kommt gar nicht infrage. Jurado war da ganz eindeutig. Das Mädchen muss verschwinden. Es gibt eine wichtige Person, die bezahlt, und zwar gut bezahlt. Doch der Typ ist mit Vorsicht zu genießen. Er kann dein Leben verändern, er kann es dir aber auch nehmen.

Ramon glaubt Jurado. Er glaubt ihm, weil Jurado ein Freund ist, ein Freund und Gefährte, und Freunde und Gefährten verraten einander nicht. Obwohl Jurado Italiener ist, ist er ein Pandillero, weil er mit Consuelo zusammen ist, und Consuelo ist eine von ihnen durch und durch. Ramon glaubt Jurado, nicht zuletzt, weil er Angst vor ihm hat. Er hat Angst vor ihm und vor dem Typ, der hinter ihm seht. Der den Tod des Mädchens in Auftrag gegeben hat. Ramon hat keine Ahnung, wer es ist, und will es auch nicht wissen. Wenn er Jurado sieht, wird er es ihm erklären, er wird sagen, dass Jaime gesungen hat, und er wird sich anbieten, den Verräter zu bestrafen.

Der Schüttelfrost ist jetzt unerträglich. Ramon steht auf, um sich zu wärmen, vollführt er eine Art grotesken Tanz. Ein Krankenpfleger geht rauchend vorbei, sieht ihn kopfschüttelnd an und murmelt etwas Unverständliches. Durch die Bewegung fühlt er sich besser. Ramon geht in die Vorhalle, geht das schlecht beleuchtete Treppenhaus hinauf. Im zweiten Stock, vor der Nephrologie-Abteilung, hängt ein Wertkartentelefon. Ramon sendet ein Stoßgebet zum Himmel, dass es funktioniert. Er steckt die Karte hinein. Er wählt zum x-ten Mal Jurados Nummer.

„Ramon?"

„Jurado, Freund, wo steckst du? Ich …"

„Auf der Treppe, in einer halben Stunde."

„Ich komme, Freund, danke."

Wie von einem elektrischen Schlag getroffen flitzt Ramon zum Tor, das auf den Lungotevere führt. Unterwegs lässt er eine Mütze mitgehen, die auf einem Garderobenständer hängt. Es schüttet, doch mittlerweile geht es ihm wieder gut, er hat wieder Hoffnung, alles wird gut, Jurado ist ein Freund, Jurado hilft ihm aus der Patsche. Er marschiert schnurstracks nach Trastevere, geht die Via Saffi hoch. Die Treppe liegt im Dunkeln. Jurado raucht eine Zigarette.

Ramon geht ihm leichtfüßig und voller Dankbarkeit entgegen.

„Alles in Ordnung, *hermano!*"

Ramon breitet die Arme aus, wie es das Ritual erfordert. „Jurado, ich sitze in der Patsche."

„Das kannst du laut sagen, mein Freund."

„Mama … Mama sagt, dass Jaime den Bullen von mir erzählt hat."

Jurado nickt seufzend. „Das wird er büßen. Er ist ein Verräter."

„Ich wäre gern dabei, wenn wir ihn schnappen."

„Sicher, sicher, Ramon … aber du … Was genau weiß Jaime?"

Ramon zuckt mit den Achseln. In Jurados Gesellschaft fühlt er sich allmählich wieder sicher, er beruhigt sich. „Nichts. Nichts weiß er. Nur, dass wir … die *puta* eliminieren sollten. Für wen hältst du mich? Ich bin keiner, der redet. Ich kenne den Wahnsinnigen nicht einmal, der Spaß daran hat, Frauen zu zerstückeln. Und außerdem hast du selbst zu mir gesagt, je weniger ich von der Geschichte weiß, desto besser ist es."

„Sehr gut, Ramon, sehr gut!"

Jurado grinst, sein rechter Arm schnellt empor. Gleich darauf klafft ein Schnitt quer über Ramons Hals. Ramon schnappt nach Luft, ein ungläubiger Ausdruck verzerrt seine Züge. Er fällt zu Boden, das Blut quillt aus der Wunde und vermischt sich mit dem Regenwasser.

Der Mann, der angeblich Jurado heißt, wartet, bis das Leben aus ihm gewichen ist. Als es vorbei ist, wischt er ruhig das Messer ab und wirft es in das Gebüsch neben der Treppe. Schließlich wählt er eine Nummer am Handy.

„Schnell, schickt einen Rettungswagen und eine Streife. Mann am Boden. Ich wiederhole: Mann am Boden."

XII.

Alba hat sich die Nägel mit 18 Rouge Noir lackiert, jetzt verspeist sie einen Teller *Linguine aglio e oglio,* Biondo hat noch eine halbe Flasche Wein getrunken, Sax hat sich zurückgehalten.

Wenn sie gestresst ist, verschlingt Alba entweder Riesenportionen oder ernährt sich ganze Tage nur von Luft und Wasser. Auch beim Essen legt immer sie die Spielregeln fest, sie ist unempfänglich für die Riten der zeitgenössischen Gesellschaft, die zwischen Anorexie und Bulimie schwanken. Früher einmal hat sie ihre Besonderheit als Fluch erlebt: Warum die anderen und ich nicht? Dann hat sie begriffen, dass das ebenfalls eine Auswirkung der Dunklen Triade war, so wie auch das gänzliche Fehlen von Panikattacken, der tiefe Schlaf, der verlangsamte Herzschlag, wenn dem Körper überdurchschnittliche Leistungen abverlangt werden. Sie fragt sich noch immer, ob das ein Privileg oder ein Fluch ist. Im Übrigen kann man mit der Triade Politiker, Nobelpreisträger, Diktator werden oder ein armer Teufel, der am Ende einer Gasse ins Gras beißt. Die Triade fordert auf jeden Fall einen Tribut. Alba hofft, dass sie ihn möglichst spät zahlen muss.

Sax holt Speiseeis aus dem Gefrierschrank; ein unpassendes Dessert angesichts des ungewöhnlich kalten Winters. Biondo bittet um etwas Hochprozentiges. Sax führt sie in einen großen Salon, in dem ein Flügel steht. Möbel von Poltrona Frau, eine antike Chaiselongue, ein alter Kontrabass auf einem Ständer wie ein Stillleben, das Gegenstück zu den Landschaftsbildern an der Wand. Albas Blick fällt auf einen Hirten, der an einem Baumstamm lehnt. Unter einem Himmel, der genauso Sturm wie auch Windstille ankündigen könnte, scheint sein gleichzeitig klarer und trüber Blick die Leinwand zu durchdringen und sich auf ein nicht näher definiertes Jenseits zu richten.

„Mein Schwiegervater hat eine Vorliebe für die Posillipo-Schule", erklärt Sax. „Das ist ein Smargiassi. Whisky, Grappa, Armagnac, Bourbon?", fragt er dann und klappt das Barfach eines Möbels aus den Fünfzigerjahren auf.

Biondo entscheidet sich für Whisky.

„Torbato?"

„Malt or blended, Sir?", erwidert Biondo und imitiert den Slogan einer alten Werbung. „Gib mir einen Whisky, ich will eine Zigarette rauchen."

Sax wirft ihm eine Flasche zu. Biondo fängt sie auf, obwohl er halb betrunken ist. Auf seinen Lippen taucht der Anflug eines Lächelns auf. Für einen Augenblick kehrt die alte Kameraderie zurück. Die Atmosphäre entspannt sich.

Früher einmal waren wir ein Team …

Idiotischer Gedanke, denkt sich Alba, nachdem Biondo hinausgegangen ist, um unter den Arkaden eine Zigarette zu rauchen, und sie und Sax die Gläser schwenken, um den Cognac anzuwärmen. Abgesehen davon, dass ihr der Ausdruck „Wir sind ein Team“ Ekel verursacht – dieser elende Sportjargon … Wann haben sie, wann haben wir begonnen, so eine üble Sprache zu verwenden? –, waren sie nie ein Team. Gegenseitige Unterstützung, Kameraderie, Vertrauen … Biondo, der arme dumme, melancholische Bär, war der Einzige, der wirklich daran geglaubt hat. Aber sie beide, sie und Sax, ha! Zwei perfekte Solisten. Auch damals beim Arielle-Fall – der sie nun wieder zusammengeführt hat wie in einer psychologischen Komödie, bei der sich die Figuren mit Gin zuschütten und dabei alle möglichen Bösartigkeiten von sich geben, ihre uralten Ressentiments ausspucken – war nicht Solidarität ihr Antrieb gewesen, hatten sie sich nicht als im Leben und im Tod verbundene Brüder gefühlt; nein, wenn man es sich recht überlegte, hatte damals jeder sein eigenes Süppchen gekocht. Den bequemsten Ausweg gesucht. Den einzig möglichen.

Sax kommt näher. Die Gläser berühren sich.

„Jetzt hat er die richtige Temperatur.“

„Dann trinken wir.“

Während des Abendessens haben sie das Thema nicht einmal gestreift. Ein insgeheim ausgehandelter Waffenstillstand. Aber kein Waffenstillstand dauert ewig.

„Er ist davon überzeugt“, flüstert Sax.

„Genau. Und du?“

„Die Frage könnte ich auch dir stellen.“

„Keine Ahnung. Wir müssen uns die Sache genau ansehen.“

„Sicher. Ich halte es noch immer für unwahrscheinlich. Wenn doch …“

„Wenn doch …“

„Müssten wir uns damit auseinandersetzen.“

„Schönes Schlamassel.“

„Auch das kann man lösen.“

Sax’ zur Schau gestellte Selbstsicherheit bestürzt sie. Und irritiert sie. Die bourgeoise Pose, die er an den Tag legt, ist etwas armselig.

Sax war entschieden sympathischer, als er noch ein junger Mann aus der Pontinischen Ebene war, der sein Studium mit Saxofonspielen finanzierte und der erst aus dem möblierten Zimmer an der Laurentina ausziehen konnte, als er sein erstes Gehalt bekam. Was wäre aus ihm geworden, wenn er nicht die Tochter eines hohen Tiers geheiratet hätte?

Ich bin kleinlich, sagt sich Alba. Sax wäre auf alle Fälle ein hervorragender Polizist geworden. Und ein loyaler Kollege. Ich neige dazu zu übertreiben. Der *shrink* versucht es mir auf alle möglichen Arten zu erklären. Ich bin bösartig, weil ich auf mich selbst wütend bin, weil ich nicht hier sein will, weil ich anders sein möchte, als ich bin, doch nein, ich bin genau so, wie ich bin, und ich mag mich, aber das kann ich noch nicht zugeben.

„Unter den Arkaden wird man auch nass, mein Lieber", murrt Biondo, der hereingekommen ist, seine Mähne schüttelt und das Wasser herumspritzt wie ein nasser Hund. „Ich gehe nicht mehr hinaus. Die nächste Zigarette rauche ich hier drinnen, verstanden?"

„Kommt gar nicht infrage", sagt Sax außerordentlich freundlich, aber entschieden.

XIII.

Die Ermittlungen stagnierten. Sax, der Pragmatiker, war drauf und dran, aufzugeben. Sie wussten sehr gut, je mehr Zeit verging, desto geringer war die Chance, den Fall zu lösen.

„Es gibt nicht die geringste Spur, Jungs. Keinen Informanten, der redet, absolut nichts. Vielleicht hat das Ungeheuer ins Gras gebissen, nachdem es Arielle umgebracht hat. Vielleicht war es ein Matrose auf Durchreise."

„Rom ist keine Hafenstadt."

„Dann ein Tourist, okay? Wir jagen offenbar ein Gespenst. Und ehrlich gesagt …"

Biondo wollte nicht klein beigeben. Die Vorstellung, dass der Bastard noch auf freiem Fuß war und sich ins Fäustchen lachte, ließ ihm keine Ruhe. Wenn seine Vorgesetzten ihn daran erinnerten, dass es auch noch andere ungelöste Fälle gab, schickte er sie zum Teufel. Das Leben geht weiter, sagten sie, und das Verbrechen schläft nicht. Kümmert ihr euch darum, sagte er. Warum hatte er sich so verbohrt? Er fürchtete, dass noch eine Frau dran glauben musste. Dass sich der Horror wiederholte. Nachdem er sich zwei Wochen lang zur Wehr gesetzt hatte, wurde er auf einen Räuber angesetzt, der einen Taxifahrer überfallen hatte. Innerhalb von achtundvierzig Stunden hatte er den Fall gelöst. Und zwar auf seine Weise. Nach einem Schusswechsel landete der Täter in der Notaufnahme. Danach ließ man ihn kommentarlos wieder am Arielle-Fall arbeiten.

Sax hingegen beherrschte die Kunst, zwischen Regeln und großen Tieren zu lavieren, er schaffte es, gleichzeitig auch andere Fälle zu lösen. Dank der Hinweise Luisellas, der Tochter von General Sangiorgio, die etwas von Kunst verstand, entlarvte er einen Fälscher. Er erntete Lobeshymnen dafür. Biondo hätte ihn fast des Verrats bezichtigt. Dennoch: Höchstens noch eine Woche oder zwei Wochen, dann würde der Fall als Mord archiviert werden, bei dem eine unbekannte Tote von unbekannten Tätern umgebracht worden war. Das Cold-Case-Team würde auf den Plan treten, eine Erfindung der neuen Führungskräfte und der Staatsanwaltschaft. Etwas sarkastisch wurden sie als „Pharaone" bezeichnet: Vielleicht würde man eines Tages feststellen, dass Kleopatra nicht Selbstmord begangen hatte, sondern wie im Film von einer Mumie umgebracht worden war.

Arielle blieb ihnen eine offene Rechnung, ein unerhörtes Gebet, ein Fluch auf einen verabscheuten, aber unbekannten Feind.

Und Alba?

Biondo war nicht der Einzige, dem der massakrierte Körper nicht aus dem Kopf ging. Teile dieses Körpers hatten sich auch Albas bemächtigt. Sie fragte sich, was die Frau in die Arme des Ungeheuers von der Müllhalde getrieben hatte. Warum hatte sie eingewilligt, ihm zu folgen, sofern sie überhaupt eingewilligt hatte? Und wenn nicht, wie war sie seine Beute geworden? Und wie hatte der Jäger sie aufgetrieben, aufgescheucht, massakriert? Vor allem aber suchten gewisse Bilder sie verdächtig oft heim. Bei der Recherche im Netz hatte sie viel pornografisches Material gesichtet. Extremer und perverser Sex. Wenn sie mit Biondo schlief, tauchten perverse Sexszenen wie Flashes auf. Alba empfand gleichzeitig Faszination und Ekel. Von mehreren Männern gleichzeitig genommen zu werden. Gegen eine Wand gepresst zu werden. Gefesselt und erniedrigt. Es mit Männern und Frauen gleichzeitig zu treiben. Demütigungen. Schnüre. In ihren Träumen war sie ein devotes Objekt in den Händen von maskierten Wahnsinnigen. Sie wehrte sich. Sie schlug sie, rächte sich, siegte. Benommen wachte sie auf, im Bann eines bösen Begehrens. Obwohl Biondo in Gedanken ganz bei der Untersuchung war, ahnte er etwas. Eines Abends kratzte sie ihm die Schulter blutig.

„Alba! Was soll das … als ob du mich …"

„Was?"

„Zerfleischen wolltest."

„Entschuldige. Mach weiter."

Biondo war freundlich, zugewandt, wollte ihr Lust verschaffen. Doch Alba fand ihn allmählich voraussehbar, sogar langweilig. Irgendetwas in ihr setzte sich zur Wehr.

Sie träumte, Arielle zu sein. Ein unförmiges, in Tierfelle gekleidetes Wesen näherte sich ihr drohend. Sie wartete, bis es ganz nah war, und als es in Schussweite war, griff sie es an und zerfleischte es. Diese Geschichte brachte eine unbekannte Seite von ihr zutage. Sie musste etwas unternehmen.

Nicht zuletzt, weil der zuständige Staatsanwalt die Schnauze voll hatte, er stellte den Antrag, den Fall zu archivieren, „weil die Täter nicht ausgeforscht werden konnten". Der Richter der Voruntersuchung würde in fünf, sechs Tagen eine Entscheidung treffen. Die Frist lief ab.

In Quantico hatte sie sich mit dem Darknet beschäftigt, dem dunkelsten Teil des Netzes, das vom Verbrechen dominiert wird. Wenn Alba in Rom davon sprach, begegnete man ihr allerdings mit Skepsis. Doch der Abgrund existierte. Sie hatte selbst hineingeblickt. Sie dachte, dass der Mörder Arielle vielleicht im Darknet aufgetrieben hatte, dem Ort, wo alles, auch menschliches Fleisch, einen Preis hat. Sie überlegte, sich einzuschleichen. Sie bereitete ein Inserat vor, in dem sie sich als junge Devote auf der Suche nach – durchaus harter – Domination ausgab. Sie setzte sogar ein Foto von Arielles Tattoo auf das Profil. Doch im letzten Augenblick, als sie schon fast auf „Senden" drückte, machte sie einen Rückzieher. Es fehlte ihr der Mut. Sie war noch nicht die Alba, die einen gewalttätigen Serienkiller fasste. Oder sie war noch nicht bereit, sich mit ihr zu identifizieren.

Sie betrat das Darknet als Master auf der Suche nach einem Slave. Sie schuf ein Fake-Profil und nannte es Monsieur Opale. Für das Profil verwendete sie ein Bild aus dem Film *Das Testament des Dr. Cordelier.* Jean Renoir, der Regisseur, hatte sich von der Geschichte von Dr. Jekyll und Mr. Hyde inspirieren lassen. Alba war überzeugt davon, der Mörder war ein Jekyll, ein unverdächtiger Mensch, vielleicht sogar ein erfolgreicher Typ mit sadistischen Neigungen, der eine Schwelle überschritten hatte. Möglicherweise zum ersten Mal, immerhin hatte die Archivrecherche keine ähnlichen Fälle ans Tageslicht gebracht.

Sie untersuchte Hunderte von BDSM-Anzeigen. Sie ließ die ausländischen Seiten außer Acht, doch allein in Mittelitalien gab es mindestens zwanzig Professionelle, die sich als Sklavinnen anboten. Sie waren Spezialistinnen bei Soft- und Hard-Domination, bei Golden Shower, Clinic, Spanking, Bondage und Ähnlichem. Überrascht stellte sie fest, dass die Anzeigen mit jenen im offiziellen Web übereinstimmten.

Das bedeutete, dass der *black market* Startschwierigkeiten hatte.

Oder dass sich das Ungeheuer sein Opfer anderswo besorgt hatte.

Oder dass sie etwas übersehen hatte.

Aber was?

Als sie Biondo und Sax festnagelte, gaben sie zu, dass die Kollegen von der Sitte die Kontrollen der Escortservices durchgeführt hatten.

„Vertraut ihr ihnen?“

„Warum nicht?“

Alba schlug vor, die Kontrollen zu wiederholen. Sie bot an, es selbst zu machen. Sie würde die Mädchen, die sich als Sklavinnen anboten, höchstpersönlich kontaktieren. In einem Frau-zu-Frau-Gespräch wären die Mädchen vielleicht entspannter und würden sich öffnen.

Sax war skeptisch. „Bist du dir sicher, dass Arielle eine Hure war …?“

„Wenn nicht, hätte sie jemand als vermisst gemeldet. Sie war eine Professionelle und eine Ausländerin.“

Biondo meinte, dass es wegen eventueller Zuhälter gefährlich sein könnte, die Mädchen direkt zu kontaktieren. Doch er sei bereit, ihr zu helfen. Alba quittierte das Angebot kalt. Dachte Biondo vielleicht, sie würde es allein nicht schaffen? Saß er etwa dem Klischee der schwachen Frau auf, die der Hilfe eines starken Mannes bedurfte? Biondo war sprachlos angesichts ihrer heftigen Reaktion. Das sei nie seine Absicht gewesen, versuchte er zu erklären. Alba entschuldigte sich wegen ihrer Heftigkeit. Sax zog sich zurück, wie so oft, wenn ein Konflikt schwelte. Zum ersten Mal machte sich Argwohn zwischen Alba und Biondo breit.

Alba konzentrierte sich auf die Mädchen. Sie schrieb SMS, ließ sich ausführlich erklären, worin ihre Leistungen bestanden. Als sie von Knoten und Fesselungen zu sprechen begann, machten alle einen Rückzieher. Nur Vicky of Paris kannte sich bei Shibari aus und war zu einer Session bereit.

So landete Alba in einer Rumpelkammer eines alten Hauses an einer winzigen, dunklen Straße im Monte-Sacro-Viertel.

Vicky öffnete ihr in einem Latex-Overall mit Schlitzen an den Brüsten und zwischen den Beinen.

Zweifellos war sie die Protagonistin des Werbevideos, das sie ins Netz gestellt hatte: eine hochgewachsene, gefesselte und geknebelte Blondine auf einem Holzstuhl, die einem maskierten, muskulösen Typ einen blies, nachdem er sie ausgepeitscht hatte.

„Ach, eine Frau? Lesbisch? Das nicht das erste Mal. Ich nicht verstehe, warum ihr Lesben immer als Männer euch ausgebt. In meiner Anzeige steht klar: Ich bin bi."

„Ich bin nicht wirklich eine Kundin, Vicky."

„Aha, was dann?"

„Polizei. Vizekommissarin Alba Doria."

„Schon wieder! Wie oft muss ich es noch sagen? Ich mache nichts Verbotenes!"

„Waren schon Kollegen da?"

„Hin und wieder kommt einer. Er kassiert ein bisschen Geld für … wie nennt ihr es? Protektion, ein paar geben sich mit einem Blowjob zufrieden. Ich nehme an, bei dir schwieriger."

„Ich will kein Geld. Da hast du deine zweitausend. Ich will nur reden."

Vicky ließ sie mit sarkastischem Grinsen eintreten.

Alba war noch nie in einer echten Zelle gewesen, einem *Dungeon*, wie es im Jargon der BDSM-Community hieß.

Vickys Reich bestand aus einem von einem schwachen rötlichen Licht beleuchteten Raum, der vage an eine Aufbahrungshalle erinnerte. Ein großes Bett mit roten Laken. Spiegel an der Wand. An einem Garderobenständer hingen schwarze Kappen. Ein hölzernes Andreaskreuz mit Handschellen auf Höhe der Hände und Füße. Der Stuhl aus dem Video. Eine große Kollektion von Peitschen, Latex-Phalli, Sextoys aller Art und in allen Größen. Ein mittelalterlicher Pranger.

„Also, setz dich, wohin du willst."

Vicky schlüpfte durch eine Tapetentür neben einem Fenster mit geschlossenen Fensterläden. Nach fünf Minuten kam sie zurück. Auf einem Tablett standen eine Tasse Kaffee mit zwei Baci Perugina und ein Räucherstäbchen. Sie hatte sich umgezogen. Anstelle des Latex-Overalls trug sie jetzt einen grünen Pullover und einen keuschen, knielangen Rock. Die Haare zu einem ordentlichen Pferdeschwanz gebunden. Ohne Schminke und Fummel wirkte sie wie ein gesundes Mädchen vom Land.

Alba versuchte sie mit ein paar Routinefragen zu beruhigen. Vicky kam aus der Ukraine. Sie hatte einen siebenjährigen Sohn in der Heimat zurückgelassen. Sie hatte einen Freund, Yuri. Anständig, außer wenn er zu viel trank. Was ein paarmal pro Tag vorkam. Sie wollte noch zwei oder drei Jahre arbeiten und dann in die Heimat zurückkehren, sich ein Haus bauen, vielleicht ein Restaurant eröffnen.

„Schmeckt dir der Kaffee?"

„Sehr gut."

„Lügnerin. Er ist widerlich. Aber danke, dass du freundlich zu mir bist."

„Hast du jemals von Arielle gehört?"

„Ja, aber …"

„Aber?"

„Ich weiß nichts, tut mir leid."

Sie log. Alba bemerkte das kurze Zögern, den allzu überzeugten Tonfall, die kaum merkliche Bewegung, mit der das Mädchen den Blick abgewandt hatte. Bei dem Verhörtechnik-Lehrgang hatte sie gelernt, diese Zeichen zu entziffern, sie hatten eine einzige Bedeutung: Vicky log.

Alba zeigte ihr Arielles Fotos.

Vicky wandte den Blick ab.

Alba provozierte sie: Wollte sie enden wie sie? Auf einer Müllhalde, von Möwen zerfleischt? „Warum willst du mir nicht helfen, Vicky?"

„Warum sollte ich dir helfen? Was bekomme ich dafür?"

„Ich könnte dir eine Aufenthaltsgenehmigung und echte Arbeit beschaffen."

„Du bist nicht die Erste, die das verspricht. Ich rede, ich sage, was ich weiß ... und du hältst dein Versprechen nicht."

„Du weißt also etwas."

„Gleich kommt Yuri", sagte Vicky und überging die Unterbrechung, „er verdrischt mich, denn wenn ich rede, ich mache Geschäft kaputt."

„Treffen wir eine Abmachung. Ich ziehe Yuri aus dem Verkehr und du sagst mir, was du weißt."

„Das ist nicht so einfach. Er ist Tier. Du Frau, ich Frau. Unmöglich."

„Vertrau mir."

„Und er weiß von Mädchen. Ich weiß nur, was weiß er."

„Ich wiederhole, vertrau mir. Ich bin eine Frau wie du. Ich verstehe dich. Ich kann dir helfen. Nur ich kann das." Alba nahm ihre Hände und versuchte ein möglichst komplizenhaftes Lächeln aufzusetzen.

Vicky seufzte, noch immer unentschlossen. Doch zum ersten Mal leuchtete in ihrem Blick wahres Interesse auf.

XIV.

Es schüttet, ein unruhiger, anarchischer Wind peitscht den Regen in alle Richtungen.

Alba geht zu Biondo, der im Schutz der Arkaden eine Zigarette nach der anderen raucht. Aus dem großen Wohnzimmer dringt eine herzzerreißende Melodie: Sax spielt ein Solo.

„Darf ich mal ziehen?"

„Hast du nicht aufgehört?"

Alba zuckt mit den Achseln. Biondo reicht ihr die nasse Kippe.

Sie macht zwei Züge, hustet, gibt ihm die Kippe mit einem angespannten Lächeln zurück. „Ich bin nicht mehr daran gewöhnt."

„Ihr glaubt mir nicht, stimmt's?" Im Licht eines plötzliches Blitzes erscheint Biondos Gesicht aufgedunsen, seine Augen sind rot, wässrig, die Haare kleben an der Stirn. Das Bild einer bitteren Niederlage.

„Das ist es nicht. Es ist kompliziert. Wir müssen alles mit klarem Verstand analysieren. Gianni, ich glaube, du lässt dich zu sehr reinziehen."

„Genau. Eine schöne Ausrede, nicht wahr? Ich glaube, deine Mutter hatte recht", flüstert er düster. „Mit uns konnte es nicht funktionieren."

Alba legt ihm eine Hand auf den Arm, die Geste evoziert eine alte Vertrautheit, die längst passé ist.

Vorsichtig, aber entschieden zieht Gianni den Arm weg. „Früher einmal hast du mir geraten, ich solle mich mit meinem inneren Rhythmus in Einklang bringen."

„Eigentlich habe ich was anderes gesagt. Du sollst deinen inneren Rhythmus mit der Wirklichkeit in Einklang bringen."

„Du hast also auch Erinnerungen", sagt er und wirft die Kippe weg.

Natürlich erinnert Alba sich. Sie erinnert sich an viele Details ihrer Geschichte. Sie erinnert sich an endlose Diskussionen, sie erinnert sich an seine Nach- und seine Vorteile. Biondos Stärke hat immer darin bestanden, stur seinen Weg weiterzugehen. Seine Schwäche: bei jeder Kreuzung stehen zu bleiben und sich unvermeidlich für die falsche Abzweigung zu entscheiden.

Wann haben die Dinge begonnen, sich in die falsche Richtung zu entwickeln? Hatte wirklich Arielle damit zu tun, die Entscheidungen, aufgrund deren sie sich jetzt wieder trafen und die sie vielleicht zu neuen Entscheidungen zwingen würden, die genauso radikal und gefährlich waren?

Sax traf sich mit Luisella, der hässlichen Tochter von General Cono di Sangiorgio. Alba und Biondo waren ein Paar, wohnten aber nicht zusammen. Er hatte von seinen Eltern eine Dreizimmerwohnung in San Saba geerbt, wo Mussolini in den Zwanzigerjahren den Eisenbahnern Wohnungen gebaut hatte, um den Ruhm Roms, der Hauptstadt des Verbrechens, zu mehren.

Sie war nach ihrer Rückkehr aus Amerika in eine Künstlermansarde in Monti gezogen, einem Viertel, das sich schnell einen Ruf als Viertel der römischen Hipster erwarb.

Biondo hatte ihr bei ihrem Auszug aus dem alten Familiensitz am Lungotevere dei Mellini geholfen. So hatte er ihre Mutter, Donna Elvira, kennengelernt. Für ihre sechzig Jahre sah sie sehr jung aus. Aristokratische Haltung, blasierter Tonfall.

„Sie wird dich nicht heiraten, mein Sohn", sagte sie, keinen Widerspruch duldend.

Fast wäre ihm das schwere Bücherregal, das er auf dem Rücken trug, entglitten. „Wie bitte?"

„Alba. Ihr seid zu verschieden."

„Meinen Sie? Ich glaube ..."

„Vergiss es, Schatz. Meine Mutter interessiert sich nicht für das, was du glaubst. Stimmt's, Mama?"

Als Alba hereinstürmte, hatte Elvira eine Zigarette in den altmodischen Zigarettenspitz gesteckt, ihre letzte Hoffnung, wie eine große Dame zu wirken. Alba hatte ihr ein sarkastisches Luftküsschen zugeworfen und sie gebeten, ihre Canasta-Freundinnen zu grüßen,

„Redet ihr immer so miteinander?", fragte Biondo.

„Sie kann sich nicht damit abfinden, dass ich zur Polizei gegangen bin. Sie sagt, Papa, Gott hab ihn selig, würde sich im Grab umdrehen, wenn er es wüsste."

„Was hatte dein Vater für einen Beruf?"

„Er redete den Herren der Welt nach dem Mund und verbreitete ihre Lügen in der Welt."

„Das trifft auf eine Menge Berufe zu."

„Er war Diplomat."

„Man könnte glauben, du bist zur Polizei gegangen, um sie zu ärgern."

„Das wäre zu viel der Ehre. Sie ist mir nicht so wichtig." Warum taucht ausgerechnet jetzt diese Erinnerung auf, fragt sich Alba. Vielleicht, um sich zu sagen: Sehr gut, Gefahr gebannt? Sie hätte sich ein Leben an der Seite des ernsthaften, moralischen, entschlossenen, korrekten und sehr puritanischen Biondo nicht vorstellen können.

„Meinetwegen, glaubt mir nicht, du und Sax. Aber ihr wisst sehr gut … wir alle wissen … dass es nur eine Möglichkeit gibt herauszufinden, wie die Dinge stehen."

Und Alba betrachtet verwirrt die mit rotem Gummiband verschlossene Plastiktüte, die Biondo aus einer Jackentasche gezogen hat.

Dann sieht sie den Inhalt und versteht.

XV.

Als Yuri nach einem klassischen Zuhälter-Tag halb besoffen nach Hause kam und „Vicky, du Hure, komm her" schrie, wurde er von einem unerwarteten Willkommenskomitee begrüßt. Yuri war ein zwei Meter großes Vieh mit gut trainierten Muskeln. Reden hätte keinen Sinn gemacht. Deshalb legte ihn Biondo mit einem Tritt in den Unterleib flach, noch bevor er überhaupt bemerkte, was los war, und während er nach Luft rang, versetzte er ihm einen heftigen Schlag auf den Brustkorb. Sax kauerte sich auf ihn drauf und setzte ihm den Lauf der Beretta an die Stirn.

„Wer seid ihr?"

„Die drei Musketiere", antwortete Sax spöttisch.

Biondo durchsuchte Yuri, fand eine Brieftasche mit gut zwanzig Euro, eine Packung Kondome, ein Koks-Briefchen, einen Schlüsselbund und einen Schlagring. „Gut. Hoch mit ihm."

Sax und Biondo packten ihn an den Achseln und setzen ihn auf den Stuhl aus Vickys Werbevideo.

„Nun“, begann Alba, „wir haben es hier mit Sklaverei und Zuhälterei zu tun. Wie … viele Jahre macht das, Jungs?“

„Mindestens sieben … acht.“

„Die sexuelle Gewalt noch nicht mitgerechnet“, ergänzte Biondo.

„Was heißt hier Gewalt!“, schrie Yuri. „Oxana ist meine Frau!“

„Oxana?“, sagte Sax, scheinbar verwundert. „Wir sprachen doch von Vicky!“

„Da haben wir uns doch tatsächlich in der Person getäuscht!“, sagte Biondo bedauernd.

„Oxana richtiger Name von Vicky!“, stellte der Hüne fest.

„Na so was!“, kommentierte Sax, und wie zur Bekräftigung seiner Worte versetzte er Yuri einen Schlag mit dem Lauf der Waffe.

In diesem Augenblick betrat Oxana, *in arte* Vicky, durch die Tapetentür die Szene.

Sie pflanzte sich vor Yuri auf und spuckte ihm ins Gesicht.

Fluchend versuchte er sich loszureißen.

Um kein Risiko einzugehen, massierte ihm Biondo den Nacken.

Dr. Sax sagte zu Oxana, sie solle sich beruhigen.

„Lass sie ruhig“, sagte Alba provokant.

Das Mädchen und das Vieh stritten eine Zeit lang in ihrer Sprache, immer lauter brüllend. Die Sätze waren unverständlich, ihr Sinn war ziemlich eindeutig.

„Jetzt antwortet er euch“, sagte Oxana und wandte sich lächelnd an Alba.

„Hör mir zu“, begann Alba. „Oxana hat uns gesagt, dass du das Mädchen mit dem Arielle-Tattoo kanntest.“

„Ja. Hure aus Moldawien. Name: Ana.“

„Sehr gut. Rede weiter. Oxana hat uns erzählt, dass du, als in den Zeitungen die Nachricht von ihrem Tod auftauchte, gesagt hättest: ‚Keine Ahnung, an wen das Schwein sie verkauft hat.‘“

„Ja, genau.“

„Wir wollen wissen, wer das Schwein ist."

Yuri seufzte und blickte sie mit neu erwachtem Selbstvertrauen an, ohne den Blick abzuwenden. „Oxana sagt, wenn ich rede, helft ihr mir."

„Wir geben dir unser Wort", versprach Sax.

„Er Rumäne. Name: Silviu."

„Das ist alles? Los, das kannst du besser", schnaubte Alba.

„Sie nennen ihn Mercuriu."

„Wie den Gott oder wie den Planeten?", fragte Sax sarkastisch.

„Nicht Gott, nicht Planet. Wie der Sänger. Freddie Mercury. Mercuriu. Er sieht ihm ähnlich."

„Da schau her! Und wo wohnt dieser Mercuriu?"

„In einer Baracke unter dem Gronchi-Viadukt. Mehr weiß ich nicht, ich schwöre."

„Bravo, so ist es gut."

„Ich bringe euch hin und dann gehe ich."

Sax begann zu lachen. „Wohin möchtest du gehen?"

„Weg, oder? Ich habe geredet, jetzt gehe ich."

„Weißt du, wie es in Rom heißt, mein Freund?", flüsterte Biondo. „Groß, fett und saublöd."

„Du Wort gegeben!", brüllte Yuri, dem langsam ein Licht aufging.

„Vertraue nie dem Wort eines Bullen", sagte Sax weise. Und beendete das Gespräch, indem er den Nacken des Zuhälters mit der Beretta streichelte.

Später auf dem Kommissariat machte Oxana eine offizielle Aussage. Es würde nicht schwierig sein, diesen Mercuriu aufzutreiben. Sicher, sie brauchten dafür die Sitte, die gewiss irgendwo eine Akte über den Typ hatte, wenn auch gut versteckt. Oxana hatte die Namen von drei Kollegen genannt, die Schutzgelder oder Bestechungsgelder in Form von Naturalien – Mädchen – kassierten. Eigentlich hätten sie sie auf der Stelle anzeigen können, doch sie beschlossen einstimmig, sie nicht ins Protokoll aufzunehmen. Sie waren nützlicher, wenn sie sie in der Hand hatten, als wenn sie suspendiert oder, schlimmer noch, verhaftet waren. Um sie loszuwerden, blieb noch genug Zeit.

An dem Tag, als Yuri verhaftet wurde, gingen sie also zu Inspektor Cavallo, einer freundlichen und allglatten Null, der laut Oxana jede Woche Schutzgeld von den Mädchen kassierte, die auf der Salaria auf den Strich gingen, und hielten ihm eine kleine Rede. Cavallo zeigte sich kooperativ, und schon nach einer halben Stunde erklärte er, dass Mercuriu vor einigen Monaten wegen Diebstahls festgenommen und angeklagt worden war. Diensteifrig überreichte der Inspektor Sax sogar eine Akte mit Fahndungsfoto, Fingerabdrücken und einer Handynummer.

Während Alba sich mit den Anruflisten beschäftigte, durchsuchten Biondo und Dr. Sax in Begleitung des immer diensteifriger werdenden Cavallo die Barackenstadt, die vor einiger Zeit unter dem Giovanni-Gronchi-Viadukt zwischen Fidene und Monte Sacro Alto hochgezogen worden war. Barackenstadt war ein Euphemismus: Nimm ein Laken, eine Plastikplane oder, wenn du es dir leisten kannst, ein Wachstuch, und spanne es zwischen zwei Säulen des Viadukts oder zwei hohen Rohren auf, und fertig ist dein Haus. Etwas Wellblech von der nahen Müllhalde ist immer nützlich. Draht in den Händen eines armen Teufels ist wie der Meißel in den Händen eines Bildhauers. Daraus kannst du Stützen, Schlösser, Flächen herstellen, die vage an einen Tisch erinnern. Irgendjemand treibt einen weggeworfenen Kühlschrank auf, ein anderer ein Bidet: Hier kannst du deine armseligen Besitztümer verstecken, die dir dein Nachbar, deine Mutter, dein Sohn am liebsten klauen würden. Und dann aufgeschichtete Zweige neben den Benzinfässern, in denen etwas brannte, was schrecklich stank. Zerlumpte Kinder liefen um die Beine von Frauen herum, die Wäsche an improvisierten Wäscheleinen aufhängten: ebenfalls ein Verwendungszweck für Eisendraht.

Sax und Biondo waren beeindruckt.

„Ein Elend wie in Rio de Janeiro."

„Woher willst du das wissen? Warst du mal dort?"

„Auf Hochzeitsreise mit Luisella."

„Das hier ist harmlos", sagte Cavallo, „hier wohnen die aus dem Osten. Du solltest mal das Lager der Zigeuner sehen. Oder das der Neger an der Flaminia. Ein Gestank ..."

Doch keine Spur von Mercuriu.

Irgendwann tauchte ein ungefähr vierzigjähriger Typ auf, frisch gewaschen und rasiert, mit einem anständigen Sakko, außerdem sprach er gutes Italienisch. „Sucht ihr Mercuriu?"

„Wer bist du?"

„Balascu Roman aus Brasov."

„Hast du eine Aufenthaltsgenehmigung? Halt deine Arme schön so, dass wir sie sehen", sagte Cavallo.

Biondo hakte sich bei dem Bullen von der Sitte ein und zog ihn ein paar Meter weg.

Sax sprach Klartext. „Du sollst den Mund halten, hast du verstanden? Wo glaubst du, dass du bist? In *The Wire*?"

„Ich wollte euch doch nur helfen, Kollege! Wenn man denen keine Angst einjagt, sagen sie kein Wort!"

„Halt den Mund", sagte Sax, „du kassierst doch von diesen armen Teufeln."

Der korrupte Bulle sah sie hasserfüllt an.

Biondo tippte sich mit dem Zeigefinger auf die Nase. Als wollte er sagen: Halt den Mund, für dich läuft es viel zu gut. „Abgesehen davon, du Trottel, ist Rumänien in der EU. Er braucht keine Aufenthaltsgenehmigung."

Sie gingen zu Roman zurück, der mit verschränkten Armen auf sie wartete. Er war Ingenieur. Doch er hatte ein Laster, er trank. Deswegen hatte er alles verloren: Wohnung, Arbeit, Familie. Jetzt war er auf Entzug. Er kannte Mercuriu, weil sie aus derselben Gegend stammten. Seiner Meinung nach war er ein echtes Arschloch. So, wie er Freunde und Frauen behandelte. Zu ihm hatte er jedenfalls gesagt, er wolle nach Rumänien zurückkehren.

„Bist du dir sicher?"

„Ich habe das Busticket gesehen."

„Hat er dir erklärt, warum er abreiste?"

„Weil er Geld gemacht hat. Er hat seine Frau verkauft und pfff, weg!"

Sax entging nicht, dass Roman kurz zögerte.

„Ist da noch was?"

„Nein, das ist alles."

„Los, Freund, bis jetzt ist es gut gelaufen. Komm, irgendetwas liegt dir auf der Seele. Los!"

„Meiner Meinung nach ist er nicht abgereist", stieß der Rumäne hervor. „Er ist tot. Budan hat ihn umgebracht. Kommt mit, ich zeige euch was."

Die drei Polizisten betraten eine Art Brachland, eine Savanne in der Nähe des römischen Zentrums. Roman erklärte, als er Mercuriu das letzte Mal gesehen hatte, habe ihm dieser nicht nur das Busticket nach Rumänien gezeigt, sondern auch versprochen, ihm die Baracke zu überlassen. Doch dann sei er verschwunden. Und als er nach einem zweitägigen Rausch verkatert einziehen wollte, musste er feststellen, dass Budan drin hauste. Ein Bosnier. Ein Gefährlicher.

„Ich habe ihn gefragt: ‚Wo ist Mercuriu?', und er: ‚Nicht mehr da. Er hat mir das Haus überlassen.' Ich habe nicht lockergelassen: ‚Er hat es aber mir versprochen.' Und er: ‚Verschwinde, oder ich bringe dich um.' Da sind wir."

Wenn das Ausmaß der Verzweiflung an Baustoffen und Quadratmetern gemessen würde, wäre der Bewohner der Baracke gewiss wohlhabend gewesen. Eine echte Baracke, mit vier Blechwänden, einem Fenster – eigentlich nur ein Luftspalt, den man mit einer Säge ins Blech gefräst hatte –, und drinnen ein gemachtes Bett, ein Campingkühlschrank, ein Tisch und ein Sessel. Vor allem kein Gestank.

„Wovon lebt dieser Budan?", fragte Sax.

„Handlanger. Taglöhner. Er ist stark, findet immer Arbeit."

Es war jedenfalls der Mühe wert, ein paar Worte mit Budan zu wechseln. Vielleicht hatte Roman ein Märchen erzählt, vielleicht enthielt seine Geschichte aber auch ein Körnchen Wahrheit. Die Polizisten taten, als würden sie mit leeren Händen abziehen, was bei den Bewohnern Jubelschreie auslöste. Hätten sie Böller zur Hand gehabt, hätten sie sie abgeschossen. Stattdessen stellten sie sich hundert Meter von den beiden Benzinfässern entfernt auf, die den Eingang zur Barackenstadt markierten. Roman war bei ihnen. Seine Aufgabe: den Bosnier identifizieren.

Nach einer zermürbenden stundenlangen Warterei wurde ihre Geduld kurz vor Sonnenuntergang belohnt.

„Da ist er!"

Budan war um die vierzig, groß, muskulös, wirkte allerdings nicht allzu gefährlich. Sein Overall war mit Kalk bespritzt und er hatte den schlurfenden Gang eines Arbeiters nach einem langen Arbeitstag. Vorsichtshalber sprangen Sax und Biondo auf ihn zu, während Cavallo Roman nicht aus den Augen ließ, sie kamen aus der Dunkelheit, der Bosnier war im Nu überrumpelt.

Sie wiesen sich aus. Der Bosnier gab augenblicklich klein bei. Seine blauen Augen füllten sich mit Tränen.

„Kommt", sagte er, „ich zeige euch, wo ich die Leiche vergraben habe."

XVI.

Es ist Mitternacht. Über Rom geht noch immer ein heftiges Gewitter nieder. Auf dem riesigen Plasmabildschirm spricht ein Journalist bekümmert über den Zivilschutzalarm, über Bäche, die über die Ufer treten, und einen Dammbruch im Norden.

Sax hat Biondo endlich erlaubt zu rauchen, damit er nicht draußen im Regen stehen muss. Alba zündet sich eine Zigarette an. Fängt sie wieder zu rauchen an? Hängt davon ab, wie sich die Dinge entwickeln. Alles hängt davon ab. Sax ist damit mehr als einverstanden. Während er das dritte oder vierte Cognacglas schwenkt, fällt sein Blick auf den Tisch, der zwischen dem U-förmigen Sofa und den Stühlen steht, auf denen seine ehemaligen Partner sitzen.

Die Plastiktüte ist ein schwarz-weißer Fleck, von der ein ungesundes Licht ausgeht.

Darin befinden sich ein Stück Schnur und eine Schleife. Biondo hat sie an sich genommen, während er darauf wartete, dass die Ambulanz das namenlose Mädchen abholte. Er hat die Beweisstücke illegal an sich genommen. Auf ihnen befinden sich Blutspuren. Spuren von menschlichem Blut.

Die drei Polizisten denken dasselbe.

Das Blut wird einem DNA-Test unterzogen werden.

Es könnte von dem Opfer stammen, dann ist alles okay, Freunde.

Es könnte von einem Unbekannten stammen, dann müsste man ihn suchen, ebenfalls kein Problem, Freunde.

Es könnte allerdings auch sein, dass dieses Blut schon einmal untersucht worden ist. Vor zehn Jahren. Als diese Sache passiert ist, die ihr Leben auf immer verändert hat.

Die Sache.

Und das, Freunde, wäre sehr wohl ein Problem.

Auf dem Tisch zwischen ihnen, in Form eines Corpus Delicti, liegt vielleicht ein großes Problem.

Auf jeden Fall ist da die Vergangenheit. Ihrer aller Vergangenheit. In der sie vielleicht einen nicht wiedergutzumachenden Fehler begangen haben.

„Wollt ihr eine außergewöhnliche, nach einem alten Maya-Rezept zubereitete heiße Schokolade mit Chili?“, schlägt Sax vor.

„Es reicht!“, stößt Biondo hervor. „Hören wir mit dem Herumgerede auf und kommen wir zum Punkt!“

In diesem Augenblick vibriert Albas Handy. „Entschuldigt, es ist dringend“, sagt sie, steht auf und geht weg.

„Ich nutze die Gelegenheit und lese die Nachrichten meiner unmöglichen Familie." Und Sax entfernt sich ebenfalls auf der Suche nach etwas Privatheit.

Biondo, der von niemandem angerufen wird und der niemanden hat, den er anrufen könnte, öffnet Ruzzle und sucht die richtigen Worte.

XVII.

Budan gab zu, er war in Mercurius Baracke eingedrungen, um zu stehlen. Der Plan stammte im Übrigen von dem Unschuldslamm Roman. Er hatte ihm gesagt, Mercuriu brüstete sich damit, er habe eine Menge Geld verdient, indem er Ana an einen reichen Typ verkaufte. Einen Italiener? Einen Ausländer? Einzelheiten hatte er nicht genannt. Roman hatte einen Vorschlag gemacht. Warum gehen wir nicht hinein und schnappen uns was, bevor er abfährt?

„Und so seid ihr hineingegangen und habt ihn umgebracht."

Biondo und Sax führten das Verhör. Der Anwalt forderte den Bosnier auf, so ehrlich wie nur möglich zu antworten. Er war ein Anfänger, ein Grünschnabel, der sich kooperativ verhielt. Die Bullen riefen die jungen Anwälte, sie spielten mit, der Staat bezahlte die Pflichtverteidiger, und sie gingen den Bullen nicht mit Haarspaltereien und Formfehlern auf die Nerven. Dieses Spiel funktionierte allerdings nur mit ahnungslosen Häftlingen und glücklosen Anwälten. Mit Budan war bis zu diesem Augenblick alles glattgegangen. Der Bosnier hatte sie zu dem Ort geführt, wo er die Leiche vergraben hatte, und sang wie eine Nachtigall zur Brunftzeit.

Ja, es war alles glattgegangen.

Abgesehen davon, dass Budan leugnete, den Rumänen umgebracht zu haben.

„Niemals. Ich habe niemanden umgebracht. Und nicht einmal das Arschloch Roman hat ihn umgebracht."

Der Rumäne war nicht zur Verabredung erschienen, sicher war er so besoffen gewesen, dass er nicht mehr aufrecht gehen konnte, und so hatte er nicht länger gezögert und war in Mercurius Baracke eingebrochen …

„Der war schon mausetot. Ich schwöre bei meinen Kindern, denn nur wegen ihnen bin ich zum Dieb geworden. Er war tot. Also denke ich: Roman, dieser Bastard, war vor mir da, tut, als wäre er besoffen, dabei hat er die Sache erledigt, und ich habe große Angst!"

Kurz und gut, Budan betritt die Baracke, um Geld zu klauen, und findet den Toten. Er nimmt an, Roman habe ihn umgebracht, denn das Geld fehlt. Und er schwört, er habe nichts mit der Geschichte zu tun, denn Diebstahl und Mord sind zwei verschiedene Dinge … Doch was soll er mit dem Toten tun? Er, Budan, ist ein Ausländer, ein Taugenichts. Wer würde ihm glauben? Immerhin ist er eingedrungen, um etwas zu klauen. Also versteckt Budan die Leiche.

„Und da das Haus jetzt frei war, bin ich geblieben. Ich sage: Roman ist inzwischen mit dem Geld über alle Berge. Aber dann kommt Roman zurück, abgerissener als je zuvor. Er sagt: ‚Das ist mein Haus, er hat es mir versprochen!' Ich glaube, er bescheißt mich. Was, du hast das ganze Geld und kommst zu mir nach Hause? Hast du alles versoffen? Doch Roman schwört: ‚Ich habe kein Geld, ich habe ihn nicht umgebracht.' Da denke ich: Er ist unschuldig. Aber wer war es dann?"

„Genau, wer war es?"

„Keine Ahnung."

„Hatte Mercuriu ein Handy?"

„Ich keines gefunden."

„Und einen Pass?"

Der Bosnier zögert einen Augenblick. Biondo hebt einen Arm, dann bemerkt er den erschrockenen Blick des jungen Anwalts und hält sich zurück. Der Anwalt flüstert seinem Klienten etwas ins Ohr. Budan seufzt schuldbewusst.

„Pass und Busticket nach Rumänien. Ich habe verkauft."

„Wem?"

„Irgendjemand. In Termini. Giuseppe, hat er gesagt. Aber bestimmt nicht echter Name. Die Georgier haben Interesse an Papieren. Sie verkaufen sie weiter."

Spät am Abend rekapitulierten sie mit Alba die Situation. Sie empfing sie in ihrem Büro der Kriminalpolizei. Ihre Augen waren müde, sie ackerte seit Stunden Dokumente durch.

„Ich habe Mercurius Telefonlisten."

„Und?"

„Es gibt einen außerordentlichen Zufall. Das Telefon ist tot seit ... nun, keine Anrufe seit dem Tag, an dem man Arielle gefunden hat."

Wenn man Budans Geschichte glaubte, dann hatte dieser Zufall eine ganz genaue Bedeutung. Mercuriu verkauft Arielle an das Ungeheuer, das sie bei einem schiefgegangenen Spielchen umbringt. Das Ungeheuer hat Angst, erpresst zu werden, und bringt Mercuriu um. Und nimmt das Geld mit.

„Warum können wir ausschließen, dass Budan und Roman das Geld genommen haben?"

„Alba, wir haben sie gesehen. Es sind zwei arme Teufel. Wenn sie fünf-, sechstausend Euro geklaut hätten, wären sie nicht in der Barackenstadt geblieben."

Biondo glaubte, Sax' These unterstützen zu müssen: „Und selbst wenn sie sie genommen hätten, gibt es keine Beweise, dass sie den Zuhälter umgebracht haben."

„Ich habe mit dem Polizeiarzt gesprochen", fügte Sax hinzu. „Er sagt, die Leiche ist schon zu sehr verwest, um die Todesursache festzustellen."

„Wir werden sehen, Jungs. In Mercurius Anruflisten tauchen jedenfalls ein paar Nummern immer wieder auf. Alle von Escortservices, ich habe die Seiten kontrolliert. Ansonsten ausländische, meistens rumänische Teilnehmer, ein paar aus Griechenland, und ein paar italienische."

„Können wir sie überprüfen?"

„Wenn sie in einem Verzeichnis aufscheinen, ja. Wenn sie bei einem Provider registriert sind, ja. Wenn die Karte auf einen philippinischen Kellner oder einen obdachlosen Stricher zugelassen ist, nein. Auf jeden Fall brauchen wir dafür eine gewisse Zeit."

„Wir haben aber nicht viel Zeit, Alba", sagte Biondo niedergeschlagen.

Die junge Frau zuckte mit den Achseln. Sie sahen einander an. Gab es nicht doch irgendeine Möglichkeit ...?

„Alba", sagte Sax plötzlich, „kannst du mir diese Nummern ausdrucken?"

„Sicher. Wofür brauchst du sie?"

„Vielleicht kann Ippoliti mir helfen."

Alba und Biondo waren sprachlos. Wie sollte ihnen der Vollidiot Ippoliti, der dümmste Schüler des Lehrgangs, helfen können?

„Nun", sagte Sax, „wir wissen, wo er arbeitet, nicht wahr? Also ..."

„Ja, das wissen wir", erwiderte Biondo sauer. „Wir wissen, dass der Vater deiner kleinen Freundin ihn für den Geheimdienst rekrutiert hat, und wir fragen uns immer noch, warum."

„Vertraust du Ippoliti?", unterbrach Alba.

„Ich brauche ihm nur zu sagen, er solle dir einen Gefallen erweisen, mein Schatz."

„Du bist wirklich widerwärtig! Ich drucke dir die Nummern aus."

Ippoliti brauchte gerade mal ein paar Stunden, um herauszufinden, auf wen die Nummern zugelassen waren. Alba gab die Namen ins Netz ein und bald darauf hatte sie die scharfen Fotos von siebzehn Personen in der Hand. Unglaublich, wie viele Bilder die Menschen frei im Web zirkulieren ließen!

Sie zeigten Oxana die Fotos.

Sie zeigte auf einen Vierzigjährigen mit spärlichen Haaren und knochigem Gesicht.

„Den da nennen sie Condor. Das ist der Mann, der Frauen wehtut."

XVIII.

Alba telefoniert mit Gillo Monte, einem jungen Staatsanwalt, mit dem sie einmal eine flüchtige Beziehung gehabt hat. Sofern man ein paar Nachmittage und eine einzige Liebesnacht überhaupt als Beziehung bezeichnen kann.

„Wo steckst du, Alba?"

„Hatten wir vielleicht eine Verabredung?"

„Haha, ich liebe deinen Zynismus. Du fehlst mir."

„Danke, Gillo. Aber jetzt muss ich auflegen. Ich bin müde, tut mir leid."

„Sehen wir uns morgen?"

„Ein schwieriger Tag. Ich rufe dich an."

„Alba …"

„Gillo …"

„Nichts, gute Nacht."

„Dir auch gute Nacht."

Monte hat rote Haare, einen athletischen Körper, er rudert und praktiziert Kampfkünste, fährt eine schwere Maschine und hält sich für unwiderstehlich. Sie haben sich bei den Ermittlungen zu Nino Cardines und Paolo Pettis Tod kennengelernt. Gillo war der zuständige Staatsanwalt. Er hatte Alba wegen Mordes an Nino Cardine angeklagt, wobei er den Tatbestand der Pflichterfüllung bereits in der Anklageschrift erwähnte. Es mussten ballistische Gutachten erstellt werden, der Schauplatz des Verbrechens und die Dynamik des

Vorfalls mussten rekonstruiert werden. Bereits nach einer Woche hatte Gillo gefordert, den Fall beizulegen, und der Voruntersuchungsrichter hatte rasch zugestimmt.

Sie hatten eine Nacht miteinander verbracht, nach einem Candle-Light-Dinner in einer pseudomodernen Osteria in der Nähe von Ponte Milvio. Einem Restaurant, wo man Schafherz auf Topinamburbett in Lakritzsoße und mit Sardellenfond servierte, der aus einer (einzigen!) Sardelle aus Cetara zubereitet worden war. Das Ganze im Stil eines gastronomischen Events.

Alba hat nichts gegen die kunstvolle Anordnung von Farben und Geschmäckern, gegen leichte Küche, gegen Experimente. Sie findet bloß das Larifari etwas lächerlich – immerhin geht es bloß um Essen und Nahrung, oder? – und sie verabscheut es, wenn ein Küchenchef wie ein Guru angebetet wird. Ganz zu schweigen von den Nachahmern, den Möchtegernen. Diese Kategorie hasst sie besonders. Vor allem die männlichen Exemplare. Nicht zufällig hatte Gillo die fragliche Osteria ausgewählt: mehr Schein als Sein. Und vor allem wegen der moderaten Preise. Nein. Für Alba sind Kompromisse eine Beleidigung. Der endgültige Kampf wird zwischen einem Koch mit der Kultur und der Kunstfertigkeit Leonardos und einer einfachen und perfekten *Pasta e fagioli* ausgetragen werden. Eine mittelmäßige Osteria, ein mittelmäßiger Mann. Auch der Sex mit ihm war in gewisser Weise ein Experiment gewesen. Zum ersten Mal seit Monaten interessierte sie sich wieder für einen Mann. Und es hatte ihr vor Augen geführt, dass sie sich zumindest eine Zeit lang mehr für sich selbst als für das männliche Geschlecht interessieren sollte. Allerdings kann einem ein Staatsanwalt immer von Nutzen sein.

Bevor sie zu Biondo zurückgeht, wechselt sie einen Blick mit Sax, der ebenfalls telefoniert. Sie lächeln mechanisch, wollen einander aufmuntern, doch das Lächeln hat den Beigeschmack einer unbestimmten Unruhe.

„Alba Doria ist auch da“, sagt Sax.

Cono di Sangiorgio, sein Gesprächspartner, seufzt, dann lacht er. „Das ist eine harte Nuss. Das habe ich gleich bemerkt. Man hat ja gesehen, wie sie aus der Geschichte mit dem Serienkiller ausgestiegen ist."

„Wie eine Heldin."

„Bravo, genau so. Und jetzt ist sie wieder im Rennen. Biondo hingegen … der zieht das Unglück geradezu an. Was machen die beiden bei dir?"

„Sie sind nach Hause zurückgekehrt."

„Blödsinn", zischt Cono und wechselt vom Dialekt zur Hochsprache, wie immer, wenn er eine gewisse Würde an den Tag legen muss. „Lass dir einen besseren Grund einfallen."

„Sie brauchen Hilfe bei Ermittlungen."

„Schon glaubwürdiger. Und da fragen sie dich? Wart ihr nicht sauer aufeinander?"

„Wie ich schon sagte, sie brauchen Hilfe."

„Und was sind das für Ermittlungen?"

„Wir kennen noch keine Einzelheiten."

„Schon gut, ich gehe jetzt ins Bett. Luisella und das Kind schlafen schon. Morgen erklärst du mir alles. Gute Nacht."

„Gute Nacht, General."

Cono verspürt Argwohn. Er ist überaus intelligent, sein Misstrauen grenzt an Paranoia. In gewisser Weise ähnelt er einem Psychopathen. Man gelangt nicht so weit nach oben, wenn man nicht augenblicklich lernt, sich zu verteidigen. Und wenn man nicht ein wenig verrückt ist. Im Übrigen ist die Ausübung von Macht eine subtile Kunst. Cono hat ihm viele Lektionen erteilt, eine davon ist: Bevor ein großer Condottiere ein Gebiet erobert, muss er zuerst vor allem die Grenzen seines Besitztums sichern. Es gibt nichts Schlimmeres, als von hinten überfallen zu werden, während man zum Angriff übergeht. Die beste Strategie besteht darin: alle loszuwerden, die eines Tages dein Schatten sein könnten. Die Theorie des präventiven Ausrottens. In gewissen Fällen ist die freie Konkurrenz schädlich. Nur das Monopol führt zum Erfolg.

Selbst die Rechte, die Sax als Ehemann von Conos einziger, heiß geliebter Tochter genießt, müssen nicht ewig währen.

Mit angespanntem Gesichtsausdruck geht er zu Alba und Biondo zurück, die nebeneinander auf dem Sofa sitzen und auf ihn warten.

XIX.

Der Mann, der Condor genannt wurde, hieß mit bürgerlichem Namen ganz prosaisch Silvio Di Corrado, war zweiundvierzig Jahre alt, ledig, nicht vorbestraft, und wohnte in einer Eigentumswohnung im Nomentano-Viertel. Er war Besitzer einer kleinen IT-Firma. Innerhalb weniger Minuten hatte sich Alba diese Informationen im Web beschafft. Die drei waren sich einig, dass sein Spitzname von seinem Aussehen herrührte. Hakennase und zu lange, unförmige Arme, die an die großen Flügel des berühmten Andenvogels erinnerten. Da Oxana ihn auf dem Foto identifiziert hatte und die üblichen Schritte eingeleitet werden konnten – Einschreibung ins Verdächtigenregister, Ansuchen um Ermittlungsverfahren, richterlicher Beschluss für die Vorerhebungen und so weiter und so fort –, nahmen Alba, Biondo und Sax sich ein paar Tage frei, sozusagen. Es gab keinen Normbruch, der nicht durch eine kluge Anordnung berichtigt werden konnte, und Sax wurde allmählich Meister der bürokratischen Sprache, er würde auch den argwöhnischsten Verteidiger um den Finger wickeln können. Andererseits wollten sie erst zuschlagen, wenn sie sicher waren, dass Condor ihr Mann war und nicht einer der vielen harmlosen BDSM-Jünger.

Sie teilten die Aufgaben auf. Biondo übernahm Beschattung und Überwachung. Sax stand zufällig am Tresen einer Bar und bemächtigte sich einer Kaffeetasse, aus der der Condor getrunken hatte. Alba würde die DNA feststellen. Derweil verging die Zeit und die

Zweifel wurden größer. Di Corrado hatte regelmäßige Arbeitszeiten, er telefonierte nur mit seinen Kunden und Freunden vom Tischfußball. Hin und wieder ging er ins Kino, in eine Pizzeria, nachts verließ er nie seine Wohnung.

Wer war der Condor? Ging er in Deckung, weil er etwas argwöhnte, oder war alles ein Missverständnis? Er war mit Mercuriu in Kontakt gewesen, und Vicky zufolge war er ein Sadist. Doch Sadist bedeutete nicht automatisch Mörder, der Kontakt konnte auch zufällig gewesen sein.

Als Alba versuchte, seine Website und seine Mailadresse zu knacken, stellte sie fest, dass sie ein ausgeklügeltes Sicherheitssystem hatten. Der Condor war Informatiker, es war also nicht außergewöhnlich, dass er seine Daten schützte und wusste, wie.

Die DNA-Ergebnisse ließen auf sich warten. Es gab ein ernstes Problem mit einer Partie von Reagenzien. Die Geräte arbeiteten langsam. Die offiziellen Analysen hatten absolute Priorität. Aus unbekanntem Grund waren ausgerechnet dieser Tage die Sicherheitsvorkehrungen verschärft worden.

Stillstand. Sie konnten den Condor nicht ewig beschatten. Biondo und Dr. Sax führten einige Zugriffe durch. Was bedeutete: illegale Durchsuchungen. Wohnung, Büro, Topcase wurden schnell, aber aufmerksam durchsucht. Sie fanden nichts Konkretes.

Schließlich bekam Alba die berühmte Kaffeetasse in die Finger. Nach mehrmaligen Analysen fauchte sie Sax und Biondo an: „Was habt ihr mir da gebracht?“

„Das, wonach du gefragt hast.“

„Das ist zu nichts gut.“

„Du willst uns wohl verarschen!“

„Ihr wollt mich wohl verarschen! Ganz wenige und verunreinigte Spuren.“

„Die Bar hatte wohl keinen hohen Hygienestandard.“

„Ach ja, dann müssen wir uns ein anderes Beweisstück besorgen.“

„Wir können versuchen, noch einen Kaffee mit unserem Freund zu trinken."

„Gehen wir noch einmal in seine Wohnung."

„Oder kehren wir auf den Boden der Tatsachen zurück", unterbrach sie Sax, womit er ihre Stimmung auf den Punkt brachte. „Seien wir ehrlich. Wir haben die Hälfte aller Gesetze und Verfahrensregeln gebrochen und haben nicht den geringsten Beweis."

Nichts zu machen. So sah es nun mal aus.

Di Corrado schien sauber. Vielleicht war er gar nicht der Condor. Sie verhörten noch einmal Oxana. Das Mädchen war in einer Pflegefamilie untergebracht worden. Sie vertraute Alba an, dass sie sich zu Tode langweilte. Sie weinte dem alten Leben zwar nicht nach, doch …

Und sie war sich auch nicht mehr so sicher, ob sie ihn wirklich wiedererkannt hatte. Vielleicht war er es. Vielleicht schaute er ihm aber auch nur ähnlich.

Wieder einmal übernahm Sax die Rolle der Stimme der Vernunft: „Vielleicht hat Oxana die erstbeste Geschichte erzählt, die ihr eingefallen ist, wird morgen davonlaufen und wieder zu arbeiten anfangen."

„Mir kam sie ehrlich vor", protestierte Alba.

„Am Montag trinke ich wieder einen Kaffee mit ihm. Derweil könntet ihr das Wochenende bei mir verbringen."

Luisella, die inzwischen mit Sax zusammen war, hatte alle drei in ihre Villa in den Dünen von Sabaudia eingeladen.

Alba mochte die Tochter des Generals Sangiorgio nicht. Sie hatte überhaupt keine Lust, zwei Tage mit der bigotten Tussi zu verbringen. Sie hasste die freundliche Arroganz des Generals. Und die Unterwürfigkeit, die Sax ihm gegenüber an den Tag legte. Sie dachte schon über eine Ausrede nach, die nicht kränkend war, als Biondo ihr zuvorkam: „Ja, ein paar Tage Nichtstun werden uns guttun. Dein Schwiegervater zahlt, oder?"

„Er ist nicht mein Schwiegervater."

„Jaja …"

Das Haus lag in den Dünen, nur wenige Meter vom *Tempel* entfernt, der im griechisch-palladianischen Stil erbauten, protzigen Villa von Graf Volpi, des gebildeten Faschisten und Bonvivants, der das Filmfestival von Venedig gegründet hatte.

Die Diener und das gute Essen stammten aus dem Agro Pontino, dazu gab es Macht und Lächeln, Luxus, als „Kleinigkeit" getarnt, wie es dem Stil Cono di Sangiorgios entsprach.

Die Ungewissheit verpestete die Stimmung.

Das Wetter war unangenehm. Ein heftiger Mistral fegte über den menschenleeren Strand. Das Tosen des Meers und die schäumende Gischt übten eine merkwürdige Faszination auf Alba aus. Es war wie Atmen in einem Schwebezustand zwischen Himmel und Erde, Licht und Finsternis, Wirklichkeit und Fantasie. Ein Wartezustand. Ja, ein Wartezustand. Als ob geheimnisvolle Signale ihr trotz des Gefühls der Niederlage eine eindeutige Botschaft zu übermitteln versuchten: aufgepasst, die Partie ist noch nicht zu Ende.

Luisella war wirklich hässlich, sehr gebildet, liebte Ballett und Ausstellungen, doch ihre Unterwürfigkeit Sax gegenüber hatte etwas Erbärmliches. Und sogar Rührendes. Er machte seine Sache sehr gut: Bei der Tochter spielte er die Rolle des lässigen Verführers, kaum tauchte die herablassende Silhouette des Generals auf, stand er stramm.

Alba waren derartige Schauspiele gut vertraut. Als Teenager hatte sie ein paarmal ihren Vater begleitet, wenn er einen rangniedrigeren Attaché empfing. Der Botschafter, ein schrecklicher Mensch, ließ die anderen gerne zappeln, ließ sie stundenlang warten, bevor er ihnen eine Audienz gewährte, und dann fertigte er sie mit ein paar kargen Worten ab.

„Das sind nur Lakaien, meine Tochter."

Im Blick, den Sax Cono di Sangiorgio zuwarf, leuchtete dieselbe unbestimmte Begierde auf.

„Lakaien", hatte Albas Vater abschließend gesagt, „die dir bei der erstbesten Gelegenheit ein Messer in den Rücken rammen."

Cono hatte ihren Vater, den Botschafter, gekannt. „Ein beeindruckender Charakter, *'nu poco tuoste*, wenn auch etwas stur."

„Ich verstehe Ihren Dialekt, General."

Cono lachte herzlich und gab Biondo einen Schlag auf die Schulter.

„Ach, wie gut sie sich ausdrückt! Sie versteht den Dialekt! Romani, auf die musst du aufpassen! Sorgfältig behandeln, die ist erste Wahl!"

„Das ist die zweite Warnung, General. Ich werde mich bemühen", antwortete Biondo ernsthaft, sogar etwas düster.

„Was soll das heißen, die zweite Warnung?"

„Meine Mutter hat ihn vor mir gewarnt", erklärte Alba pflichtbewusst.

„An Ihre Mutter erinnere ich mich, Frau Doktor, und wie! Eine außergewöhnliche Frau!"

„Sie lebt noch, General!"

„Ich weiß, ich weiß!"

„Und sie ist mit den Jahren nicht besser geworden."

„Ach, wie geistreich!"

Bei der Arbeit trat die Schnelligkeit eines Kommandanten an die Stelle der gutmütigen Bonhomie. Am Sonntagvormittag, als sie im Patio frühstückten, kam Cono im Anzug herunter, begrüßte sie zerstreut, trank einen ungezuckerten Kaffee, dann befahl er Sax aufzustehen und ihm zu folgen. Sie mussten schnellstens nach Rom, wegen einer nicht aufzuschiebenden Sache.

„Aber Papa!", protestierte Luisella, „heute ist Sonntag!"

„Tut mir leid, geht nicht anders. Der Hubschrauber landet gleich."

„Vielleicht sollten wir auch zurückfahren", schlug Alba vor. „Wir könnten dich mitnehmen, Luisella."

„Nein, nein, ihr habt schon verstanden", beruhigte sie der General. „In höchstens zwei Stunden sind wir wieder da."

Sie hielten Wort. Beim Mittagessen waren sie wieder da. Sie langten ordentlich zu: Thunfisch und Kartoffeln, Büffelmozzarella, *Paccheri allo scoglio,* Rote Fleckbrasse und dann Zitronenkuchen. Das alles war ein Werk der kundigen Hände Vincenzinas, der Letzten aus einer Familie, die seit drei Generationen im Dienst der Sangiorgio stand.

Am Abend, als sie über die halb leere Pontina Richtung Hauptstadt zurückfuhren, fragte sich Alba, ob Sax ein Speichellecker war. Doch im Grunde wusste sie die Antwort bereits: Ja, er war einer. Man konnte sich allenfalls fragen, wie weit zu gehen er bereit war. Doch mit welchem Recht verurteilte sie einen guten Polizisten, dessen einzige Schuld darin bestand, arm zur Welt gekommen zu sein?

Am Montagnachmittag berief Sax eine Versammlung bei Nonno ein. Sein Ton war so entschieden, dass Alba augenblicklich die Reagenzgläser stehen ließ, die sie gerade untersuchte, und Biondo die Festnahme eines mittelgroßen Drogendealers einem Untergebenen überließ.

Sax erwartete sie bei einem naturtrüben Bier. „Der Condor", sagte er, sobald seine Partner saßen.

„Ja?"

„Hat ein Geheimverlies. Ein Dungeon, wie es in der Szene heißt."

„Woher weißt du das?"

„Ein Informant."

„Von dir?"

„Von Cavallo."

„Dem Hurenbock?"

„Genau. Auf lange Sicht eine gute Investition."

„Kann man sich mit dem Informanten unterhalten?"

„Hast du jemals einen Kollegen gesehen, der einen Tipp teilt?"

„Okay, dann müssen wir Cavallo vertrauen. Ist mir recht."

Biondo war außer sich. Ein geheimer Dungeon änderte alles. Das war die Quadratur des Kreises. Bis jetzt hatten sie nichts gefunden, weil sie nicht gewusst hatten, wo sie suchen sollten. Doch dort würden sie Beweise finden. Damit und mit der DNA würden sie das Arschloch festnageln.

Sie mussten sofort hin.

Alba war dagegen. Vielleicht sollten sie sich ausnahmsweise an die Regeln halten und die Ermittlungsergebnisse dem Staatsanwalt übergeben. Eine ordnungsgemäße Durchsuchung beantragen. Mit der Zustimmung der vorab informierten Verteidiger eine DNA-Probe nehmen.

Biondo war dagegen. Ihm war die Aktion lieber, okay, aber er hatte großes Vertrauen zu Alba. Vielleicht sollte man diesmal ihren Rat befolgen.

„Sicher könnten wir, warum nicht, wir sind uns so sicher, aber …" Sax nahm einen Schluck Bier und ließ den Satz unvollendet.

„Sax, spielst du uns was vor?", sagte Biondo aufgeregt.

Dr. Sax lächelte. „Cavallos Informanten zufolge hält Condor eine Sklavin gefangen."

„Und wann hat er sie gefangen genommen?", fragte Alba. „Habt ihr ihn nicht beschattet?"

„Dieses Wochenende."

„Als wir bei deinem Schwiegervater waren."

„Das ändert alles, Alba."

„Genau."

„Weißt du, wo sich dieser Dungeon befindet?"

„Ja, der Informant hat sehr präzise Tipps gegeben."

„Na dann …"

Also fuhren sie hin.

Und standen auf der Via della Pisana, vor einer Reihe von Containern und aufgelassenen Lagerräumen. Überall wucherte Unkraut und in einem Abstand von ein paar hundert Metern grillte ein Quartett von Obdachlosen ein nicht näher definiertes Tier über dem giftigen Feuer von Autoreifen. Wie hatten sie sich gefühlt, als Sax mit dem Bolzenschneider das Schloss eines unscheinbaren Rollladens aufbrach?

Jung, ungestüm, sogar heroisch.

Mit der Taschenlampe in der Linken riss Sax das verrostete Tor auf.

Biondo gab ihm mit der Waffe Deckung.

Alba war von den beiden Männern unabsichtlich abgedrängt worden, doch das ließ sie sich nicht gefallen. Sie stieß Sax mit der Schulter beiseite, um als Erste den Dungeon zu betreten, schrie „Polizei, auf den Boden!", während das Licht von Sax' Taschenlampe über die Wände glitt: Eisenringe, große und kleine Peitschen und weiter hinten ein elektrischer Untersuchungsstuhl mit verstellbarer Höhe, ein Bett mit Lederfesseln und seitlichen Stahlbeschlägen, ein Tisch mit angsteinflößenden metallischen Instrumenten, Latex-Overalls, Zeichnungen, auf denen Vergewaltigungen dargestellt waren …

„Hier ist kein Mädchen."

„Ich habe den Schalter gefunden."

Kaltes Licht, das den Schauplatz noch unheimlicher machte.

„Ich glaube, dein Informant hat dir ein Märchen erzählt."

„Wenn, dann hat er es Cavallo …"

„Und er hat es dir weiterverkauft."

„Das ist auf alle Fälle die Höhle eines Perversen."

„Er ist es, das Ungeheuer! Schaut!" Sax schob eine Kartonschachtel beiseite. Darin lagen lange Schnüre. Sicher, sie mussten noch Analysen machen, die Daten abgleichen … doch sie sahen genauso aus wie die, mit denen Arielle gefesselt worden war. Dieselben Farben … dieselben Knoten …

„Das ist seine Signatur."

„Zu schön, um wahr zu sein."

„Wir nageln ihn fest. Ja, wir nageln ihn fest."

„Da ist ein USB-Stick."

„Ich werfe einen Blick darauf."

„Berührt ja nichts, sonst verunreinigen wir die Beweisstücke."

„Okay, okay … aber … um Gottes willen, was für Fotos!"

„Das sind zerstückelte Frauen."

„Um Himmels willen!"

Je mehr sie sich umblickten, desto größer wurde der Albtraum. Biondo zitterte, als hätte er hohes Fieber. Am liebsten hätte er sich das Ungeheuer vorgenommen. Sax versuchte, cool zu bleiben, wirkte aber ebenfalls verstört.

Alba konnte es gar nicht glauben. Condor musste sich seiner Sache sehr sicher sein, wenn er derart belastendes Material herumliegen ließ. Irgendetwas erregte ihren Argwohn, aber vielleicht war es unmöglich, bei einem sadistischen Folterer so etwas Ähnliches wie Rationalität ausfindig zu machen. Wie ihr Kriminologie-Professor immer gesagt hatte: Kant zufolge sei der Mensch ein „krummes Holz", doch er wunderte sich darüber, wie viel Gutes daraus hervorgehen konnte. Wir dürfen uns über nichts wundern, sagte er, außer über die Tatsache, dass es Holz gibt, das weder menschliche noch göttliche Kraft geradebiegen kann.

Silvio Di Corrado, der Condor, war aus so einem Holz geschnitzt.

„Wer sind Sie?"

Da stand der Condor. In grauem Staubmantel, Sakko und Krawatte, mit einem Köfferchen unter dem Arm.

Es dauerte einen einzigen Augenblick, und ihr Schicksal war besiegelt.

Tausende Male würden sie diese Szene Revue passieren lassen. Doch als sie sie live erlebten, war ihnen kaum bewusst, was wirklich vor sich ging.

Di Corrado griff mit der Hand in die Tasche.

Sax schrie: „Gebt acht!"

Biondo feuerte zwei Schüsse ab.

Di Corrado gab einen gurgelnden Schrei von sich und stürzte zu Boden. Eine unbeholfene Bewegung, die Szene eines Autorenfilms in grotesker Zeitlupe.

Alba stürzte sich auf den Condor.

„Er war bewaffnet", versuchte Biondo sich zu rechtfertigen.

„Ja, damit, verdammt!", stieß Alba hervor.

Der Condor hielt ein Handy in der Hand.

„Wir müssen die Rettung rufen", sagte Biondo, „vielleicht schaffen wir es noch …"

„Er ist tot“, seufzte Alba und stand nach einem letzten Blick auf die Leiche des Condors auf.

Der Geruch des Bluts vermischte sich langsam mit dem des Schießpulvers.

„Ich habe ein Schlamassel angerichtet“, stammelte Biondo.

Alba nahm seine Hand. „Das konntest du nicht wissen. Er war immerhin ein Sadist, ein Mörder.“

„Aber das ist Mord, Alba!“

„Es hängt von uns ab, wie wir den Vorfall schildern“, schlug Sax vor.

„Und zwar?“

Sax hielt plötzlich eine Bernardelli, Kaliber 22, in der Hand.

„Und wo kommt die her?“

„Er hatte sie“, antwortete Sax und zeigte auf den Condor, „er hat geschossen. Du, Biondo, musstest reagieren. Das nennt sich Notwehr.“

„Willst du den Tatort manipulieren?“

„Ich will uns drei retten, Freund.“

„Ihr seid aus dem Schneider. Ich habe das Arschloch erschossen.“

„Es wird eine Untersuchung geben, und es ist ein Unterschied, ob man auf einen Unbewaffneten schießt oder ob man auf die Schüsse von jemandem reagiert, der dich verletzt …“

„Ich bin aber nicht verletzt!“

„Außerdem ist er ein ganz widerlicher Krimineller …“

„Ich bin nicht verletzt!

„Muss man dir alles erklären, wie einem kleinen Kind?“

„Alba, sag was. Wenigstens du!“

Alba begriff, dass sie das Zünglein an der Waage war. Sie mussten eine einvernehmliche Entscheidung treffen, sonst würde es nicht funktionieren. Sonst war Sax’ Plan zum Scheitern verurteilt. Nur sie konnte Biondo überzeugen. Armer Biondo, immer so moralisch, verzweifelt, sauber. Er wollte die Welt verbessern, sie zu einem besseren Ort machen, war jedoch ein Sklave seiner Impulse. Warum hatte er einfach so, ohne Vorwarnung, geschossen? Und selbst wenn der Condor bewaffnet gewesen wäre, hätte er sie immerhin für Diebe und nicht für Bullen halten können. Sie hatten sich ja nicht einmal ausgewiesen.

Ihr Gewissen verlangte von ihr, die Wahrheit zu sagen, nichts als die Wahrheit … Und die Karriere, die Zukunft, alles wegen einem wie Di Corrado aufs Spiel setzen? Dr. Sax hingegen war kalt und unerbittlich. Er nahm die Last einer schrecklichen Entscheidung auf sich, um sie alle zu retten. Freundschaft und Kalkül, Hand in Hand, dem Wohl aller zuliebe. Außerdem, was für einen Schaden fügte der Abgang des Condors der Gesellschaft schon zu? Ein Perverser, fast sicher ein Mörder … nein, ohne „fast". Einer, der Hunderte *snuff movies* und Shibari-Schnüre versteckte, die genauso aussahen wie die, mit denen Arielle gefesselt worden war, war gewiss kein Unschuldslamm. Es sind dieselben Schnüre, oder? Wir wissen das. Wir wollen, dass sie es sind, stimmt's, Freunde?

Alba sah Sax an und fragte ihn: „Ich frage dich noch einmal: Woher kommt diese Pistole?"

„Und ich antworte dir noch einmal: Das ist die Pistole des Condors."

„Wenn du willst, dass ich dir helfe, musst du aufhören, Blödsinn zu reden."

„Die Waffe wurde irgendwann irgendjemandem gestohlen, keine Ahnung, wann und wo. Die Registriernummer wurde herausgefräst. Sauber, bis zu diesem Augenblick kaum benutzt."

„Wie hast du sie dir besorgt?"

„Beziehungen. Die Straße ist eine hervorragende Lehrmeisterin, mein Schatz."

„Warum trägst du sie?"

„Um Typen wie den Condor auszuschalten, doch Biondo ist mir zuvorgekommen. Wenn er gezögert hätte, hätte ich ihm wahrscheinlich zwei Kugeln verpasst. Wenn Leute wie er abtreten, entsteht jedenfalls kein großer Schaden. Und wir sind noch viel zu jung, um in irgendeinem Polizeirevier am Stadtrand zu versauern und Pässe abzustempeln ... Also, Alba, machst du mit?"

Biondo, der dem Gespräch wie in Trance zugehört hatte, kam wieder zu sich und packte Alba am Arm. „Ich habe geschossen ... ich übernehme die Verantwortung!"

„Was also ist dein Plan?", flüsterte sie und schüttelte ihn ab.

„Biondo muss eine kleine Verletzung aufweisen. Condor hat geschossen, und er musste sich verteidigen."

„Gib mir die Pistole", sagte Alba knapp. „Wir wissen ja, wer von uns am besten zielt."

„Alba! Nein!", flehte Biondo sie an.

Sie ging zur Tür, schätzte Entfernung und Winkel ein, zielte und schoss.

XX.

„Nun, für Gewissensbisse ist es zu spät", sagt Sax, während er Biondo die Tüte mit der Schnur zuwirft. Biondo versucht sie keuchend zu fangen.

Sicher, es geht nicht um Gewissensbisse. Sondern um Tatsachen. Um Tatsachen und Logik.

Angesichts der Übereinstimmung zwischen Arielles Schnüren und Knoten und jenen, die Biondo bei dem namenlosen Mädchen gefunden hat, gibt es drei Möglichkeiten.

Die erste: Ein Verrückter wendet dieselbe Shibari-Technik wie das Ungeheuer von der Müllhalde an, das seinerzeit als Silvio Di Corrado identifiziert worden ist. Durchaus plausibel, wenn man bedenkt, dass Bilder der Knoten seinerzeit im Netz kursierten und jeder sich über diesen alten Fall informieren kann. Weniger plausibel allerdings, wenn man bedenkt, dass Psychopathen gern in die Geschichte eingehen und zu diesem Zweck eine einzigartige und erkennbare Trademark brauchen, sich also nicht darauf beschränken, als Nacheiferer eines berühmten „Kollegen" zu gelten.

Die zweite: Di Corrado hatte einen Komplizen. Es handelte sich also nicht um einen einzigen Verrückten, sondern um ein Paar. Diese Möglichkeit musste man durchaus in Betracht ziehen. In der Kriminalgeschichte sind derartige Paare zwar selten, kommen aber vor. Für gewöhnlich bestehen sie aus einem dominanten Incubus und einem Succubus. Laut Statistik gibt der Incubus, der ein überschätztes Selbstbild und ein hypertrophes Ego besitzt, bei Problemen mit der Justiz oder rebellischen Opfern meistens schneller klein bei als der Succubus. Die Dominanten weisen eine höhere Selbstmordrate auf und legen häufiger Geständnisse ab als die Devoten. Wenn der Dominante festgenommen wird, erträgt er die Schande nicht, von jenen schachmatt gesetzt worden zu sein, die er für Untermenschen hält, und bestraft sie, indem er sich ihnen entzieht. Der Succubus, der den Charakter eines Wurms hat, überlebt und sucht sich einen neuen Incubus. Hatte der Partner Condors das getan?

Und schließlich die dritte: Es gibt und hat immer nur ein Ungeheuer der Müllhalde gegeben. Er hat Arielle getötet und hat jetzt auf dem Land um Rom wieder zugeschlagen. Das bedeutet, dass Di Corrado nichts mit Arielle zu tun hatte. Dass ihm jemand die Sache unterschieben wollte. Dass sie einen Unschuldigen umgebracht haben.

Biondo stellt mit tiefer, belegter Stimme fest, es gebe nur eine Möglichkeit, die Frage zu beantworten: die DNA.

Alba antwortet sanft: „Ich habe kein Problem, aus dieser Schnur Material zu gewinnen, doch darum geht es nicht. Womit gleiche ich es ab?"

„Mit der DNA des Condors, oder nicht?"

Alba seufzt. Und erklärt. Die Sache mit der DNA des Condors wurde nie eindeutig gelöst, da die Kaffeetasse, die Sax an sich genommen hatte, kein eindeutiges Material geliefert hatte. Sie hatten beschlossen, sich eine andere Probe zu besorgen, doch ausgerechnet an diesem Montag hatte sich der Vorfall ereignet, deshalb …

„Willst du mir sagen, dass du nie einen Abgleich gemacht hast?“

„Nein. Nach Condors Tod wurde der Fall zu den Akten gelegt, ihr erinnert euch doch, oder? Wir waren alle dabei. Das Material, das wir im Dungeon gefunden hatten, die Schnüre und der Rest, waren Beweis genug, dass Di Corrado das Mädchen umgebracht hatte. Es bestand kein Bedarf nach weiteren Ermittlungen.“

„Verdammt!“ Mit einer heftigen Bewegung wischt Biondo das Glas vom Tisch. „Wir haben ja noch die Schnüre, oder? Die ganzen sichergestellten Beweisstücke.“

„Sofern man sie nicht vernichtet hat.“

„Wir haben Di Corrado!“, stößt Biondo verzweifelt hervor. „Wir beantragen, ihn zu exhumieren. Irgendetwas wird man finden.“

Sax wirft Alba einen fragenden Blick zu.

„Ja, wenn er gut erhalten ist, findet man vielleicht brauchbares Material. Das haben wir auch schon mit älteren Leichen gemacht.“

„Ist gut.“ Sax scheint überzeugt. „Ich bemühe mich um die Genehmigung. Schon morgen … nein, heute noch, es ist ja schon fast Morgen … spreche ich mit dem Staatsanwalt und sorge dafür, die Abläufe zu beschleunigen.“

Doch gibt es auch noch anderes zu tun, wenn es ihnen ernst ist. Mit Cavallo sprechen, damit er die Identität des damaligen Informanten preisgibt, der den Dungeon des Condors verraten hatte. Noch einmal Oxana verhören: Hat sie den Condor tatsächlich wiedererkannt? Das geheimnisvolle Mädchen verhören, das dem jüngsten Angriff zum Opfer gefallen ist. Ramon suchen, den Pandillero, der seinem Komplizen zufolge von einer geheimnisvollen Person den Auftrag erhalten hat, das Mädchen umzubringen.

Sie teilen sich die Aufgaben auf. Alba wird sich um Vicky und natürlich um die DNA kümmern. Sax um die Exhumierung der Leiche und um Cavallos Informanten. Biondo um das neue Opfer und Ramon.

Es donnert, nicht mehr so nah und beunruhigend, doch nach wie vor heftig. Biondo steht auf. Er schwankt und ist so bleich, als müsste er sich gleich übergeben. Er sagt, er würde ein paar Stunden schlafen, bevor er loszieht.

„Wohin willst du?"

„Nach Hause."

„In diesem Zustand? Wenn dich die Kollegen oder, schlimmer noch, unsere Cousins, die Carabinieri, aufhalten, stecken sie dich in eine Zelle und werfen den Schlüssel weg. Du bist stockbesoffen."

„Du hast recht", gibt Biondo zu und unterdrückt einen Rülpser. „Ich lege mich hier aufs Sofa."

„Oben sind drei Schlafzimmer und die Betten sind gemacht. Alba, du kannst ebenfalls bleiben. Morgen, nach dem Frühstück, machen wir uns an die Arbeit."

Biondo liegt quer im Bett, er hat gerade mal seine Stiefel ausgezogen. Jetzt schnarcht er wie ein großes wildes Tier, und wie von einem wilden Tier ist auch sein Gestank: ein Geruch von Scheitern und Angst, Hoffnung und Resignation.

Alba hat ein Seidenunterkleid aus einer Lade gefischt, die Unterwäsche gewaschen und sie zum Trocknen auf einen Heizkörper gelegt. Zum Glück hat sie nicht nur Make-up, sondern immer auch Deodorant, Zahnbürste und Zahnpasta dabei. Die Situation ist wirklich nicht einfach. Es geht darum zu verstehen, wer den größten Fehler seines Lebens gemacht hat. Und vor allem, ob es eine Möglichkeit gibt, ihn zu beheben.

Hätten sie damals Biondo Gehör schenken sollen? Sich wie brave Polizisten verhalten?

Biondo ist an seinen Gewissensbissen zerbrochen. Alba erinnert sich an ihre Trennung. An den genauen Augenblick. An diesem Nachmittag hätten sie eigentlich Sex haben sollen. Ein Sonntagnachmittag. Wer weiß, warum gewisse hässliche Dinge immer am

Sonntag passieren. In Quantico hatte sie beeindruckende Statistiken darüber gelesen. Offenbar lösen die Feiertage bei gewissen Charakteren mörderische Impulse aus: bei Frustrierten, religiösen Fanatikern, Gesetzlosen, beziehungsweise bei jenen, die die Welt beherrschen wollten und dann auf einer elenden Schweinefarm im Mittleren Westen landeten.

Es regnete. Irgendwo gibt es eine Statistik, wonach Schlechtwetter einen Einfluss auf Kapitalverbrechen hat. Biondo hatte zum x-ten Mal seine Litanei aufgesagt. Ich werde mich stellen. Ich werde mich und euch anzeigen. Wir haben ein Verbrechen begangen. Wir müssen dafür büßen.

„Dann tu es, aber hör mit dem Gejammer auf!"

Das hatte er ihr übel genommen. Tagelang nistete sich ein ungesundes Schweigen zwischen ihnen ein. Als ob beide darauf warteten, dass der andere den ersten Zug machte, es zu brechen. Sie warteten so lange, bis sie den Grund des Streits vergessen und keine Lust mehr hatten, zusammen zu sein.

Würde Sax mit einem derartigen Makel im Lebenslauf noch Conos Tochter heiraten können? Und Alba? Ihre Karriere hatte eben durch die Festnahme Nino Cardines einen Höhenflug erlebt. Doch davor hätte sie fast gekündigt, um nicht in der Provinz zu versauern, als Mobbing-Opfer eines arroganten und übergriffigen Chefs. Dank Nino Cardine hatte sie herausgefunden, dass auch sie sehr gut im Manipulieren war. Dass sie nicht klein beigab und niemals klein beigeben würde. Auch diese Entscheidung war keine Jugendsünde gewesen, keine Gelegenheit, um herauszufinden, dass sie sich immer von Typen wie Sax beeinflussen ließ. Nein, im Dungeon war sie ganz bei sich gewesen. Und wenn jemand sie wirklich in dem Glauben gelassen haben sollte, denkt Alba, dass der Condor das Ungeheuer war, wenn jemand sie manipuliert und zu diesem Akt der Selbstjustiz gedrängt hat, nun, dann wird er es bereuen, dann wird er es sicher bereuen.

Ihr Zimmer liegt neben dem Biondos. Allmählich gewöhnt sie sich an das unregelmäßige Schnarchen, das durch die dicke Wand dringt. Sie ist kurz davor einzuschlafen, als ein anderes Geräusch sie aufschrecken lässt. Das Knattern eines Motors.

Sie springt auf, schiebt den schweren Brokatvorhang zur Seite und schaut hinaus. Im ungewissen Morgenlicht fährt Sax auf einer schweren Maschine davon.

TEIL ZWEI

I.

Sax, der plötzlich zum radikalen Umweltschützer geworden ist, singt ein Loblied auf sein neues Elektroauto. „Wenn bloß die Römer etwas zivilisierter wären! Es gibt ohnehin schon so wenige E-Zapfsäulen und noch dazu an schwer zu erreichenden Orten. Fehlt nur noch, dass wie immer ein Idiot davor parkt!"

„Ich dachte, ihr vom Geheimdienst fährt alle einen dicken dunkelblauen Schlitten mit Chauffeur und Security."

„Hängt von der Position ab, mein Freund. Und je weniger man auffällt, desto besser!"

„Wirklich?"

Biondo ist im Morgengrauen aus dem Bett gefallen, er hat einen schweren Kater. Sein Blick ist düster und ihm kommt vor, dass er stinkt. Ein eiserner Ring zerquetscht seinen Schädel. Sax' leichtfertiges Geplauder macht die Sache nicht besser. „Was für eine Art Spion bist du?", fragt er grob und provokant.

„Ich könnte es dir ja sagen", seufzt Sax spöttisch, „doch dann …"

„Ja, habe verstanden, dann müsstest du mich umbringen. Ich gehe auch hin und wieder ins Kino! Wie langweilig!"

Biondo dreht sich eine Zigarette. Sax hüstelt verhalten. Biondo seufzt und steckt den Beutel mit Tabak, Papier und Filter wieder ein.

„Ach, ein Kater ist was Widerliches", sagt Sax weise. „Stell dir vor, als ich im Gymnasium einmal von einer Party nach Hause fuhr, war ich so besoffen, dass ich fast von der Straße abkam … Mein Vater hat auf mich gewartet. Was glaubst du, hat er mir zu trinken gegeben, als er sah, ich welchem Zustand ich war?"

Sax wartet auf eine Antwort, doch Biondo hat nicht zugehört oder hat vielleicht keine Lust mitzuspielen. Er lehnt mit der Stirn am Fenster, sein schwerer Atem beschlägt das Fenster.

„Olivenöl!“, fährt Sax unbeirrt fort. „Ein Riesenglas Olivenöl! Ich kann dir sagen, ich habe geglaubt zu sterben. Doch innerhalb von zehn Minuten war mir nicht mehr schwindlig und ich habe mich besser gefühlt. Das solltest du auch probieren, glaub mir!“

„Ich werde deinen Rat beherzigen.“

Es ist Sonntag. Die Straßen sind ziemlich leer. Ein schöner Tag, wenn die Sturmnacht nicht Narben hinterlassen hätte. Die Stadt zeigt sie ungeniert her. Mit abgebrochenen Ästen und über die Ufer getretenen Abflusskanälen kann man Rom, die alte Hure, nicht beeindrucken.

„Im Ernst“, grinst Sax, „sagen wir, ich habe eine administrative Aufgabe.“

„Du bist also nicht im Direkteinsatz.“

„So in der Art: ‚Ich heiße Bond, James Bond‘? Nein. Aber glaub ja nicht, meine Arbeit sei nicht mindestens so wichtig …“

„Das habe ich nie geglaubt.“

„Los, seien wir ehrlich, wir sind ja alte Freunde: Ihr denkt alle dasselbe. Wenn ich nicht die Tochter des Chefs geheiratet hätte, hätte ich keine Karriere gemacht.“

„Hast du tatsächlich Karriere gemacht?“

„Wer weiß? In meinem Milieu kann man niemandem vertrauen. Sogar dein Bruder kann ein Verräter sein, genauso wie das Mädchen, das dir gerade noch ewige Treue geschworen hat … Hin und wieder habe ich Sehnsucht nach der Straße …“

„Hör auf, sonst fange ich zu weinen an und du musst mir den Rotz abwischen.“

„Biondo, Biondo, du hast dich nicht verändert. Wie war es, sie wiederzusehen?“

„Alba?“

„Nein, die Muttergottes.“

Auf diese Frage möchte Biondo nicht antworten. Wie war es, Alba wiederzusehen? Jahrelang hat er sich vorgesagt, die Geschichte sei vorbei, es ginge nur darum, die Erinnerung an die schönen gemeinsamen Momente zu bewahren und die Bilder des Scheiterns zu vergessen.

„Darüber möchte ich nicht reden."

„Eine Sache können wir von den Frauen lernen, Biondo."

„Was willst du damit sagen?"

„Sprechen. Sich anvertrauen. Glaub mir, wenn man sich einem Freund öffnet, ist man nicht automatisch schwul."

„Was willst du hören, Sax? Sie hat mich als Spielzeug benutzt und dann weggeworfen. Eigentlich sollte ich sie hassen."

„Wirklich?"

„Haha, es reicht, Sax. Als wir uns getrennt haben, bin ich vor die Hunde gegangen. Ich habe Jahre gebraucht, mich zu erholen. Sogar jetzt noch …"

„Sogar jetzt noch musst du immer an sie denken …"

„Jetzt drehe ich mir eine Zigarette und zünde sie an. Und wenn du mich dran zu hindern versuchst, werfe ich dich aus deinem Auto …"

„Ich verstehe dich." Sax lächelt verständnisvoll. „Im Grunde waren wir damals alle in sie verliebt."

„Du auch?"

„Auf meine Weise …"

„Und zwar?"

„Ich hätte niemals einen Freund hintergangen."

„Wer weiß", unterbricht ihn Biondo bitter, „ob du mir nicht einen Gefallen getan hättest."

„Sei nicht ungerecht."

Biondo nickt. Ja, es bringt nichts, ungerecht zu sein. Im Grunde ist Sax verständnisvoll und empathisch. Wer weiß, vielleicht hat die hässliche Geschichte zur Folge, dass sie einander wieder näherkommen. Wahrscheinlich wird nicht gerade die alte Freundschaft wieder auferstehen, aber er muss zugeben, es tröstet ihn, sich als Teil eines Teams zu fühlen. Sogar das Kopfweh wird besser. Ganz ohne

Olivenöl. Zum zweiten Mal innerhalb weniger Minuten verzichtet Biondo darauf zu rauchen.

„Danke, Sax."

„Werde bitte nicht sentimental, okay?"

Ja, werde nicht sentimental, Biondo, du großer, dicker und edler Abruzzen-Bär. Mit den schwerfälligen Händen und dem glühenden Herzen. Sax nimmt die letzten Kurven, bevor er auf den Grande Raccordo Anulare in Richtung Tiburtina einbiegt. Sich in Alba verlieben? Aus seiner Sicht wäre das Wahnsinn. Von Frauen wie ihr hat Sax sich immer ferngehalten. Er hält sie für gefährlich. Für einen ehrgeizigen Mann wie ihn wären sie brandgefährlich. Alba? Nein danke. Ein manipulierender Partner in einem Paar ist mehr als genug. Außerdem hatte er Luisella. Er hätte sich nicht einmal nach einer anderen umblicken dürfen. Cono hätte es bemerkt. Noch schlimmer wäre es gewesen, wenn es sich rumgesprochen hätte. In der Komödie des Lebens spielt jeder seine Rolle. Wir gehen darin auf, unsere Rolle zu spielen und den anderen Rollenspielen beizuwohnen. Diese Lehre hat Sax schon als Kind verinnerlicht.

Damals besaß er eine äußerst seltene Black-Magic-Karte, eine rare Black Lotus, eine ganze Generation zukünftiger Nerds wollte sie unbedingt haben. Er war der klassische schüchterne Teenager, er sprach mit Piepsstimme und war ängstlich. Die Black Lotus war seine Stärke, sein Ass. Eines Tages fand er sie nicht mehr. Verzweifelt suchte er sie überall. Unmöglich, dass man sie ihm gestohlen hatte, er hütete sie wie einen Piratenschatz. Nach ein paar Tagen tauchte sie wieder auf. In den Händen eines verhassten Gleichaltrigen, des kleinen Schulbullys. Er hieß Paride. Nie würde Sax das vergessen. Paride hatte alles getan, um an die begehrte Karte zu kommen. Er hatte ihm sogar Geld angeboten. Der Vater des kleinen Arschlochs war der Arbeitgeber von Sax' Vater. Im Grunde der Mann, der seiner großen Familie zu essen gab. Die beiden hatten sich abgesprochen. Sax' Vater hatte die Black Lotus für eine Lohnerhöhung verkauft. Gut hundert Lire mehr pro Monat.

Sax hasste ihn nicht einmal dafür. Vielleicht hätte er sich genauso verhalten. Sein Vater hatte die Rolle des Dieners gespielt. Er, Sax, spielte die des Aufsteigers. Luisella war sein Dietrich gewesen. Alles hatte sich ganz offen zugetragen. Auch jetzt, wo er eine gewisse Stabilität erreicht hat, wo er sich dem kontrollierenden Blick seines Schwiegervaters entziehen kann, betrügt er sie nicht. Zumindest nicht mehr als unbedingt notwendig. Das hat nichts mit Treue oder Respekt zu tun. Und nicht einmal mit dem nachvollziehbaren Wunsch, ein Paride zu werden und nie wieder der kleine verängstigte Giannaldo zu sein. Er möchte die Zuschauer nicht enttäuschen.

Deshalb hat er Alba niemals auch nur im Geringsten begehrt, mein lieber Biondo, der du so groß, so fett und so blöd bist, wie es in Rom heißt.

„Wir sind da, Sax."

Policlinico Santa Marzia steht auf einem schiefen Schild am Tor. Ein skrupelloser Immobilienhai, der einmal bei Cono mit einem hanebüchenen Projekt aufgetaucht war, hatte den Stil eines solchen Tores als „Pseudoklassik" beschrieben. Ein paar Jahre später war er für sechs Jahre hinter schwedische Gardinen gewandert. Cono hat nicht nur ein Gedächtnis wie ein Elefant, er hasst es auch, verarscht zu werden.

„Hättest du nicht einen besseren Ort aussuchen können?"

„Wir waren nicht in der Lage, uns was Besseres auszusuchen, Sax."

Die Portiersloge ist leer. Von der Halle, in der ungefähr zwanzig alte Menschen auf Stühlen sitzen, deren Material, Form und Farbe nicht definierbar sind, die aber ganz sicher ungemütlich sind, zweigen die typischen, mit bunten Pfeilen markierten Gänge ab. Gelb für Onkologie, braun für Kardiologie, grün für Gynäkologie, rot für Interne.

„Wenn sie gehen kann, bringen wir sie lieber woandershin", schlägt Sax vor.

„Schauen wir mal, wie es ihr geht. Ob sie mit uns spricht, ob …"

„Biondo, hast du schon herausgefunden, ob sie Ausländerin ist oder nicht?"

„Ich glaube schon."

„Dann sollten wir mit einem Dolmetscher kommen."

„Tja, schauen wir mal."

Sie gehen über den von der Direktion vorgegeben Parcours und erreichen eine Art Innenhof mit einem Pavillon, der gerade renoviert wird. Unter einem verrosteten Gerüst zieht ein alter Mann gierig an einer fast bis zum Filter heruntergerauchten Zigarette. Mit dem Arm stützt er sich auf einen Ständer mit einer Infusionsflasche daran, er scheint einer alten italienischen Komödie entsprungen zu sein. Die Tür zur Direktion ist geschlossen. Sie klingeln. Keine Reaktion. Biondo wird langsam ungeduldig. Er rüttelt an der Tür mit dem undurchsichtigen Glas. Nichts.

„So warten wir, bis es Nacht wird."

„Ich frage mich, warum du sie ausgerechnet hier untergebracht hast. Hier ist es ja ausgestorben!"

Schließlich öffnet sich eine andere Tür und eine mittelalte, dicke Schwester taucht auf, mit einem Gesicht wie ein Schweinsrüssel. Als sie die beiden Polizisten sieht, geht sie ihnen entgegen und spricht sie entschieden an. „Ach, die Polizei. War ja höchste Zeit. Ich weiß jedenfalls nichts. Ich bin gerade gekommen, ihr müsst mit denen vom Nachtdienst sprechen oder mit der Spitalsdirektion, aber heute ist Sonntag, Sie werden niemanden finden."

„Entschuldigung, worüber wissen Sie nichts?", fragt Biondo argwöhnisch. Sie schaut ihn verwundert an. „Von dem Mädchen, oder? Das ihr letzte Nacht gebracht habt … mehr tot als lebendig, und dann stellte sich heraus, dass ein Verrückter sie so zugerichtet hatte, aber dass es ihr gar nicht so schlecht ging …"

„Na und?"

„Herrgott! Das Mädchen ist verschwunden!"

„Was heißt verschwunden?"

„Jemand hat sie weggebracht."

II.

Ein schwarzer Engel mit schmerzerfülltem Gesicht und ausgebreiteten Flügeln thront auf dem marmornen Grabstein mit dem Foto von Paolo Petti, dem ehemaligen Polizeidirektor: Tapferkeitsmedaille, gefallen im Dienst bei Ermittlungen gegen den Serienkiller Nino Cardine. Ein feiner Nieselregen fällt auf den Monumentalfriedhof Verano. Alba löst sich aus der Umarmung einer großen, mageren Frau mittleren Alters, die einen eleganten, altmodischen Hut mit braunem Schleier trägt. Laura, Paolo Pettis ältere Schwester.

„Ich gehe jetzt zur Heiligen Messe, meine Liebe."

„Sicher, Laura, geh ruhig."

„Armer Paolo!", flüstert sie und wirft einen letzten Blick auf das Grab des geliebten Bruders. „Und Sie, Alba, wie lieb Sie doch sind. Ich bin mir sicher, dass er uns von oben zuschaut und sich freut."

„Daran zweifle ich nicht, Laura."

„Dann auf Wiedersehen."

„Auf Wiedersehen."

Laura geht mit tragischem Seufzen davon. Alba schaut zu, wie sie sich mit dem stolzen Schritt jemandes entfernt, der sich einen Platz im Paradies verdient hat. Ach, die Gläubigen. Unmöglich zu sagen, ob ihre Sanftheit aufrichtig oder berechnend ist. Vielleicht beides.

Im Übrigen besucht auch sie, Alba, den lieben Toten, um einer Rolle gerecht zu werden. Der der guten Kollegin, die ihr Leben riskiert hat, um den armen Paolo zu retten.

Einmal ist sie mit diesem mittlerweile verwesten Körper ins Bett gegangen.

Alba fragt sich, ob sie sich wirklich seinen Tod gewünscht hat. Um Nino Cardine zu fassen, der im Web sehr umtriebig war, hatte sie sich in eine Community von Psychopathen eingeschlichen, die unter der sogenannten Dunklen Triade litten. Das war ihr nicht schwergefallen, denn sie war wie sie. Beziehungsweise sie ist wie sie.

Irgendwann hatte ihr Nino Cardine einen Tausch vorgeschlagen, sie hatte akzeptiert. Bringen wir beide eine Person um, die den Tod verdient hat. So hatte der Pakt gelautet. Sie hatte den Namen Paolo Petti genannt. Petti war damals ihr Chef gewesen. Ein echtes Arschloch, er hatte geschworen, ihr Leben und ihre Karriere zu zerstören. Sie hatte sich gerächt, indem sie Nino Cardine seinen Namen nannte.

Das denkt ein Teil von ihr, doch sie ist sich nicht völlig sicher. Im Grunde hat sie dafür gesorgt, dass sie mehr oder weniger gleichzeitig mit dem Mörder am Schauplatz des Verbrechens eintraf. Um ihn aufzuhalten. Doch sie wurde aufgehalten, verspätete sich, Cardine kam ihr zuvor und der Zeitplan wurde hinfällig. Das denkt ein anderer Teil von ihr, doch sie ist sich nicht völlig sicher. Dass sie die Stadt von einem Abschaum wie Nino Cardine befreit hat, quält sie nicht, sondern macht sie stolz.

Die Dunkle Triade ist wie zwei Wilde, mit denen du zusammenleben musst. Du kannst sie nicht ausrotten und du darfst dich nicht dominieren lassen. Die Dunkle Triade bedeutet: Du bist der Nabel der Welt, die anderen sind nur dazu da, deine Wünsche zu befriedigen. Du wirst alles bekommen, was du willst, denn du bist fähig, die anderen zu manipulieren, zu unterwerfen, zu dominieren. Die Dunkle Triade bedeutet: Du empfindest kein Mitleid, außer wenn es in gewisser Weise deinen Zwecken dient. Du kannst sie nicht ausrotten und du darfst dich von ihr nicht dominieren lassen. Albas Ziel: die Triade in die Knie zwingen, ihr das Dunkle nehmen, sie in ein Instrument des Lichts verwandeln.

Der Regen nimmt ab. Alba streicht sich mit der Hand durch die nassen Haare. Sie mag den Geruch nach Ozon und feuchter Erde. Sie reagiert sehr empfindlich auf Gerüche. Sie hat erfahren, es gibt einen gewissen Zusammenhang zwischen posttraumatischer Störung und olfaktorischer Sensibilität, sie hat sogar mit Dr. Salzano darüber gesprochen. Der Therapeut war beeindruckt. Alba hat bemerkt, wie er schnuppert, wenn sie vorbeigeht. Wie ein Hund auf der Suche nach stimulierenden Gerüchen. Doch in Wirklichkeit hat sie gar keine posttraumatische Störung. Den einzigen Stress könnte ihr Biondo verursachen, doch bislang, in der kurzen Zeit, die sie nach der langen Pause miteinander verbracht haben, ist alles unter Kontrolle.

Und doch erinnert sie sich an Augenblicke, Geschmäcker, Emotionen. Einmal an einem Sommerabend stand ein Treffen mit Sax und Luisella auf dem Programm. Ohne ersichtlichen Grund hatte Alba plötzlich keine Lust mehr, mit den Freunden auszugehen, doch sie wusste, dass Biondo angesichts einer Absage, noch dazu im letzten Augenblick, ein schlechtes Gewissen haben würde, deshalb sagte sie, Luisella habe ihnen einen Korb gegeben. Sie war mit ihm in eine schicke Badeanstalt nach Fregene gefahren. In diesem Jahr waren weiße Leinenschuhe und fernöstliche Räucherstäbchen in Mode. In einem Pavillon im Forte-dei-Marmi-Stil auf einem Sofa liegend hatten sie den Sonnenuntergang betrachtet und Mojito geschlürft. Aus Lautsprechern drang unauffällige Lounge-Musik. Ohne Meer und ohne Brise hätte man sich hier wie in Manhattan fühlen können, aus der Perspektive von Brooklyn Heights, wie in einem alten Woody-Allen-Film. Kein einziges Detail tanzte aus der Reihe. Und das *L'Or de Russie*, das sie aufgelegt hatte, passte wunderbar zu ihrer bronzefarbenen Haut und den letzten Reflexen der untergehenden Sonne. Beschwipst waren sie über den Strand spaziert, an dem sich langsam die Kulisse der Nacht breitmachte: das Hämmern der Diskotheken, fernes Blitzeleuchten, plötzliches Gelächter von Gruppen. Natürlich hatten sie Sex. Zärtlichen Sex. Dann bekamen sie Hunger. Biondo erinnerte sich, dass einer seiner Bekannten an der Küste „wild kochte", und rief ihn an. Der Typ fischte und wenn der Fischzug gut ausfiel, suchte er ein leeres Strandstück, stellte zwei oder drei Klapptische und ein Dutzend Stühle auf und kochte auf einem Campingherd. *Spaghetti alle vongole* und frischen Fisch, eiskalten Weißwein von den Castelli und Brot aus dem Supermarkt, das Ganze auf Plastiktellern und in Plastikbechern. Ein Sack für die Abfälle, und weg. Ein Triumph der Spontaneität, zu hundert Prozent illegal. An diesem

Abend hatten sie zwei Plätze an einem Tisch mit brasilianischen Transen ergattert. Nach einer Weile hatten sie sich angefreundet. Biondo hatte sie mit seinen Muskeln und seinem naiven Blick enorm beeindruckt, mit jedem Glas wurde die Stimmung aufgeheizter. Schließlich hatte jemand eine Flasche Rum hervorgezaubert. Sie hatten ein Feuer gemacht. Sie hatten gesungen. Sie hatten einander geküsst und schließlich waren sie und Biondo zum Auto zurückgegangen. Betrunken, satt, glücklich, jung und schön. Noch nie hatte Alba derart das Gefühl gehabt, beinahe perfekt zu sein. Unsterblich.

Biondo. Vielleicht sollten sie es noch einmal versuchen. Es könnte funktionieren, warum nicht?

Das Handy vibriert einmal, zweimal, dreimal.

Eine Sprachnachricht von Biondo: „Komm sofort, ein Riesenschlamassel." Und die Adresse.

Diese Dringlichkeit, typisch für Biondo. Diese Dringlichkeit missfällt ihr überhaupt nicht. Sie fühlt sich dadurch lebendig. Lebendig und begehrt.

III.

So etwas ist nur in Italien möglich. Der Vertrag mit der Wachgesellschaft ist wegen eines Streits zwischen den Chefs und der Spitalsdirektion auf unbestimmte Zeit ausgesetzt. Zwei der vier Videokameras sind außer Betrieb, weil die Wartung aufgrund fehlender Geldmittel *sine die* aufgeschoben worden ist. Eine saisonale Grippe hat das Personal dezimiert, am Wochenende ist das Spital ohnehin unterbesetzt. Kurz und gut, es war ein Kinderspiel, die verdammte Polyklinik zu betreten und das Mädchen, das noch immer namenlose Mädchen, zu entführen.

„Sofern man sie entführt hat und sie nicht von selbst gegangen ist“, stellt Biondos Chef vom Revierkommissariat fest.

„Blödsinn“, antwortet dieser.

„Ich könnte es mir durchaus vorstellen“, sagt der Kommandant zu seiner Verteidigung. „Sie ist aufgestanden und gegangen. Vielleicht hat sie keine Aufenthaltsgenehmigung, vielleicht ist sie illegal, vielleicht hat sie bloß Angst …“

„Das könnte durchaus sein“, stimmt Sax zu.

„Was redet ihr denn!“, stößt Biondo hervor. „Ihr habt sie nicht gesehen. Sie konnte nicht aufrecht stehen, sie war voller Schnitte …“

„Du selbst hast uns erzählt, den Ärzten zufolge …“

„Ja, aber man musste sie beobachten, man musste sie …“

„Es ist ein Wunder, dass die Beobachtung immerhin wie lange funktioniert hat? Vierundzwanzig Stunden? Sie stand ja nicht unter strenger Bewachung …“

Als Alba zu ihnen stößt, ist die kurze Besprechung schon wieder vorbei, die Polizisten vom lokalen Revier sind verschwunden, der einzige Arzt hat sich tausendmal entschuldigt, aber er ist gerade eben gekommen und hat nicht die leiseste Ahnung, was in der Nacht passiert ist beziehungsweise passiert sein könnte, die Kranken drängen sich um das Trio, das aus dem aufgeregten Biondo, der phlegmatischen Alba und dem undurchschaubaren Sax besteht.

Doch auch sie haben nichts gesehen und nichts gehört.

„Meiner Meinung nach“, sagt Biondo, „hat man sie entführt.“

„Und warum?“, fragt Sax.

„Sicher nicht, um sie umzubringen“, unterbricht Alba.

„Einverstanden“, nickt Sax, „das hätten sie auch in dieser grindigen Polyklinik tun können.“

„Vielleicht wollen sie herausfinden, ob sie etwas gesagt hat, was sie nicht hätte sagen sollen“, mutmaßt Alba.

„Oder sie wollen sie am Reden hindern.“

„Wir können also nichts mit Sicherheit annehmen.“

„Natürlich nicht.“

„Dann suchen wir sie“, sagt Biondo entschlossen.

„Solange sie nicht beschlossen hat abzuhauen“, betont Sax.

„Nicht schon wieder!“, stöhnt Biondo.

Alba beteiligt sich nicht an dem Gespräch und hört rasch die Sprachnachricht ihrer Mutter ab, die sie an den „kleinen Termin am Nachmittag“ erinnert. Biondo beobachtet sie aus den Augenwinkeln. Sein Ausdruck verdüstert sich. Alba errät, dass er eifersüchtig ist, und lächelt ihn gespielt ahnungslos an.

Etwas später sind sie auf dem Polizeirevier. Alba und Sax blättern die Originalakte durch. Auf den Fotos hat das Mädchen einen irren Blick, ihre Augen sind mal zu, mal weit aufgerissen. Die Schnittwunden scheinen oberflächlich. Das wird vom ärztlichen Befund bestätigt. Der toxikologische Befund ist noch nicht fertig, doch es ist mit Sicherheit anzunehmen, dass sie unter Drogen stand. Morphium? GHB, Ecstasy, Flunitrazepam, eine andere Vergewaltigungsdroge?

Das Labor wird am nächsten Tag Auskunft geben.

Alba liest sich die Notizen der Notaufnahme durch. Bei oberflächlicher Untersuchung des Körpers sind Mikroläsionen der Haut aufgefallen. Vielleicht kleine Verbrennungen. Eine Alarmglocke läutet. Alba lässt sich von Biondo eine Kopie der Akte geben. Sie wird sie später ausführlicher lesen.

In einer nahen Bar bestellt Biondo Brötchen, Kartoffelchips, Coca-Cola. Sie beginnen wieder zu diskutieren. Sie sagen immer wieder dasselbe. Auf diese Weise bannen sie die Frustration und das Gefühl der Ohnmacht. Biondo, stellt Alba fest, hat sich neben sie gesetzt, hin und wieder berühren sich ihre Körper. Er errötet dabei. Und sie lächelt, wie davor im Krankenhaus. Die Zeit vergeht. Der Sonntagnachmittag wird düster; dichte, eisige Schatten dringen in das leere Revier ein. Ferne Donner erinnern daran, dass der Winter noch voll im Gange ist. Alba und Sax verabschieden sich von Biondo und gehen ihrer Wege.

Als Biondo allein ist, wählt er eine Nummer. Eine Frauenstimme antwortet. Spröd und distanziert.

„Simona? Ich bin's."

„Ach ja, du. Der übliche Trottel."

„Tut mir leid wegen gestern Abend, es gab einen Notfall."

„Bei dir gibt es immer Notfälle."

„Könnten wir uns … in einer Stunde treffen?"

„Was, hast du plötzlich Lust zu ficken?"

„Tut mir leid, Simona. Du hast recht, ich bin der Trottel vom Dienst."

Die Frauenstimme seufzt. Den abschließenden Satz äußert sie in sanfterem Tonfall. Doch die Resignation ist nicht zu überhören.

„Ich erwarte dich. Aber es ist das letzte Mal."

Biondo legt auf. Er muss nach Hause fahren, sich frisch machen, ein Geschenk für Simona besorgen. Auf seine Weise mag er das Mädchen. Eine Kollegin von der Streife, jünger als er. Mit dunklen Locken, aus Lukanien, brauner Kung-Fu-Gürtel, es fehlen ihr nur noch zwei Prüfungen zum Doktorat in Jus. Ihr Ziel ist es, Staatsanwältin zu werden. Sie möchte die Straßen vom Abschaum befreien. Aggressiv. Im Vergleich dazu ist Biondo ein Verteidiger der Grundrechte. Im Bett ist sie freundlich und zärtlich. Biondo mag sie gern, weiß jedoch, dass er nicht mehr lang mit ihren Gefühlen spielen kann. Seit er Alba wiedergesehen hat, ist er nicht mehr derselbe. Als er an der Portiersloge vorbeigeht, ruft ihn die Wache.

„Kommissar Romani?"

„Was ist?"

„Ein Anruf aus dem Leichenschauhaus. Sie wollen wissen, ob wir die Fahndung nach einem Südamerikaner rausgegeben haben."

„Gib her."

Biondo kehrt um, nimmt den Hörer des Festnetztelefons (ja, in öffentlichen Ämtern gibt es noch welche), während sich eine unangenehme Vorahnung in ihm breitmacht.

IV.

Das Mädchen schnellt hoch und schließlich bricht der Schrei aus ihr hervor, der ihr im Traum die Brust zerfetzt hat, ein beängstigender, schriller, langer, aber gleichzeitig befreiender Schrei. Die schwere Last fällt allmählich von ihr ab und ihre blauen Augen fokussieren langsam das Zimmer, in dem sie sich befindet. Ein hoher Raum, auch das Bett, in dem sie liegt, ist hoch. In einem Wandspiegel vor sich erblickt sie das Bild eines blassen Mädchens mit Augenringen. Die blonden Haare fließen wirr auf die Schultern. Sie schnuppert an sich. Ein guter Geruch. Hat sie kürzlich geduscht? Sie erinnert sich nicht. Sie erinnert sich an nichts, außer dass der Freier sie anlächelte, während sie ihm spielerisch die Maske von den Augen zog und seine Züge erstarrten, eine Ohrfeige hat sie zu Boden gestreckt, und dann … dann nichts … undeutliche Bilder. Schmerz. Sie betrachtet ihre Arme. Sie sind bandagiert. Mit dem Bewusstsein kommt auch der Schmerz zurück. Nicht allzu intensiv, doch wahrnehmbar. Ihr Rücken brennt. Ihr Bauch brennt. Die Brust brennt. Und sie spürt ein Brennen zwischen den Beinen.

Veronika. Plötzlich fällt ihr ihr Künstlername ein.

Veronika. Ihr wahrer Name ist ein anderer, Zsuzsa, doch er klingt fremd und unaussprechlich, und so hat sie ihn wie alle anderen Mädchen aus Zoltans Stall gegen einen verständlicheren eingetauscht.

Veronika.

Mit dem Namen tauchen Erinnerungsfetzen auf. Sie erinnert sich an Schnüre und Knoten. Sie erinnert sich an kleine Elektroschocks, und allein bei dem Gedanken wird das Brennen intensiver. Sie erinnert sich, dass man sie gezwungen hat, etwas zu trinken. Sie erinnert sich an einen Kleinlaster. Stimmen in einer unbekannten Sprache. Sie erinnert sich an ein Bett, ein kleines Bett, und den Geruch von Medizin. War sie im Krankenhaus? Jemand sprach mit ihr, doch sie konnte nicht antworten, sie war bei Bewusstsein und gleichzeitig auch nicht, sie erinnert sich …

„Alles okay?" Ein Mann hat das Zimmer betreten. Er ist fett, trägt Pullover und Jeans, sein Blick ist aufmunternd. „Alles okay? Sie sind endlich aufgewacht. Ein Schluck Wasser? Hier sind Sie in Sicherheit, Sie müssen sich keine Sorgen machen …"

Doch sie versteht kein Wort. Sie hat zum ersten Mal mit einem Freier in Italien gearbeitet. Das erste Mal und das letzte Mal, schwört sie sich mit Schaudern. Und das Arschloch muss sie bezahlen. Sie wird Zoltan erzählen, was er ihr angetan hat, er wird die Sache in Ordnung bringen.

„Hol van Zoltan?", fragt sie in ihrer Sprache. Wo ist Zoltan?

„Tut mir leid, ich verstehe dich nicht."

„Ki vagy te?" Wer bist du?

„Speak English?"

„My name Veronika. Where I am? Who are you?"

„You are safe. Now rest."

„Must go."

„Wait."

„Must go."

„Wait. You weak."

„I no weak. I go!"

Und sie macht ein, zwei Schritte. Entschlossen. Doch dann wird ihr der Kopf unerträglich schwer, das Zimmer beginnt sich zu drehen, und wenn der fette Typ sie nicht gehalten hätte, wäre sie mit dem Gesicht voran auf den Boden gefallen.

„Please, be quiet! You weak!"

Der Mann bringt sie wieder ins Bett, deckt sie mit dem Laken zu. Im Zimmer ist es heiß, er bringt ihr Tee. Veronika gibt ihm zu verstehen, dass sie Hunger hat, er verschwindet und kommt mit einem Tablett zurück. Joghurt, Orangensaft, Brot, Marmelade, Schinken, Käse und Kakao. Veronika beißt in ein knuspriges Brötchen, doch als sie schlucken will, verspürt sie Brechreiz. Der andere stützt sie. Sie unterdrückt den Brechreiz. Veronika lächelt ihn dankbar an. Dann fallen ihr die Augen zu, Schlaf übermannt sie.

Als er sich sicher ist, dass sie schläft, schickt Agent Ippoliti eine chiffrierte Botschaft an eine bestimmte Adresse und zieht sich in einen großen Salon zurück. Er schneidet zwei Schnitten von einer wunderbaren Crespone-Salami ab, die ihm seine Großmutter gerade geschickt hat, und gießt sich ein halbes Glas Barbera ein. Er setzt sich auf das Sofa vor dem Kamin, betrachtet einen Augenblick lang die brennenden Holzscheite und hebt dann den Blick zu dem riesigen Plasmaschirm, wo sich zwei Bundesliga-Mannschaften ein heftiges Match liefern.

V.

Jeden Sonntag empfängt Albas Mutter ihre Freundinnen zum Canasta-Spiel. Als ob die anderen Wochentage sich nicht dazu eigneten und man nicht bei jeder anderen Gelegenheit auch Karten spielen könnte. Alba hasst Canasta. Sie hasst auch die Gräfin Giatti, die Witwe eines Immobilienspekulanten, der Beziehungen zum Vatikan hatte, und sie hasst Frau Doktor Giuntini, die zumindest ein paar Jahre lang, bevor sie den Diplomaten Malvoli geheiratet hat, so getan hat, als würde sie arbeiten. Ganz zu schweigen von Chicca und Bea, den Schwestern Bonaventura-Mugnani, den Gattinnen von Unternehmensberatern, die sich ganz der edlen Kunst der Steuerhinterziehung und dem seriellen Seitensprung mit Huren aus dem Osten verschrieben haben.

Eine Versammlung von Hexen aus dem Cassia-Viertel mit halblangem blondem Haar, obligatorischem Shahtoosh und knielangem Rock. Ihre Leidenschaft ist Klatsch und Tratsch, aus dem offene Verachtung spricht. Eingefleischte Faschistinnen, Belli-Fans („Ich bin ich und ihr seid Dreck"), schlau, gierig, zynisch, pervers und gleichzeitig dumm wie Stroh: Als ihnen Alba *I canti dell'Olgiata* gezeigt hat, den sarkastischen Comic, den der Komiker Corrado Guzzanti Weibern wie ihnen gewidmet hat, haben sie sich vor Lachen auf die Schenkel geklopft. Sie haben die Satire mit Anerkennung verwechselt. Oder, was noch wahrscheinlicher ist, sie haben in dem Bewusstsein gelacht, unsterblich zu sein. Tatsächlich, denkt Alba, kommen sie gerade wieder in Mode. Sie sind die italienische Version der Tea-Party, und sie …

„Alba, mein Schatz, ausnahmsweise bist du entspannt!"

Wenn sie Lust zu streiten hätte, müsste sie ihrer Mutter antworten: In deinen Augen bin ich entspannt, weil du mich nicht kennst. Doch sie streitet schon lange nicht mehr. Bei Frauen wie Donna Elvira wäre das verlorene Liebesmüh.

„Weil ich mich so freue, dich zu sehen, Mama!"

„Wie nett!", echoen die Freundinnen.

„Ja, sie ist eine begabte Lügnerin", bestätigt Elvira.

Nach den Floskeln trinkt man Tee. Wenn man Alba fragte, warum sie sich dem Sonntagsritual unterwirft, würde sie sagen: weil es nicht lange dauert. Mama ist froh, wenn sie mich los ist, um Canasta spielen zu können, ich spiele die Rolle der braven Tochter, wir tauschen so wenige Informationen wie nur möglich aus, dann geht jede ihrer Wege.

„Ich trinke nur noch grünen Tee", teilt Bea Bonavenutra-Mugnani mit, während Chicca, die mit sechzig ihre Berufung zur Schriftstellerin entdeckt hat, verkündet, dass bald ihr erster Roman erscheinen wird.

„Und was ist es? Ein Krimi? Eine Liebesgeschichte?", fragt Elvira.

„Du weißt doch, ich hasse Krimis, die vielen Toten! Und wenn man heute in Liebesgeschichten keinen Sex unterbringt, interessieren sie niemanden …"

„Liebe ohne Sex geht gar nicht", kommentiert Elvira sarkastisch.

Die Freundinnen kichern. In der Bemerkung verbirgt sich wohl eine Anspielung auf eine pikante Episode ihres Lebens. Alba kennt dieses Geheimnis nicht, es ist ihr ehrlich gesagt auch egal.

Chicca errötet. Sie erklärt, sie habe eine „Familiengeschichte“ erzählt und dabei ihre Familie als Vorbild genommen. Alba würde am liebsten einen Witz machen: Das kann aber nur ein dünnes Buch sein, ihr habt ja nichts Nennenswertes erlebt. Doch sie hält sich wieder einmal zurück. Sie nimmt einen Schluck Tee und beißt vom Blaubeerkuchen ab. *Made by* der Inderin der Giuntini. Zumindest bei der Auswahl ihres Personals sind sie wahre Künstlerinnen. Ihre Mutter beobachtet, macht hin und wieder eine ätzende Bemerkung und lächelt. Sie ist zehn Jahre älter als ihre Freundinnen, doch das sieht man ihr nicht an. Auch die anderen vier haben sich gut gehalten. Aus Höflichkeit fragt Giuntini Alba, ob sie gerade an einem interessanten Fall arbeite.

Elvira kommt ihr zuvor. Für gewöhnlich, stellt sie fest, sei ihre Tochter so reserviert, dass man glaubt, sie würde gar nicht arbeiten. Alle lachen. Bea atmet erleichtert auf.

„Umso besser. Ich habe euch ja schon gesagt, so was macht mir Angst.“

„Ich arbeite tatsächlich an einem Fall“, sagt Alba, denn nun reicht es sogar ihr.

Und sie erzählt von dem Mädchen, das von einem verrückten Knotenfetischisten und SM-Jünger fast zerstückelt worden wäre. In Elviras Augen blitzt Ärger auf. Sie hatte gehofft, sie könnte mit sarkastischen Bemerkungen das Interesse von ihrer Polizistentochter ablenken. Der Familienschande. Dem Beweis ihres Scheiterns als Mutter. Bea ist bleich geworden.

Giuntini wirft Alba einen mitleidigen Blick zu.

„Du armes Mädchen, was du dir doch für eine schreckliche Arbeit ausgesucht hast!“

„Mir gefällt sie“, antwortet sie trotzig.

Giuntini ergeht sich in einer Brandrede gegen Männer, die Frauen missbrauchen. Die anderen stimmen ein. Alba traut ihren Ohren nicht. Ausnahmsweise sind sie sich einig. Nein. Irgendetwas stimmt nicht.

„Ich glaube, sie ist Ausländerin“, sagt sie provokant.

„Das ändert doch nichts“, stellt Giuntini fest, doch ihr Ton ist schon weniger überzeugt.

Sie schweigen ein paar Minuten. Dann verändert sich die kollektive Stimmungslage, zuerst unmerklich, dann immer heftiger, bis ihre Stimmen zu einem wütenden Crescendo werden. Diese Mädchen begeben sich ja in so viele Gefahren. Wenn man zu Hause bleibt, passiert einem so was ja nicht. Für gewöhnlich sind es Huren. Sie kommen nach Italien, weil es ihnen in ihrer Heimat schlecht geht. Unter anderem, weil es dort strenge Gesetze gibt. Sie können ganz einfach in unser Land kommen und machen, was sie wollen. Sicher, es geht ihnen schlecht, aber wir können ja nicht alle hereinlassen. Wir sind ja die Trottel Europas, alle kommen zu uns, die Franzosen und die Spanier putzen sich ab. Bei uns ist ja das Schlaraffenland. War, denn jetzt ändern sich die Dinge. Zum Glück. Aber auch die Neuen an der Macht haben zu viele Skrupel. Man braucht ja nur einen Film von einem schwarzen Kind im Fernsehen zu bringen, und schon heulen alle. Ach ja. Wie öd! Und sie bringen es ausgerechnet zum Mittag- oder Abendessen, während du mit deiner Familie am Tisch sitzt, damit du ein schlechtes Gewissen bekommst. Sie sind Erpresser, nichts anderes.

So geht es eine Zeit lang dahin. Schließlich stellen sie fest, dass sie sich nichts vorzuwerfen haben, dass sie sich absolut nicht schuldig fühlen, und dass sie auf die Elenden, die Armen, die Huren und Verdammten dieser Erde scheißen.

Amen.

Kurz darauf steht Alba auf der Straße. Angeekelt, im Bann eines unausweichlichen Gefühls der Niederlage. Nichts, was sie tut oder denkt, wird auch nur eine winzige Auswirkung auf den Zustand der Welt haben. Was noch beunruhigender ist: Die alten Weiber sind nicht nur unsterblich. Sie sind die zeitgenössische Avantgarde.

Sie passen hervorragend in die Epoche des digitalen Hasses, auch wenn sie nicht wissen, wie man sich in einem sozialen Medium anmeldet.

Die Weisen von Cupertino haben wohl ihre Mutter und deren Freundinnen studiert, bevor sie Facebook und Co. installiert haben. Als Verkörperung des uralten Traums, ungestraft über alle und alles lästern zu dürfen. In so einem Augenblick denkt sie: Wir haben Di Corrado geopfert, vielleicht haben wir uns getäuscht und vielleicht war es doch das Richtige. In dieser Angelegenheit werde ich mir mit Biondo nie einig sein.

Es ist eine Ansteckung, ja. Eine Ansteckung. Ansteckung mit Hass. Ihre Mutter und ihre Freundinnen richten ihn auf das falsche Ziel. Doch auch sie, Alba, empfindet Hass. Auf andere. Auf andere krumme Hölzer. Sie glaubt, die Einzige zu sein, doch da hat sie sich getäuscht.

Der Abend senkt sich herab. Es beginnt zu regnen. Die Tropfen werden bald in einen Wolkenbruch übergehen. Der weiße Dacia Duster schlittert über den nassen Asphalt.

Alba spürt, dass sie unglücklich ist. Der junge Staatsanwalt hat ihr mindestens zehn Nachrichten geschickt. Sie ist schon auf dem Weg nach Hause, als sie plötzlich die Richtung ändert und auf die Tuscolana einbiegt. Sie hat den Ausweis in der Tasche, das Büro ist leer. Sie kann in Ruhe arbeiten.

Zu irgendetwas muss der große Hass ja gut sein.

VI.

Drei Männer laufen mit großen Schritten über die Gänge im Keller des Gemelli-Krankenhauses. Darunter ein junger Arzt, der Assistent des Gerichtsarztes. Er hat eine schiefe Nase und den schlaksigen Gang eines Mannes, der gerade dem Teenageralter entwachsen ist. Er ist der Jüngste im Team, der Neuankömmling, und er hat den entschiedenen Ausdruck von jemandem, der Karriere machen will.

Es stört ihn nicht, am Sonntag arbeiten zu müssen. Er weiß, dass er sich nützlich machen kann, und ist stolz darauf.

Die beiden anderen sind Polizisten. Einer ist Inspektor Vittorio Ceglia. Er hat Biondo zu sich gerufen; dieser geht schweigend, düster, argwöhnisch neben ihm. Dieser Fall stinkt immer mehr. Sie sind im Gemelli, denn hierher, ins Tor Vergata oder ins Umberto I bringen sie die Leichen, wenn der Tod Argwohn erregt, wenn ein Zufall oder sonst ein Detail die Gesundheitsbehörden überzeugt, dass man nicht wie gewöhnlich die Floskel *Herzstillstand* auf die Sterbeurkunde schreiben kann. Das suspekte Detail in diesem Fall ist der Schnitt einer Klinge quer über den Hals des Opfers, mit dem die Halsschlagader durchtrennt wurde. Ein Schnitt mit leichter Neigung von links nach rechts und von unten nach oben.

„Eigentlich ein Säbelhieb", sagt Ceglia.

„Wir sind da, das ist er." Der junge Arzt hat die Tür zu einer kleinen Kammer aufgerissen, in der Mitte steht eine Bahre mit einem von einem grünen Tuch bedeckten Körper. Es ist eiskalt, wie in einer Kühlkammer. Biondo macht dem Arzt ein Zeichen, er solle das Gesicht entblößen. Das schamlose Neonlicht, das in den Rohren an der Decke summt, fällt auf Ramons wächsernes Gesicht.

Biondo nickt. „Er ist's."

„Dann habe ich richtig gesehen", sagt Inspektor Ceglia zufrieden. „Als ich Ihre Fahndung gelesen habe, habe ich mir gedacht, da besteht ein Zusammenhang … und hatte recht!"

„Sie hatten recht!"

Sie betrachten eine Zeit lang die Leiche. Der junge Arzt betont, dass er erst nach der Autopsie Genaueres wird sagen können, doch er zweifle nicht daran, dass der Schnitt durch die Halsschlagader die Todesursache war.

„Der Tod?"

„So gut wie augenblicklich eingetreten. Massiver Blutverlust. In diesem Fall spritzt das Blut wie … Können Sie sich eine Erdölquelle vorstellen?"

„Spuren?"

„Es hat geregnet. Ich glaube, wir werden nicht viel finden, weder wir noch die Spurensicherung. Aber wir tun unser Bestes."

„Dessen bin ich mir sicher."

Nach kurzem Zögern sagt der Arzt: „Ich glaube, das Opfer und der Angreifer standen einander gegenüber. Das erkennt man am Neigungswinkel des Schnitts. Sie sind mehr oder weniger gleich groß. Der Angreifer muss ein Rechtshänder sein, sonst hätte er das Messer auf ungewöhnliche Weise gehalten. Und …"

„Es gibt keine Abwehrverletzungen. Der arme Teufel ist völlig überrascht worden. Vielleicht kannte er den Täter …"

Biondo mag keine Amateure, die sich als Detektive aufspielen. Doch der junge Arzt scheint sich auszukennen, und er hat sich angeboten zu helfen. In der bizarren Welt der Justiz ist das nicht selbstverständlich. Biondo bedankt sich und wendet sich an Inspektor Ceglia: „Wissen wir etwas über die Tatwaffe?"

„Auf dem Revier haben wir das Messer, das am Tatort gefunden wurde. Ich wette, es ist das des Täters. Aber es hat geschüttet. Es wäre wirklich ein Glück, wenn wir darauf einen Fingerabdruck fänden, allenfalls können wir nachweisen, dass die Waffe zur Verletzung passt."

„Wenn Sie hier fertig sind, würde ich gern das Zimmer absperren", sagt der junge Arzt, „Sie wissen ja, die Bestimmungen …"

Etwas später werfen sie auf Ceglias Revier einen Blick auf das Messer. Am nächsten Tag wird es dem Labor zu weiteren Analysen übergeben werden.

„Darf ich das Beweisstück fotografieren?", fragt Biondo.

„Sicher." Ceglia strahlt. „Ich freue mich sehr, mit Ihnen zusammenzuarbeiten, Kommissar Romani."

Biondo macht ein paar Handyfotos. Er wird Alba bitten, den Fall zu überprüfen. Ramon ist tot. Die Verbindung zum Mädchen gekappt. „Haben Sie eine Idee, Ceglia?"

„Tja, noch nicht, aber Sie wissen ja, das Leben der Pandilla-Jungs ist voller Gewalt …"

„Kannten Sie ihn?"

„Miguel Serrado, genannt Ramon. Halbwaise. Die Mutter, die Ärmste, ist eine anständige Frau, sie hat nichts damit zu tun. Sie hat die Leiche identifiziert. Sie ist am Boden zerstört."

„Sie sind offenbar sehr gut informiert."

Ceglia seufzt, kratzt sich am Kopf und seufzt noch einmal. Er ist ein kleiner, korpulenter Typ, mit dem Gesicht einer sympathischen Kanaille.

„Also?"

„Hören Sie, Kommissar, eigentlich dürfte ich nicht … aber andererseits fahndet ihr ja schon nach ihm, die Unterlagen werden dem Staatsanwalt übergeben und es wird sowieso öffentlich werden … Aber es muss unter uns bleiben, okay?"

„Los, komm schon, Ceglia, spann mich nicht auf die Folter. Und duzen wir uns. Wir sind ja Kollegen, oder nicht?"

„Wie du willst …"

Er erzählt, dass seit einiger Zeit wegen Drogenhandels gegen die Pandilla ermittelt wird. Ceglia, der Spanisch spricht, weil er ein Faible für Sprachen hat, ist eingeschleust worden. Er musste einige Initiationsriten über sich ergehen lassen und mit einer Babysitterin ins Bett gehen, doch schließlich wurde er aufgenommen.

„Ramon hat sich bei mir gemeldet, er war auf der Flucht. Wir hatten eine Verabredung. Ich bin allein hingegangen, damit er keinen Verdacht schöpft. Aber ich bin zu spät gekommen."

„Habt ihr euch gut gekannt? Ich meine, du und Ramon. Wart ihr Freunde?"

„Nein, ich habe ihn kaum gekannt. Er war sehr reserviert und vielleicht habe ich ihm auch nicht so gefallen, immerhin komme ich nicht aus seinem Land."

„Und warum wollte er dann ausgerechnet dich treffen?"

„Weil ich Italiener bin, oder? Er dachte, ich könnte ihm helfen. Für mich war es eine gute Gelegenheit, ihn festzunehmen, ohne dass meine Deckung aufflog."

„Wer war er deiner Meinung nach?"

„Keine Ahnung, das habe ich dir ja schon gesagt. Ein Mitglied der Pandilla, ein Dealer, ein Junkie vielleicht."

Biondo fühlt dem Kollegen noch etwas auf den Zahn. Er erfährt, dass die Ermittlungen zur Pandilla eingestellt werden sollen, weil der Drogenhandel sich letztendlich auf ein paar Joints beschränkt hat. Nichts, was den Aufwand an Personal und Ressourcen gerechtfertigt hätte. Es wäre höchstens ein Prozess wegen Handels mit leichten Drogen herausgekommen.

„Ich bin schon dabei, mich zurückzuziehen, glaub mir."

„Nach dem Mord werden sie dich wohl weiter undercover arbeiten lassen."

„Das bezweifle ich. Die Pandilla hatte mit mir fünf Mitglieder. Einer ist tot, der Zweite im Gefängnis, dann gibt es noch mich, und die beiden anderen werden wohl abhauen, sobald sie von der Geschichte erfahren. Es sind zwei Trottel, nichts Gefährliches. Der härteste Bursche war Ramon, und wenn ich dir meine Meinung sagen soll ... ich kann es allerdings nicht beweisen ... dann ist er einem großen Tier auf die Füße gestiegen und hat dafür bezahlt."

„Wem zum Beispiel?"

„In der Gegend gibt es eine kleine italienische Bande. Jungs aus Ostia, die nach Rom übersiedelt sind. Meiner Meinung nach sollte man in diese Richtung ermitteln. Jedenfalls waren die sechs Monate inmitten von Latinos für mich ein Albtraum. Ich konnte gar nicht erwarten, dass es zu Ende ging. Stell dir vor, ich musste mir sogar einen Decknamen zulegen."

„Tatsächlich?"

„Natürlich. Ich hieß Jurado. Wie die *giurati*, die Geschworenen bei Gericht. So ein idiotischer Name!"

„Du hättest es schlimmer treffen könne, glaub mir." Biondo verabschiedet sich von Ceglia und setzt sich in schwärzester Stimmung in Bewegung. Das Mädchen verschwunden. Ramon tot. Ceglia kann es nicht wissen, aber der Pandillero ist wegen dem umgebracht worden, was er dem Mädchen angetan hat. Oder nicht angetan hat. Sein Tod ist kein Zufall.

Das ist eine Geschichte von mächtigen, skrupellosen Menschen, die vor nichts zurückschrecken.

Das Telefon vibriert. SMS von Simona: „Vergiss mich, du Arschloch. Du bist für mich gestorben."

VII.

Der Frecciarossa aus Salerno fährt pünktlich auf Gleis 16 in der Stazione Termini ein. Es ist 17.10 Uhr. Cono, Luisella und Rino steigen aus dem Premium-Waggon aus und gehen hintereinander zum Ausgang. Cono und Luisella plaudern miteinander. Sie unterhalten sich über die Provola aus Agerola, sie bestätigen einander, dass die Bufala aus Cancello und Armano viel besser ist als die aus Battipaglia, oder vielleicht erzählt Luisella ihrem Vater gerade, worin ihre letzte literarische Entdeckung besteht: eine Maori-Schriftstellerin oder vielleicht eine aus Vietnam.

Sax macht sich insgeheim über sie lustig, während er ihnen zusieht, wie sie sich dem Ausgang nähern, wo er auf sie wartet. Seitdem die Sicherheitskontrollen verstärkt wurden, dürfen die Reisenden einander nicht mehr auf dem Bahnsteig umarmen, es gibt keine tränenreichen Abschiede mehr, keine neckenden Worte für den abreisenden Grundwehrdiener. Ein weiteres Opfer auf dem Altar der Sicherheit. Kein Regisseur käme mehr auf die Idee, *Doktor Schiwago* oder *Ein irres Klassentreffen* zu drehen.

Rino läuft den Erwachsenen voran und marschiert entschieden auf den Ausgang zu. Als er Sax sieht, grinst er breit, lässt den kleinen, grünen, von Bären- und Kängurustickern übersäten Trolley stehen und beginnt zu laufen, ohne auf Luisellas warnenden Schrei zu hören. Sax grinst ebenfalls und ermuntert seinen Sohn mit rudernden Armbewegungen. Ein paar Passagiere treten zur Seite und machen dem kleinen Wirbelwind Platz. Der Moment, in dem Vater und Sohn einander innig umarmen und Sax den Geruch des Kindes einatmet, ist einer der seltenen Momente, in denen er sich versöhnt, in Frieden mit sich und der Welt fühlt. Doch es ist auch ein Moment, in dem er die Deckung aufgibt, und ein alter schlauer Fuchs wie Cono versucht das auszunutzen.

Noch bevor Luisella die Begrüßung ihres Mannes erwidern kann, drängt sich der General vor, hängt sich bei Sax ein und zieht ihn ein paar Meter weg. „Hast du mir etwas zu sagen?", zischt er, ohne den heiteren Gesichtsausdruck abzulegen, den er seiner Familie zuliebe aufgesetzt hat.

„Ich verstehe nicht."

„Du hast mich mit Rino und Luisella ans Meer geschickt und dich mit deinen Freunden im Haus eingeschlossen … Ich wiederhole: Was hast du mir zu sagen?"

„Sie haben ein Problem."

„Und da kommen sie ausgerechnet zu dir?"

„Vielleicht kann ich ihnen helfen."

„Geht es um etwas, was für uns von Interesse ist?"

„Nicht im Geringsten."

„Schau mich an, Junge!"

„Ich habe gesagt: Nicht im Geringsten. Und ich werde allein damit fertig, okay?"

Rino packt seinen Großvater an einem Zipfel des Sakkos und zieht daran. „Opa, Opa, Mama will Papa auch küssen. Er gehört ja nicht dir allein!"

„Ach, 'tschuldige, Rinu, ab jetzt gehört er ganz euch!"

Endlich ist Luisella dran. „Du hast mir gefehlt."

„Du mir auch."

Sie gehen zu dem Ausgang, der auf die Via Marsala führt. Sax hat sie mit dem Mercedes GLE abgeholt. Sowohl er als auch Cono benutzen das Dienstauto kaum. Nur, wenn es unbedingt nötig ist, hat der General ein für alle Mal erklärt. Aber wenn es nötig ist, dann nur das Beste. Cono war immer skeptisch angesichts der zyklisch wiederkehrenden Sparwellen, die zuerst die Führungskräfte im War Room und dann alle Beamten, egal welchen Ranges, erfassen. Einmal hatte ihm ein junger Staatssekretär, der (wie es hieß) eine große Karriere vor sich hatte, den Kopf gewaschen. Cono hatte seinen Fall noch für denselben Monat prophezeit. Tatsächlich war der Staatssekretär ein paar Wochen später wegen Schmiergeld verhaftet worden.

„Die sind wie Masanielli, glaub mir. Sie stehen auf der Straße und schreien und kreischen und versprechen hier und drohen dort. Kaum kommen sie an die Macht, führen sie sich auf wie die Könige … sie vergessen, woher sie kommen, und wir kriegen sie dran, wo und wann immer wir wollen."

„Wir?"

„Ich. Du musst noch einiges lernen, Junge."

Sax denkt, dass Cono Verdacht geschöpft hat. Vielleicht war es unüberlegt, die beiden zu empfangen, doch was hätte er tun sollen? Doch er wird die Sache so gut wie möglich über die Bühne bringen. Er hat ja jede Menge Erfahrung. Er ist kein ängstlicher Anfänger mehr.

Cono weiß das offenbar auch, denn er hat ihn als Nachfolger bestimmt. Und dennoch misstraut er ihm noch immer.

Luisella streichelt glücklich seinen Arm, während Sax sicher durch die halb leere Stadt fährt. Rino schwärmt von der Schönheit einer Libelle und einer Spinne, die er am Vormittag stundenlang beobachtet hat. Er befindet sich in der Phase „kleiner Entomologe". Er ist frühreif und lechzt wie seine Mutter nach Wissen. Sax würde ihm auch gern seine Hartnäckigkeit mitgeben. Seine beste Eigenschaft. Vielleicht seine einzige. Aber eine wichtige und entscheidende Eigenschaft. Wenn du hartnäckig bist, kannst du jedes Ziel erreichen. Wenn nicht, wirst du sicher scheitern.

Cono schweigt. Man könnte denken, er sei in Gedanken versunken. Doch Sax spürt, wie sich sein Blick in seinen Nacken bohrt. Und schaudert.

VIII.

Im schützenden Kokon des leeren Labors, beim Summen der Geräte, im unbarmherzigen Neonlicht scannt Alba die Fotos der Unbekannten ein und schickt Professor Aglietto ein erstes Mail. Dann bereitet sie das zweite Attachment vor. Weitere Fotos, diesmal von Arielle. Sie hat sie der digitalisierten Akte entnommen, die sie im Zentralarchiv mit ihrem Berechtigungsnachweis hat öffnen können. Ihre Intuition hat sich als richtig erwiesen. Auf den Körpern der beiden Opfer finden sich nicht nur Einkerbungen von Schnüren, Abschürfungen und Schnittwunden, sondern auch Spuren von Brandwunden. Die Ärzte, die seinerzeit Arielles Leiche obduzierten, stellten fest, dass die Brandwunden von einem Fremdkörper stammten. Einem nicht näher identifizierten Objekt. Es konnte sowohl die klassische Zigarette als auch ein glühender Schürhaken gewesen sein.

Dieselben Male sind auch auf dem Foto der Unbekannten zu sehen.

Die Ähnlichkeit der Brandwunden der beiden Mädchen ist eindeutig.

Sie stammen vom selben Objekt.

Alba hat eine Idee, was es sein könnte, doch bevor sie sie kundtut, möchte sie sie von dem einzigen Gerichtsarzt überprüfen lassen, dem sie blind vertraut: Professor Raimondo Aglietto.

Sie schickt auch das zweite Mail ab. Kurz zuvor am Telefon hat ihr Aglietto eine rasche Antwort versprochen. Doch Alba weiß, wie sorgfältig der alte Professor ist. Es wird einige Zeit dauern. Inzwischen bearbeitet sie die Fotos der Unbekannten mit Photoshop. Sie braucht sie für eine Recherche.

Alba holt sich eine Coca-Cola zero aus dem Automaten, der im Gang an einem strategisch günstigen Ort neben dem Büro des Generaldirektors aufgestellt ist. Das Licht eines Blitzes fällt durch die verdunkelten Fenster, es tanzt über die dunklen Umrisse der Möbel wie in einem alten Gruselfilm. Gleich darauf ein mächtiger Donner. Alba lächelt. Aglietto hätte Freude an dieser Situation. Das Schweigen des Abends, das leere Labor, das Gewitter.

Aglietto ist alt, aufbrausend, ein Faschist. Er macht keinen Hehl daraus, dass ihm die Toten lieber sind als die Lebenden. Die Toten sind geduldig, diszipliniert, hören zu, ohne zu unterbrechen, und wenn man sie höflich fragt, geben sie im richtigen Moment die richtige Antwort. Kein Wort zu viel. Nie. Aglietto beklagt die Abschaffung der Todesstrafe und die Verlängerung der Lebenszeit, denn sie berauben ihn seines Rohstoffes.

Alba hat sechs Monate lang seinen Lehrgang als Hörerin besucht, und obwohl sie nicht Medizin studierte, hat Aglietto sie nicht nur als Zuseherin bei den Autopsien zugelassen, sondern als Assistentin ausgegeben.

Einmal hat sie ihn gefragt, warum sie ihm trotz seiner offenkundigen Misogynie so sympathisch sei.

„Wer sagt, Sie seien mir sympathisch, Doria? Sie machen mir eine Heidenangst, und deshalb bin ich freundlich zu Ihnen und versuche Sie günstig zu stimmen."

Sie wirft einen letzten Blick auf die Brandwunden. Ein paar wirken jüngeren, andere älteren Datums. Sie wurden dem Opfer jedenfalls zu unterschiedlichen Zeitpunkten zugefügt. Arielles Fotos sind weniger eindeutig. Sie sind schon mehrere Jahre alt. Aber auch in diesem Fall sieht es nach zwei verschiedenen Zeitpunkten aus. Stellt sich eine Frage: Wer lässt sich mehrmals misshandeln? Das Opfer einer Vergewaltigung zum Beispiel. Arielle war nicht vergewaltigt worden. Ihr Zuhälter hatte sie an den Falschen verkauft und sie hatte mit dem Leben bezahlt. Das Opfer einer Entführung vielleicht. Oder vielleicht ein Opfer, das freiwillig mitmachte. Für eine derartige Schlussfolgerung ist es noch zu früh, aber … wenn die Unbekannte eine Prostituierte wäre, die sich auf die Rolle der Sklavin spezialisiert hatte? Wie Arielle?

Endlich klingelt das Telefon. Der Professor ist zwar vor fünf Jahren in Pension gegangen, hat aber nie wirklich aufgehört zu arbeiten. Seine Aussagen vor Gericht als Gutachter sind legendär.

„Sie haben recht, Alba. Die Verbrennungen stammen von Elektroschocks."

„Danke, Professor. Es handelt sich wohl um *violet wands.*"

„Wie bitte? Was ist das für ein Dreckszeug?"

„Sadomasochisten verwenden eine Art Stab aus Plastik, Eisen oder Gummi mit Elektroden an den Enden, um erogenen Zonen kleine Elektroschocks zu verabreichen."

„Auf den Pimmel? Auf die Muschi, meinen Sie?"

Alba grinst. Aglietto kann sein Publikum stundenlang mit widerlichen Beschreibungen mittelalterlicher Foltermethoden oder von Obduktionen unterhalten, doch wenn es um Perversionen geht, beginnt er zu stottern wie eine Novizin vor dem Beichtvater.

„Ja, Professor. Aber nicht *auf*, sondern *in*."

„Um Gottes willen!"

„Informieren Sie sich im Netz. Es gibt Tutorials, die die Sache erklären."

„Alba, man hätte Ihnen als Kind öfters den Hintern versohlen sollen."

„Mag sein. Die Brandwunden weisen jedoch auf einen falschen Gebrauch hin."

„Wie, sagten Sie, heißen diese Stäbe?"

„*Violet wand*. Eine Art Zauberstab für erotische Elektrostimulation."

„Und wie besorgen sich die Perverslinge Ihrer Meinung nach diese Wunderdinger?"

„Sie kaufen sie."

„Auf dem Schwarzmarkt?"

„Online. Der Preis schwankt zwischen 45 Euro für einfache und 250 bis 330 Euro für raffinierte Modelle."

„Und worin besteht das Raffinierte?"

„Zum Beispiel für eine zweifache Stimulierung. Ein Stab mit zwei Enden für eine gleichzeitige Stimulierung von ihm und ihr, oder von ihr und ihr …"

„Hören Sie, Alba, ich bestelle mir eines dieser Drecksdinger und probiere es an gewissen jungen Ärzten aus, die mir im Labor auf die Nerven gehen …"

„Dann landen Sie direkt im Gefängnis."

„Ich will sie ja nicht umbringen! Nur hin und wieder ein kleiner Stoß!"

„Wenn Sie ein trockenes Hautstück erwischen oder sich bei der Intensität der Stromstärke irren, können Sie einen Herzinfarkt oder zumindest einen heftigen Schock verursachen!"

„Morde wie früher gibt es tatsächlich nicht mehr! Auf Wiederhören, Alba, es hat mich wie immer gefreut. Besuchen Sie mich, wenn Sie nach Campobasso kommen, dann trinken wir einen Kaffee bei Lupacchioli oder in sonst einem schicken Lokal."

Aglietto hat ihr also recht gegeben. Der Sadist hat in beiden Fällen eine *violet wand* verwendet. Heute lässt sich so etwas leicht besorgen, aber damals, vor zehn Jahren, zu Zeiten Arielles? Onlineshopping war damals noch nicht weit verbreitet. Doch es gab Spezialgeschäfte. In Rom gab es einige davon. Man müsste sie der Reihe nach aufsuchen. Sofern sie überlebt haben, was Alba bezweifelt. Eine derartige Recherche wäre Zeitverschwendung.

Alba nimmt sich vor, so einen Stab zu kaufen. Sie will herausfinden, wie genau er funktioniert. Eine ungesunde Neugier flüstert ihr zu, dass sie ihn an sich selbst wird ausprobieren müssen. Der erste Gedanke zieht andere nach sich, sie überwältigen sie. Eine Welle des Begehrens.

Sie ruft Biondo an. „Pizza?“, schlägt sie vor.

Biondo nimmt überrascht an.

Zwei Stunden später sind sie bei ihm zu Hause im Bett.

IX.

Der Dienst, den manche als „die Firma“, andere als „die Agentur“ und Cono lässig als „bei uns“ bezeichnet, verfügt über eine Reihe von geschützten Wohnungen, die für zukünftige Mitarbeiter, eventuelle Zielpersonen, erklärte Feinde, zweifelhafte Freunde bestimmt sind sowie für Situationen genutzt werden, in denen man mit äußerster Diskretion vorgehen und man sich etwas Zeit lassen muss, bevor man übereilte Entscheidungen trifft.

„Wohnung“ ist im Übrigen ein sehr vager Begriff. Die Art der Unterkünfte, auf die man „bei uns“ zurückgreifen kann, reicht von der Suite im Grandhotel bis zur Bruchbude in der Altstadt von Tarent, von der Garage auf der Piazza della Enciclopedia Italiana im römischen Zentrum bis zur Besenkammer im Prati-Viertel in Rom und zum Stall in Brixen. Doch überall gilt: Gewisse Sicherheitsstandards müssen eingehalten werden. Das Lokal muss abgeschieden sein. Wenn der Ort nicht abgeschieden ist, muss ein Sicherheitsabstand hergestellt werden. Das bedeutet zum Beispiel, wenn sich die „Wohnung“ im ersten Stockwerk eines zweistöckigen Zweifamilienhauses befindet, muss auch das zweite Stockwerk von einer befreundeten Person bewohnt, „von uns“ gekauft werden oder, sofern das nicht möglich ist, leer stehen, unbewohnt sein.

Im Falle Veronikas hat man sich für ein Gebäude auf dem Land in Umbrien zwischen Orvieto und Todi entschieden. Ein renoviertes ehemaliges Franziskanerkloster mit Zypressenallee, zwei Reihen junger Olivenbäume, Pool und Tennisplatz. Das Kloster liegt am Ende eines engen Weges, der an einem Abhang entlangführt, fünfzig Meter darunter befindet sich ein steiniges Tal. Doch auch der Haupteingang wird gut bewacht. Wer zum Kloster gelangen will, muss die letzten zwei Kilometer einer unbefestigten Straße im Schritttempo zurücklegen. Profis können Übelwollende so ganz leicht erkennen.

Es ist fast Mitternacht, als Sax den GLE neben Ippolitis Dacia Duster parkt. Der Agent, der eine verschlüsselte Nachricht erhalten hat, erwartet ihn, mit einer Taschenlampe in der einen und einem Revolver, Kaliber 38 mit kurzem Lauf, in der anderen.

„Alles in Ordnung, Gianna'?"

„Alles in Ordnung, Ugo. Wo ist sie?"

„Drinnen. Sie schläft. Sie schläft eigentlich schon den ganzen Tag."

„Sie steht unter Drogen. Doch sie wird sich erholen."

„Soll ich sie aufwecken?"

„Zuerst trinken wir ein Glas, mir ist eiskalt."

„Meine Mutter hat mir was Spezielles geschickt."

In der Ferne bellt ein Hund. Ippoliti öffnet das Tor und tritt zur Seite. Sax fröstelt, als er das Gebäude betritt. Wärme umfängt ihn. Eine übertriebene, aber verdammt angenehme Wärme. Ippoliti führt ihn zum Schlafzimmer.

Veronika atmet leise unter der Daunendecke. Sax beugt sich über sie. Ihre Stirn ist schweißbedeckt. Ein halb bitterer, halb zuckersüßer Geruch.

„Spätestens in einer Stunde wecken wir sie auf", flüstert er.

Ippoliti nickt und folgt ihm. Ein dummer, treuer Hund.

Vor dem Kamin zieht Sax die Daunenjacke aus, jetzt schaudert es ihn vor Wohlbefinden. Das Getränk, von dem Ippoliti geschwärmt hat, ist ein zuckersüßer Magenbitter, der einen pelzigen Belag am Gaumen zurücklässt und beim Schlucken in der Speiseröhre brennt. Sax findet das Brennen angenehm.

„Sax … wie geht es ihr?"

„Wem?"

„Ihr …" Ippoliti wird rot.

Sax blickt ihm direkt in die Augen. „Denkst du immer noch an Alba? Verstehst du immer noch nicht, dass du keine Chance bei ihr hast?"

„Ich meinte nur … Aber … was für eine Geschichte!"

Genau. Was für eine Geschichte.

X.

Zwei Wochen waren vergangen, seitdem man Arielle gefunden hatte, doch sie wussten weder ein noch aus. Die Polizei tappte im Dunkeln, wie es in solchen Fällen so schön heißt. Genauso fühlten sie sich auch. Sie tappten im Dunkeln. Wie blinde Katzen. Blind und ungeschickt. Sogar Alba, die den größten Durchblick von den dreien hatte, war drauf und dran aufzugeben. Biondo war zwar ein hervorragender Polizist auf der Straße, doch wenn es darum ging, eine Ermittlungsstrategie zu entwickeln, war er nicht zu gebrauchen. Und was für einen Beitrag leistete eigentlich Sax? Keinen. Im Grunde lag die Geschichte in den Händen der Hurenböcke von der Sitte. Die DNA-Analysen waren ein Reinfall, weil es keine Möglichkeit zum Abgleich gab. Mit einem Wort, alles deutete darauf hin, dass die Sache archiviert wurde. Und wie gingen sie damit um? Alba war wütend. Sie hasste es zu verlieren. Sie erlebte es als Affront, dass ihr es noch nicht gelungen war, den Wahnsinnigen dingfest zu machen und ihn sich vorzunehmen. Sax wusste das. Mantraartig wiederholte er den Spruch von der Gewalt gegen Frauen, sicher, das hatte auch damit zu tun, doch in Wirklichkeit gab es in Alba Dorias persönlichem Wortschatz keinen Platz für das Wort „scheitern". Biondo – auch dessen war sich Sax sicher – fand mittlerweile, es sei eine Beleidigung für die menschliche Rasse, dass es Wahnsinnige,

Vergewaltiger, Pädophile und Ähnliches gab. Er hatte ein ziemlich einfaches und etwas rechtslastiges Weltbild: Angesichts einer verprügelten Frau brach er in Tränen aus und hätte den Angreifer am liebsten mit eigenen Händen erwürgt.

Das einzige Geheimnis bestand in der Faszination, die Biondo auf Alba ausübte. Gegensätze ziehen einander an? Pah. Vielleicht machte es Alba Spaß, mit einem Trottel ins Bett zu gehen, den sie nach Belieben manipulieren konnte. In Sax' Gedanken spielte die tragische Geschichte der armen Arielle nur eine periphere Rolle. Die Sache mit Luisella lief gut. Sie liebte Theater, Kino, klassische Konzerte, Oper und Ballett. Luisella war lieb, hin und wieder etwas zickig, sie hatte gerade ein Sprachenstudium abgeschlossen und ein neues Studium begonnen. Philosophie. Im Scherz hatte sie zu ihm gesagt, ihrem Vater zufolge hätte sie ein zweites Studium begonnen, weil ihr ein arbeitsloses Leben nicht reichte. Sie bräuchte zwei solche. Sie liebte ihren Vater, der sich nach dem frühen Tod ihrer Mutter um sie gekümmert hatte. Sie hätte ihn nie enttäuscht. Deshalb hatte Sax nie mehr als einen Kuss von ihr verlangt. Er war äußerst zurückhaltend. Sogar dann noch, als ihre Berührungen kühner wurden und in ihren braunen (nicht sehr schönen und etwas stumpfen) Augen eine eindeutige Frage aufblitzte.

Wie würde Cono es aufnehmen? Was für Pläne hatte er für seine einzige Tochter? Würde er sich mit einem hoffnungsvollen, aber bettelarmen jungen Mann zufriedengeben?

Eines war nämlich klar: Sax kannte nur eine Maxime: entweder alles oder nichts.

Als Cono ihn zu sich rufen ließ, war er nicht überrascht. Sie mussten einige Dinge klären. Doch die Art und Weise, wie er ihn zu sich rief, war ziemlich überraschend. An einem ganz gewöhnlichen Arbeitstag, als er einen Bericht am PC schrieb, stand plötzlich gegen Mittag Ugo Ippoliti in einem blauen Beamtenanzug und einem martialischen Ausdruck vor ihm. „Gianna', komm mit. Sofort."

„Bin ich verhaftet?"

Ippoliti war völlig frei von Ironie, vielleicht war das der Grund, warum ihn Cono zum Chauffeur seines Vertrauens gemacht hatte. „Natürlich nicht!", erwiderte der Agent todernst. Dann fügte er in vertraulichem Tonfall hinzu: „General Sangiorgio will dich sehen."

„Zu Befehl."

Als Sax in die Dienstlimousine stieg, überkam ihn leise Panik. Er ahnte, worum es bei dem Gespräch gehen würde. Und er wiederholte insgeheim, er habe Luisella ganz brav den Hof gemacht und nichts zu befürchten. Doch immerhin handelte es sich um Cono di Sangiorgio. Einen der abgebrühtesten Hurensöhne weit und breit.

„Das ist aber nicht der Weg nach …"

„Ach, was soll ich dir sagen? Der General hat gesagt: ‚Bring ihn mir nach Hause.' Und ich bring dich jetzt zu ihm nach Hause."

So betrat Sax zum ersten Mal die Villa an der Via Appia Antica. Wenn er Luisella nach Hause brachte, war er bisher immer vor der Mauer mit den Glasscherben, den spitzen Steinen und anderen Hindernissen darauf stehen geblieben.

Er bewunderte den üppigen Park und die Reithalle, den Schecken und den Braunen, den ein Reitlehrer im Viereck longierte, den kleinen Teich mit den Seerosen, die Luisella, wie sie sich rühmte, selbst gepflanzt hatte. Als sie sie mit Monets berühmten Gemälden verglichen hatte, hatte er sich schnell schlau gemacht. Beim nächsten Rendezvous hatte er seine glühende Begeisterung für die Impressionisten kundgetan.

Cono erwartete ihn in einem hübschen Pavillon, auf einem Gartenstuhl sitzend. Neben ihm standen zwei weitere Stühle. Einer schien nur auf ihn, Sax, zu warten. Auf dem dritten Stuhl stand ein Aktenkoffer aus weißem Leder. Cono trug ein blaues Jacht-Sakko, eine weiße Hose, einen schneeweißen Panamahut. Er trank einen Kaffee, den er sich aus einer altmodischen Kaffeemaschine eingegossen hatte, und streichelte den Kopf eines großen alten Border Collies.

„Kommen Sie, kommen Sie, willkommen, Grassi. Darf ich Ihnen Saverio vorstellen, den intelligentesten Hund auf der ganzen Welt.

Na ja, vielleicht doch nicht der intelligenteste, aber jedenfalls ein guter Freund. Saverio, begrüße Dr. Sax …"

Der Hund wandte ihm langsam den Kopf zu, gab eine Art schwaches Winseln von sich und reichte ihm eine Pfote. Sax nahm sie vorsichtig, flüsterte zärtlich ein paar Worte. Das Tier ließ sich auf den Rücken plumpsen und offenbarte das weiße Haar auf einem etwas dicken Bauch. Sax bückte sich, um ihn zu streicheln. Saverio winselte genüsslich. Er ließ sich ein paar Minuten massieren. Dann klatschte Cono in die Hände und gab einen sonoren Befehl.

„Saverio! Ins Körbchen!"

Der Hund stand widerwillig auf, warf seinem neuen Freund einen sehnsuchtsvollen Blick zu und entfernte sich schwankend.

„Nett", stellte Sax fest. „Ein schöner freundlicher Hund."

„Ein Genießer", sagte Cono trocken. „Wie alle Hunde und wie du!"

„Wie bitte?"

„Setz dich. Trink einen Kaffee. Reden wir!"

Sax gehorchte. War der General verärgert oder war die plötzliche Stimmungsänderung Teil einer Strategie?

Cono schniefte, seufzte, dann nickte er. Er richtete den Blick aus seinen eiskalten Augen auf Sax, der erschauerte. Mit der Kaffeetasse in der Hand saß er da.

„Du verstehst zu gefallen", begann Cono, mit einer weniger harten Stimme als befürchtet, „und durch deine Hartnäckigkeit hast du dir eine effiziente Eroberungstechnik zugelegt. Das muss ich dir lassen. Ich habe noch nie erlebt, dass meine Tochter so … wie soll ich sagen … so verliebt war."

„General, ich …"

„Halt den Mund. Wenn wir zusammenarbeiten sollen, musst du ein paar grundsätzliche Regeln befolgen. Erstens: Du sprichst, wenn ich es dir erlaube. Verstanden?"

„Verstanden."

„Gut." Jetzt grinste Cono breit. „Doch Luisellas Privatleben interessiert mich nur bedingt. Du kannst ganz beruhigt sein: Wir leben im 21. Jahrhundert und ich bin kein Steinzeitmensch, obwohl ich aus dem Süden komme. Du und meine Tochter, ihr könnt euch treffen, so oft ihr wollt, ihr könnt euch küssen, bumsen, euch verlassen … Luisella ist volljährig und du bist auch kein Jüngling mehr … Junge, es geht um etwas anderes …“

Cono hielt plötzlich inne.

Sax bekam nahezu eine Panikattacke. Er, der für gewöhnlich so kühl und berechnend war. Das Charisma des Generals ließ ihn offensichtlich nicht kalt. Er hatte keine Ahnung, wohin dieses Gespräch führen sollte.

„Trinkst du nun den Kaffee oder nicht? Wenn du noch länger wartest, wird er kalt!“

Sax stürzte den Kaffee hinunter. Er war lauwarm. Am Boden hatte sich eine spröde Masse gebildet, die sich nicht runterschlucken ließ und im Hals kratzte. Bei dem Versuch, den Hustenreiz zu unterdrücken, wurde Sax puterrot.

„Wasser“, schlug Cono vor und zeigte auf die Flasche, die auf einem Tablett mitten auf dem Tisch stand. „Fürs Erste sprechen wir nicht mehr von Luisella …“, fuhr Cono fort, als Sax sich erholt hatte. „Es geht um etwas anderes und das ist ernst. Es geht um dich. Um deine Eier.“

„Meine …“

„Eier. Das ist ein kühnes und elegantes, uraltes Bild. Um eine Eigenschaft zu bezeichnen, die ein Mann unbedingt braucht. Mut.“

„General …“

Cono machte ihm ein Zeichen, er solle schweigen. Er nahm die weiße Ledertasche, ließ das Schloss aufschnappen, holte eine dünne Akte heraus und warf sie Sax auf den Schoß. Er öffnete sie.

Die Fotos von Arielle versetzten ihm eine Art Kinnhaken.

„Was bedeutet das?

„Dass ich verstehen will, ob du Eier hast. Soviel ich weiß, ermittelt ihr zu diesem Mord.“

Sax nickte.

Conos Stimme wurde eiskalt. „Alles, was wir von nun an reden, ist streng vertraulich. Der Fall Arielle, wie ihr ihn nennt … könnte … ich betone … könnte eine Bedrohung für die nationale Sicherheit sein."

„Verstehe."

„Ich muss alles über die Ermittlungen erfahren. Und wenn ich alles sage, meine ich auch alles. Klar?"

„Ja."

„Gut. Jetzt haben wir zwei Möglichkeiten. Entweder ich erfahre *alles* von dir …"

„Oder?"

„Oder wir hatten ein nettes Gespräch, drücken einander die Hand und gehen unserer Wege."

„Und ich …"

„Was du?"

„Was soll ich …"

„Ach, wie sagte der Dichter? Das stellen wir fest, indem wir es tun … also?"

„Wir haben nichts herausgefunden. Nicht einmal, wer das arme Mädchen ist. Wir stehen bei null, General."

„Ja, aber es könnte jeden Augenblick etwas passieren. Und ich muss höchst diskret informiert werden." Cono reichte ihm ein Kärtchen mit einer Handynummer drauf. „Die Nummer ist verschlüsselt. Schweizer Telefonkarte. Wenn du mir etwas mitteilen willst, ruf sie an: Es wird immer jemand abheben. In dringenden Fällen kannst du dich auch an Ippoliti wenden."

„Er ist … informiert?"

„Gerade so viel wie nötig, aber er steht dir zu Diensten. Verstanden?"

„Verstanden. Aber …"

„Zu viele *aber*. Junge, es gibt kein Zurück mehr, du hast verstanden, oder?"

„General, meine Kollegen …"

„Ich habe gesagt: höchste Geheimhaltung. Mehr muss ich nicht sagen. Ippoliti bringt dich ins Büro zurück." Cono entließ ihn mit einer brüsken Geste.

Sax wusste nicht, ob er ihm die Hand reichen sollte oder nicht.

Als ob der General sich erst jetzt daran erinnerte, zog er ein Kuvert aus der Tasche.

„Ich habe eine Einladung in die Oper. Für die Premiere von *Schwanensee,* das berühmte Ballett. Ich weiß nicht, wie du dazu stehst, Junge, aber für mich ist Ballett eines der langweiligsten Dinge auf der Welt. Doch meine geliebte Tochter ist verrückt danach. Ihr werdet euch sicher amüsieren, ihr beide."

Während er zurück ins Büro fuhr und Ippoliti ihn mit seinen neugierigen Fragen belästigte, wurde sich Sax bewusst, dass er an einem Wendepunkt seines Lebens stand. Cono bot ihm eine strahlende Zukunft an. Dessen war er sich sicher. Eine schwierige Zukunft voller Unbekannten, doch wenn es ihm gelang …

Zwei Fragen quälten ihn: die erste: War er geeignet? Die zweite, persönlichere: Warum ausgerechnet ich?

XI.

Der freundliche Mann reißt Veronika aus einem unruhigen Halbschlaf. *„Please, come. Visit."*

„Who?"

„My superior."

„Police? Army?"

„Please, come with me!"

Vor dem Kamin sitzt ein eleganter Typ mit sanfter und zugleich schlauer Miene. Er ist ungefähr so alt wie der freundliche Mann, vielleicht ein paar Jahre älter. Er bedeutet ihr, sich zu setzen. *„I am a* *police officer*", sagt er. „*I am here to help you.*" Und er reicht ihr eine Blume und ein Glas Weißwein.

Veronika lächelt. Sie nimmt die Geschenke an. Der Wein ist kalt. Beim ersten Schluck empfindet sie Brechreiz. Sie reicht ihrem Wächter das Glas, der es ihr schnell abnimmt.

Der elegante Typ lächelt sie an. „*You can call me Sax.*"

„*Sax?*"

„*Yes, like saxophone.*"

„*Do you play saxophone?*"

„*Yes, I do.*"

Veronika beschließt, ihm zu vertrauen. Sie erzählt ihm, sie sei Ungarin, verrät ihm ihren wahren Namen, erzählt ihm von der Website, von der Organisation und von Zoltan. Was sie in ihrem Land und in angrenzenden Ländern macht, ist legal. Ihre Dienste sind sehr begehrt, denn sie ist sehr gut. Die Sklavin zu spielen, erklärt sie, sei eine Arbeit wie jede andere auch. Sie sei zu allem bereit, denn je flexibler man sei, desto mehr verdiene man. Sie ist neunundzwanzig Jahre alt und hat vor, bis zweiunddreißig oder dreiunddreißig zu arbeiten. Dann wird sie aufhören. Sie hat schon genug Geld zur Seite gelegt, um sich zurückzuziehen.

„*Tell me about this man.*"

Zoltan habe ihr gesagt, es handle sich um einen „ganz speziellen Kunden". Etwas hart, was in ihrem Jargon bedeute, extremer Sadomaso-Sex, doch man könne ihm vertrauen. Zwei Tage in Italien, abzüglich der Reise, und sie hätte 16.000 Euro in der Tasche. Wirklich ein schöner Betrag. Sie würde danach zwar etwas „mitgenommen" sein, was in ihrem Jargon ein paar Foltermethoden bedeute, diverse Misshandlungen, aber keine bleibenden Schäden. Sonst hätte Zoltan es nicht zugelassen. Zoltan passe auf seine Mädchen auf, und bis jetzt sei den Mädchen Zoltans noch nie etwas passiert.

„*I am sorry, but I think, that is not true.*"

Veronika erstarrt. Warum sollte es nicht stimmen? Was weiß dieser Mann über Zoltan, über sie, ihr Leben? Sie protestiert, ihre

Stimme wird lauter, und der Mann kann sie kaum beruhigen. Doch allmählich wird sie müde, und der Mann erweist sich als höflich und verständnisvoll, und ihre Aufregung verebbt.

Der Mann steht auf, geht zu ihr hin und reicht ihr sein iPhone. *„Look at the pictures please."*

Veronika schaut. Sie erkennt das Arschloch auf den ersten Blick. Die professionelle und etwas herablassende Selbstsicherheit, die sie bis jetzt an den Tag gelegt hat, verschwindet augenblicklich. Sie zittert vor Angst. Sie nimmt den Kopf in die Hände und beginnt zu weinen. Das Handy fällt zu Boden.

Sax hebt es auf und steckt es in die Tasche. *„Now you're safe"*, tröstet er sie. *„Safe, here. I will protect you."*

„Who are you?", fragt sie weinend.

„A friend."

„Let me go, please. I want to come back home."

„I am sorry but this is not possible. Not now."

„You are police? You want me to talk with judges?"

„I don't think so. I only ask you to wait. Few days, then you'll be free."

„Can I speak to Zoltan?"

„I am afraid it is impossible."

„He will be … don't know how to say … aggòdò …"

„Worried", sagt Sax lächelnd. *„I'm afraid not. I am afraid if you call Zoltan you are in danger … trust me. I will help you."*

Sie weint wieder. Sax schnalzt mit den Fingern und Ippoliti kommt gelaufen. Er gibt ihm die Anweisung, dem Mädchen noch ein Beruhigungsmittel zu geben. Morgen wird er ihn durch eine vertrauenswürdige Person, eine Frau, ersetzen. Im Augenblick solle er sich jedoch nicht von der Stelle rühren. Und gut aufpassen, dass sie nicht abhaut. Ippoliti salutiert beinahe. Veronika hat dem Gespräch auf Italienisch zugehört, ohne es zu verstehen, aber sie hat begriffen, dass es um sie geht. Mit einem plötzlichen Sprung versucht sie zur Tür zu gelangen. Ippoliti und Sax schnellen gleichzeitig los und halten sie auf. Sie schreit und versucht sich zu befreien. Doch Ippoliti ist kräftig wie ein Stier, er weicht keinen Millimeter. Sax wartet. Schließlich fällt sie zu Boden. Sax und Ippoliti legen sie wieder ins Bett. Reden ihr gut zu. Sie gibt ein schwaches Winseln von sich, wie ein erschöpftes Kätzchen, dann wird sie wieder von Schlaf übermannt.

Sax gibt Ippoliti letzte Anweisungen und fährt in der eiskalten Nacht davon.

Der Mann, der das Ganze organisiert hat, hat gewiss für Zoltans Schweigen bezahlt.

Er kennt diesen Mann. Er weiß, wozu er fähig ist.

Er hofft, er hat genug Zeit, ihn aufzuhalten.

XII.

Alba wacht mitten in der Nacht auf. Sie spürt, dass Biondo sie anblickt, und um das Unbehagen zu verbergen, lächelt sie ihn angespannt an.

„Was für einen Sinn hat das alles, Alba?"

„Keine Ahnung. Was meinst du?"

„Für mich könnte es alles ändern."

„Es könnte aber auch nichts ändern. Schlafen wir weiter. Morgen ist ein harter Tag."

Sie schläft fast sofort wieder ein. Sie hat gerade noch seinen Atem gehört. Trotzdem ist sie erleichtert, als am Morgen der Platz neben ihr leer ist. Dann riecht sie jedoch den Kaffee, und er taucht mit einem klassischen Frühstückstablett auf: Kaffee natürlich, Obstsaft, Joghurt, zwei warme Brioches. „Ich habe sie in der Bäckerei am Eck geholt."

Alba nickt, sie weiß nicht, ob sie sich für die Fürsorge bedanken oder ihn zum Teufel schicken soll.

Biondo hat schon geduscht, der Geruch der Bio-Seife wirkt deplatziert auf seiner übermäßig behaarten Haut.

„Weißt du", sagt er, „man liebt eine Frau nur dann wirklich, wenn man sie beim Aufwachen liebt."

„Wirklich, Biondo?"

„Ja, wenn das Geheimnis der Nacht noch nicht völlig von ihrem Körper abgeglitten ist und ..."

„Woher hast du diesen Satz? Von der Baci-Perugina-Werbung oder aus *Fifty Shades of Grey*?"

Biondo schnauft. Gekränkt und beleidigt zieht er sich zurück.

„Es war nur ein Augenblick, Gianni. Er bedeutet nichts. Denk darüber nach."

Sie bleibt unter den Laken liegen, bis die Tür ins Schloss fällt. Sie duscht lange, um den Geruch nach Sex abzuwaschen. Doch während sie ihn entfernt, bedauert sie es schon.

Als sie im Büro ankommt, empfindet sie Erleichterung. Arbeit ist immer die beste Therapie, hoffentlich nicht die einzige. Was willst du tun, Alba, das ist nur eine Floskel, wie die Politiker sagen.

„Doria, kannst du einen Augenblick kommen?"

Rosalia Becciu aus Sassari, sechsundvierzig Jahre alt, zwei Doktorate oder vielleicht auch mehr, Leiterin der Forensik-Abteilung, schreitet gebieterisch über den Gang. In der rechten Hand hat sie eine durchsichtige, versiegelte Tüte. In der Tüte ist eine Pistole. Der wehende Pagenkopf und der wie ein Hühnerarsch zusammengekniffene Mund lassen nichts Gutes ahnen. Als sie auf Albas Höhe ist, zeigt sie auf den angemachten Bildschirm, von dem ein ständiges und entschiedenes Summen ausgeht.

„Erklär mir bitte, was das zu bedeuten hat."

„Eine Recherche."

„Das sehe ich. Und wann hast du damit begonnen?"

„Gestern."

„Du bist am Sonntag ins Büro gekommen? Die Ermittlungen liegen dir ja wirklich am Herzen! Natürlich hattest du keine Genehmigung. Oder zumindest ich habe keine unterschrieben. Also?"

„Wenn du mir einen Augenblick Zeit gibst, erkläre ich es dir."

„Ich bin ganz Ohr“, skandiert Becciu spöttisch.

„Ein Arschloch foltert Mädchen. Ich will ihn dingfest machen.“

Die Haltung der anderen ändert sich augenblicklich. Rosalia Becciu ist eine überzeugte Kämpferin für die Rechte der Frauen. Mehr als einmal hat sie sich für Kolleginnen starkgemacht, denen ein Disziplinarverfahren drohte. Zwischen ihr und Alba hat es nie freundschaftliche Gefühle gegeben, Becciu ist von Natur aus argwöhnisch und würde nie einer jüngeren und besser ausgebildeten Kollegin vertrauen, die sie einmal ablösen könnte. Doch der Aufruf zur weiblichen Solidarität ist unwiderstehlich, Alba hat auf die richtige Karte gesetzt.

„Erzähl mir alles.“

Alba erzählt ihr in kurzen Zügen die ganze Geschichte. Wie das Mädchen gefunden wurde, die Misshandlungen, die Brandwunden, die Flucht (sie geht nicht allzu sehr ins Detail) aus dem Krankenhaus. „Sie wurde offenbar nicht vergewaltigt. Sie ist wahrscheinlich eine Prostituierte, ein Profi bei hartem SM-Sex.“

„Wieso glaubst du das?“

„Intuition.“

„Sprich weiter“, sagt Rosalia Becciu.

„Ich habe ein paar Fotos des Mädchens ins Netz gestellt und FAITH angeworfen, das ist die Abkürzung von Facial Identification Terminal Headmaster, eine Gesichtserkennungssoftware. Man lädt Fotos oder Videos hoch und die Software sucht ähnliche Fotos oder Videos im Netz. Sie gleicht die gefundenen Gesichter mit dem Original, in diesem Fall mit dem unbekannten Mädchen, ab. FAITH untersucht und vergleicht Stirn, Nase, Augen, Haaransatz, Wangenknochen, Ohren, Lippen, besondere Kennzeichen und gibt die Übereinstimmungen auf einer Skala von 0 bis 100 an. Der Auftraggeber legt den Grad der Präzision fest. Ich habe FAITH programmiert, alle Übereinstimmungen unter 95 Prozent auszuschließen. Das Mädchen hat kein gewöhnliches, aber auch kein außergewöhnliches Gesicht. Im offiziellen Web könnte es Millionen Gesichter wie das ihre geben. Ganz zu schweigen vom Deep und Dark Web. Die

Übereinstimmungen unter 95 Prozent werden automatisch verworfen, die anderen werden in einem virtuellen Speicher aufbewahrt. Die letzten Resultate werden von HOPE, dem HEADMASTER OF PRESUMPTION ERASE, geprüft. Das ist eine neue Software, die die Übereinstimmungen auf eine Fehlerquote von ein bis höchstens zwei Prozent beschränkt.

„Und was willst du auf diese Weise finden?"

„Ich habe im offiziellen Web begonnen", sagt Alba, ohne auf die Frage einzugehen. „Ich habe die wichtigsten Escortwebsites in ganz Osteuropa ausgewählt. Ich hoffe, der Speicher liefert mir bald einen Treffer, dann kann ich HOPE aktivieren. Doch meiner Meinung nach wird die erste Phase keine großen Ergebnisse liefern."

„Warum nicht?"

„Wenn das arme Mädchen, wie ich glaube, spezielle … sehr spezielle … Dienste anbietet, werden wir wahrscheinlich im Deep Web oder sogar im Darknet fündig werden."

„So hast du diesen Cardine geschnappt, oder?"

„Ja, aber das war einfacher. Ich wusste genau, wo ich hinschauen musste."

„Das ist aber jetzt eine Riesenaufgabe."

Alba lächelt halbherzig. „Riesenaufgabe" war die richtige Bezeichnung. Eine Riesenaufgabe ohne sicheres Ergebnis. Vielleicht war das Mädchen nie im Netz. Vielleicht taucht gleich am Anfang ein Treffer auf. Vielleicht in einer Woche. Einem Monat. Einem Jahr. Oder vielleicht auch nie.

„Ist gut. Ich gebe dir die Genehmigung. FAITH und HOPE? Glaube und Hoffnung! Ich frage mich, wer sich solche Namen einfallen lässt …"

Alba hat sie sich einfallen lassen. FAITH und HOPE sind eine Weiterentwicklung von Programmen, die man seit Jahren kennt. Experimentelles Zeug, das sie in den letzten Monaten entwickelt hat. Noch nie ausprobiert, um die Wahrheit zu sagen. Wir werden sehen, sagt sie sich.

Becciu hat sich schon zum Gehen gewandt, doch dann dreht sie sich noch einmal zu Alba um, diesmal lächelnd. „Um einen Gefallen möchte ich dich trotzdem bitten."

„Sprich."

Sie reicht ihr die Tüte mit der Pistole. „Das ist eine Smith & Wesson, Kaliber 9x21."

„Ich sehe. Was soll ich tun? Fingerabdrücke?"

„Zu spät. Der, der sie beschlagnahmt hat, hat eine Sauerei angerichtet. Nein, ich brauche Schießproben. Um zu überprüfen, ob sie zu einem Mordfall passt. Vielleicht sogar zu mehreren. Mit Säure können wir vielleicht sogar die Registriernummer herauspräparieren, die jetzt abgeschliffen ist."

„Verlass dich auf mich!"

Becciu geht. Alba holt die Pistole aus der Tüte. Alt, aber gut gepflegt. Die Registriernummer ist wahrscheinlich nicht mehr zu finden. Sie legt die Waffe wieder in die Tüte und widmet sich der Recherche. Im Speicher sind schon zweitausendzweihundert Treffer. Alba öffnet die ersten Bilder. Nach zwei, fünf, zehn ausgewählten Gesichtern stellt sie fest, dass 95 Prozent eine viel zu hohe Fehlerquote ist. Keines der Mädchen ist die Unbekannte, und viele ähneln ihr nicht im Geringsten. Also öffnet Alba noch einmal FAITH und reduziert die Fehlerquote auf ein Prozent. Sie hofft, etwas Glück zu haben. Sie hofft, sie muss nicht auf das Deep Web zugreifen, wo man wirklich in einen Abgrund blickt.

Das Handy vibriert. Sax hat eine Sprachnachricht geschickt. Hintergrundgeräusche, er ist wohl auf der Straße. „Ich habe Neuigkeiten, kann aber gerade nicht darüber sprechen. Sehen wir uns heute Abend im *Blue Valentine*? Ja, das gibt es noch immer. Der gute alte Schuppen. Wenn es euch passt, bin ich ab neun dort. Bis später."

Während die Software arbeitet und eine Fehlkombination nach der anderen ausspuckt, macht Alba am Nachmittag einen Sprung zu Zenobio, einem kleinen Juwelier im Prenestino-Viertel. Sie klingelt an der Sicherheitstür, lächelt in die Videokamera und geht hinein, dabei begrüßt sie die elegante Verkäuferin herzlich, die wie angeschraubt hinter der Theke steht, auf der die kleinen Schmuckvitrinen glänzen.

Oxana freut sich überhaupt nicht, sie zu sehen.

Sie hat Alba zwar viel zu verdanken, doch sie erinnert sie an die schwärzeste Zeit ihres Lebens, an das schwarze Loch, aus dem sie sich mit eiserner Willenskraft befreit hat, indem sie gearbeitet, studiert und, ja, natürlich, auch Maurilio Zenobio geheiratet hat, den Goldschmied, Juwelier und Vater ihrer Zwillinge.

„Ich bin nicht gekommen, um dir Probleme zu machen, Oxana."

„Nein, entschuldige … ich habe nicht mir dir gerechnet."

„Wir sind gleich fertig", sagt sie aufmunternd.

Mit dem Blick eines flüchtenden Tieres seufzt Oxana und fordert Alba auf, auf einem bequemen roten Samtstuhl Platz zu nehmen.

„Danke, ich stehe lieber."

Eigentlich hat sie nur eine Frage. Ob sie sich nach den vielen Jahren noch immer sicher ist, Di Corrado erkannt zu haben.

Oxana nickt. Sicher ist sie sich sicher. „Allerdings", sagt sie und errötet, „ist da etwas, was ich dir nie gesagt habe."

„Und zwar?"

„Der Polizist mit dem Mundgeruch, erinnerst du dich?"

„Natürlich! Cavallo!"

„Nun, er ist irgendwann zu mir gekommen und hat mir Geld dafür geboten, dass ich sage, ich hätte mich getäuscht."

„Wie bitte?"

„Ja. Ich sollte sagen, ich hätte mich getäuscht. Ich hätte Di Corrado nie gesehen. Er ähnelte zwar jemandem, sei es aber nicht gewesen."

Alba blickt die Ex-Hure kopfschüttelnd an. „Das hast du uns nie gesagt!"

„Tut mir leid"

„Aber warum?"

„Er hat mich bedroht." Oxana steht kurz vor einem Weinkrampf. „Er hat gesagt, er würde mich wieder auf die Straße schicken. Dass ihr mir nicht würdet helfen können. Dass du …"

„Ich?“

„Ich will es dir nicht sagen, Alba.“

„Bestimmt etwas, das mit Oralsex zu tun hat, nehme ich an.“

Oxana senkt den Kopf.

Alba geht um die Theke herum und umarmt sie.

„Ich bin dir nicht böse. Es war sehr schwierig für dich. Ich wünsche dir, dass du glücklich bist.“

Die andere zieht den Rotz hoch. Die Tränen bleiben ungeweint. „Ich habe dich nicht einmal gefragt, wie es dir geht“, flüstert sie.

„Stellen wir die Ersatzfrage.“ Alba geht lächelnd hinaus, doch sie kann sich die Genugtuung nicht verkneifen, die Tür hinter sich zuzuschlagen.

Verdammt, Oxana! Wenn sie uns das damals gesagt hätte …

Cavallo hat Di Corrado zu einem gewissen Maß gedeckt.

Dann rückt er jedoch den Informanten heraus, und voilà, der Mörder wird auf dem Tablett serviert.

Cavallo ist jetzt eine entscheidende Figur im Spiel. Sie muss mit ihm reden. Ihn für sein Verhalten zur Rechenschaft ziehen.

Doch nach ein paar Anrufen ist Albas Enthusiasmus erloschen.

Cavallo hat vor einem knappen Jahr das Zeitliche gesegnet, ein klassisches Übel hat ihm den Garaus gemacht.

XIII.

Sax fand Gefallen an *Rigoletto* und Puccinis *Tosca* hatte ihn zu Tränen gerührt. Doch ein Ballett, verdammt noch mal, ein Ballett überstieg seine Leidensfähigkeit. *Giselle, Coppelia* und jetzt auch noch *Schwanensee.*

Luisellas Liebe zum Ballett hatte etwas Pathologisches. Allein die Definition von Ballett klang in seinen Ohren wie eine Beleidigung.

Klassischer Tanz. Ein Kindertraum, der aufgrund der Krankheit der Mutter und der Vorliebe des Vaters für männliche Spiele nicht in Erfüllung gegangen war. Man hatte sie daran gehindert, Ballettkurse zu besuchen, okay. Sie war eine gute Florettfechterin geworden, okay. Doch jetzt, wo sie sich frei entscheiden konnte: so viel Ballett wie nur möglich. Zum großen Missfallen des armen Sax, dem Ballettschuhe und Tutu Nesselausschlag verursachten.

„Bravo, bravo!"

Auf der Bühne des Costanza-Theaters ging das Licht an. Das Publikum sprang auf und applaudierte dem Étoile, der am Ende des letzten Akts unbeweglich in der Pose des letzten Schrittes verharrte. Sax fiel in den allgemeinen Applaus ein und wechselte einen zärtlichen Blick mit Luisella.

„Trinken wir was?"

„Sehr gern, Schatz."

„Ist es wirklich eine große Qual für dich, Giannaldo?"

„Aber nein!"

„Du wirst sehen, allmählich wird es auch dir gefallen!"

„Es gefällt mir jetzt schon, Luisella!"

„Lügner!"

Während Luisella im Foyer die Hälfte aller wichtigen Römer umarmte oder ihnen zulächelte, machte Sax das Handy an. Als er sich um ein Glas Weißwein anstellte, stellte er fest, dass Cono von der verschlüsselten Nummer aus angerufen hatte.

„Probleme?" Luisella nahm ihn an der Hand, strahlend wie immer, wenn sie ihre neue Liebe präsentieren konnte.

„Dein Vater. Ich muss ihn zurückrufen."

„Sag ihm, wenn er mir den Abend ruiniert, spreche ich einen Monat nicht mehr mit ihm."

Luisella war zwar eine brave, aber auch eine sture Tochter und durchaus in der Lage, die Drohung wahrzumachen. Das wusste auch Cono. Sax begriff das allmählich und profitierte von dieser unumstößlichen Familiendynamik.

„Geh nur, ich stelle mich an", erbot sich Luisella.

„Danke."

Er verließ das Theater und stellte sich in eine Ecke der Arkaden, neben das Programm der nächsten Saison.

Kaum war die Verbindung hergestellt, bellte ihn der General an.

„General?"

„Wir müssen reden. Komm sofort."

„Ich bin mit Luisella im Theater. Sie hat gesagt, wenn Sie ihr den Abend ruinieren, redet sie einen Monat nicht mehr mit Ihnen."

„Wie lang dauert das Ballett noch?"

„Ungefähr eine Stunde."

„Sobald es aus ist, sagst du zu ihr, es handle sich um einen nationalen Notstand, setzt sie in ein Taxi und kommst zu *Peppe 'O Svizzero*."

„Eigentlich haben wir schon hier bei *La Matriciana* reserviert."

„Junge, ich sage es nicht noch mal: *Peppe 'O Svizzero*."

Ende der Spiele. Sax ging ins Foyer zurück, nahm aus Luisellas fürsorglichen Händen ein Weinglas entgegen und teilte ihr mit, dass sie sich nach dem Ballett trennen müssten. Cono hatte keine Zweifel gelassen.

„Nun, das ist zumindest ein ehrlicher Kompromiss."

Zum Glück nahm sie es mit Humor. Sax hingegen genoss das Finale des Balletts. Die Vorstellung, dass der General es gar nicht erwarten konnte, ihn zu sehen, entschädigte ihn für die Langeweile der kitschigen Tragödie.

Cono hatte in der Trattoria von *Peppe 'O Svizzero* einen Tisch reserviert. Keramikteller und Pulcinella-Masken an der Wand, Tarantellen und Trommelklänge als Hintergrundmusik. Seit zwanzig Jahren servierte der Wirt den Bewohnern des Parioli-Viertels industriell hergestellte Cholesterin- und Triglyceridbomben. Peppe war ein kleines, schmächtiges Männchen mit Schnurrbart, dessen leidender Gesichtsausdruck an Edoardo De Filippo erinnerte. Ein mittlerweile sauberer Dieb, der seinen Namen dem Ort der Verhaftung verdankte, die seiner kriminellen Karriere ein Ende bereitet hatte: dem Keller eines Wurst-

und Käsehändlers, der dort Emmentalerlaibe lagerte. Schweizer Käse eben. Er war Cono treu ergeben und wickelte für ihn kleine Geschäfte ab. Er sammelte zum Beispiel Informationen über X oder lieferte ein lächelndes Mädchen für Y, der diesem bei ein paar Gläsern Wein das ganze Leben erzählte. Wem sonst sollte man gewisse Dinge erzählen?

Cono natürlich.

Sax wurde nicht aufgefordert, sich zu setzen. Cono saß stinksauer vor einer *Pezzogna all'acqua pazza*, die er mit einem Glas *Biancolella d'Ischia* hinunterspülte. Angesichts Conos kalter Wut verschwand Sax' Selbstsicherheit, die ihm Luisellas Protektion gegeben hatte, augenblicklich.

„Ich erwarte Erklärungen. Kurze und bündige."

„Seit dem letzten Mal gibt es nichts Neues", sagte Sax schüchtern.

„Ein Kurzbericht."

„Alba Doria hat eine Hure aufgetrieben, deren Zuhälter Arielle kannte. Sie hieß Ana. Dank dieses Zuhälters sind wir zu Anas Zuhälter gelangt, der jedoch umgebracht worden ist. Dann habe ich Ippoliti gebeten, die Telefonlisten des Typs zu überprüfen und …"

„Wann wolltest du mir das sagen?"

Ach, das war also sein Fehler. Sax brach kalter Schweiß aus. „Nun …", stammelte er, „ich dachte, Ippoliti hält Sie auf dem Laufenden."

Cono setzte ein böswilliges Grinsen auf. „Natürlich. Ippoliti erzählt mir alles. Das entschädigt mich aber nicht dafür, dass du geschwiegen hast."

„Ich habe einen Fehler gemacht, tut mir leid."

„Wissen deine Kollegen von diesen Anruflisten?"

„Sicher. Wir gehen gemeinsam vor."

„Das nächste Mal bist du vorsichtiger", sagte Cono besänftigt. „Wir hören uns morgen. Benimm dich."

Als sie am nächsten Tag die Anruflisten durchgingen, entdeckten sie siebzehn Nummern, darunter die von Di Corrado. Oxana behauptete, das sei einer, der Frauen wehtat.

Endlich hatte er einen Namen.

Sax rief sofort Cono an, um ihm die Neuigkeit mitzuteilen.

„Hmm. Di Corrado. Ist gut. Wie geht ihr weiter vor?“

„Wie immer in solchen Fällen. Wir beschatten ihn.“

„Gut. Macht nur. Meiner Meinung nach werdet ihr nichts finden … aber macht nur!“

XIV.

Während Alba über die Via Tiburtina geht, sieht sie die ersten Weihnachtsdekorationen. Indigoblaue Sterne und elektrische, rot-weiß dekorierte Bäumchen leuchten am Rande des Busfahrstreifens. Weihnachten ist erst in drei Wochen, doch Rom bereitet sich schon auf das Fest vor. Sie versucht sich an das Weihnachtsfest in ihrer Kindheit zu erinnern.

Indien, in der schwülen Hitze Jaipurs. Elefanten mit faltigen Stirnen, auf die man unter dem sanften Blick des Kornaks zu mehreren klettern durfte. Paris. Im Hof der Botschaft, im Kreise widerwärtiger Mädchen mit gutturalem R, gekleidet wie Kokotten. Sie ein burschikoses Mädchen mit Zahnlücken und einer unbändigen Lust, die Zöpfe zu lösen und Steine in die Taschen der weiten Gewänder zu stecken. Ihre Mutter ermahnte sie: Du solltest dir ein Beispiel an diesen wunderbaren kleinen Französinnen nehmen, Albuccia. Albuccia. Al Buccia, der Name eines Gorillas in einem Comic. Hass. Sie würde sich lieber an etwas Lustigeres erinnern. Sie hätte gern ein unbeschwerteres Leben. Das kurz bevorstehende Treffen mit Biondo macht sie nervös. In Gedanken versunken verpasst sie fast die kleine Straße, die in einen Kiesweg mündet und irgendwo im Umkreis der alten renovierten Fabrik endet. Ein paar Autos parken vor dem *Blue Valentine*. In den Lachen spiegelt sich eine Mondsichel, die die dichten Wolken am Himmel abgelöst hat. Eine heitere Nacht. Zwei oder drei Jungs rauchen vor dem Eingang, sie kümmern sich nicht um die Kälte. Einer von ihnen, ein Dunkelhaariger in T-Shirt, wirft ihr einen anerkennenden Blick zu. Während sie an ihm vorbeigeht, spürt Alba seinen Blick auf ihrem Hintern, bleibt brüsk stehen und dreht ihren Oberkörper so, dass sie Auge in Auge mit dem Typ steht. Sie starrt ihn an, bis er sich geniert und den Blick abwendet. Sie zischt eine Beleidigung, dann geht sie weiter, das leise Lachen der anderen Raucher folgt ihr.

Kaum ist sie drinnen, wird sie von Jazz und Gerüchen übermannt: Schweiß, Parfüms, Alkohol, der bittere und anhaltende Geruch von schwitzenden Körpern auf Tonfliesen.

Sax, in Sakko und mit Krawatte, steht mitten auf einer etwas erhöhten Bühne. Er bläst überzeugt in sein Instrument, während ein glatzköpfiger Schlagzeuger die Becken streichelt, ein mittelalter Pianist den hohen Oktaven flüssige Harmonien abgewinnt und ein riesiger Schwarzer mit schweißglänzendem Gesicht die Saiten eines riesigen Kontrabasses zupft.

Alba geht zur Theke. Von einem Gitter an der Decke hängen kopfüber wie Gehenkte ein Dutzend teure Whiskyflaschen. Sie versucht vergebens die Aufmerksamkeit eines tätowierten Barmanns mit rosa Irokesem inmitten schneeweißer Haare zu erregen.

„Darf ich dich zu was einladen?" Der Junge, der ihr Hinterteil angestarrt hat, hebt entschuldigend die Hände. Er ist sehr jung, so um die fünfundzwanzig. Ring im linken Ohrläppchen, Bärtchen, schmales Gesicht, Rehaugen. Hübsch und mit sanftem Ausdruck. Unter anderen Umständen hätte sie akzeptiert, was nicht ist, kann ja noch werden.

„Ich bin nicht allein", erwidert sie, höflich, aber entschieden.

„Ich will dich ja gar nicht anbraten. Ich will mich nur für vorher entschuldigen. Für gewöhnlich bin ich nicht so blöd. Ich heiße Enzo."

„Dann spendier mir ein Gin Tonic", antwortet sie und erwidert seinen Händedruck. „Alba."

„Freut mich, Alba."

„Freut mich, Enzo." Der Junge kämpft sich mit den Ellbogen durch die kleine Menge, bis ihn der tätowierte Barmann bemerkt, breit grinst, den Rest der Welt vergisst und ihn eifrig bedient. Alba muss bei der Szene lächeln. Als Enzo mit zwei Gin Tonic zurückkommt, fragt sie ihn, ob der Barmann sein Freund ist.

„Ludo?", fragt er und wird rot. (Er ist wirklich sehr klein, stellt Alba mit einem Anflug von Zärtlichkeit fest.) „Nein, ja, mit einem Wort, er mag meine Musik."

„Du bist Musiker?"

„Ich schreibe Songs."

„Interessant."

„Sobald die Alten die Bühne räumen, gehe ich rauf und singe dir was vor. Magst du?"

„Siehst du den Alten, der Saxofon spielt?"

„Ja?"

„Das ist mein Freund. Ciao, Enzo."

Biondo sieht, wie sie mit einem Glas in der Hand und spöttischem Lächeln auf ihn zukommt. Er denkt an die Nacht, die sie miteinander verbracht haben, an die Hoffnung und die Illusionen, an ihr Parfüm und daran, dass er gern mit ihr in die Damentoilette gehen und dort weitermachen würde, wo sie aufgehört haben. Er denkt daran, wie sie sich getrennt haben, an ihren stechenden Blick, an ihre Haut, die plötzlich kalt geworden ist wie die Schuppen einer Schlange, und er schwört sich, sie endlich aus seinem Leben zu verbannen, sobald diese Geschichte zu Ende ist, sobald sie den Verrückten gefasst haben.

Sie setzt sich und legt ihm eine Hand auf den Arm. „Ciao, Biondo."

Biondo spürt, dass etwas in seinem Kopf zerreißt und in seinem Herzen sich etwas zusammenfügt. Er denkt, dass er diese Frau liebt, sie immer lieben wird. Alba ist nämlich ungreifbar, grausam, und genau deshalb liebt er sie.

Sax' innere Uhr sagt ihm, dass die Zeit, die dem Quartett zur Verfügung steht, bald vorbei ist. Die drei Musiker, die ihn begleiten, sind alte Freunde. Sydney, der Schwarze, ist ein ehemaliger Marine, der in Rom hängen geblieben ist, obwohl ihn die Lehrerin, die er geheiratet hatte, verlassen hat. Er war sein Lehrer. Im Grunde hat er ihm alles über Jazz beigebracht.

Jahrelang haben sie jeden Montag im *Blue Valentine* gespielt. Am Tag, als er zum ersten Mal mit Sydney und den anderen auftreten durfte, hatte Sax das Gefühl gehabt, befördert worden zu sein. Jetzt hat er nicht mehr so viel Zeit, um mit ihnen zu spielen, doch manchmal ergreift er die Initiative. So wie an diesem Montag. Er hat sie angerufen, und da stehen sie nun, spielen dissonante Harmonien und improvisieren.

Jazz ist für Sax der wilde Bezirk in der Militärakademie des Lebens. Jazz ist Grenzüberschreitung, Wahnsinn, Anarchie. Jazz ist die Schizophrenie von Thelonious Monk, der Heroismus von Charlie „Bird" Parker, die Bösartigkeit von Mingus, Jazz ist der verkrüppelte Körper von Michel Petrucciani, Jazz sind die eingeschlagenen Zähne von Chet Baker, die aufgedunsene Leiche von Albert Ayler im Fluss, die raue, brüchige Stimme von Billie Holiday, das verächtliche Lächeln Duke Ellingtons, Miles, der seine alten Fans abschreckt.

Jazz ist all das, was Sax nicht sein darf.

Er hat nämlich eine Entscheidung getroffen. Eine endgültige Entscheidung. Eine Entscheidung, die ihm Glück, Reichtum, Beständigkeit und eine beneidenswerte Zukunft eingebracht hat. Er hat sich für die Macht entschieden.

Jazz und Macht passen nicht zusammen. Entweder das eine oder das andere.

Macht ist Duft. Jazz ist Schweiß. Jazz stinkt.

Deshalb ist es nur recht, dass die Macht in diesem bescheidenen Jazztempel gefeiert wird, denn genau darum handelt es sich heute Abend: um den endgültigen Sieg der Macht über den Jazz.

Ein halbherziger Applaus begrüßt das Ende der Darbietung. Jazz ist nicht mehr en vogue. Es hat schon bessere Abende im *Blue Valentine* gegeben. Sax macht High five mit den anderen Musikern, legt das Instrument in den Kasten zurück, wischt sich den Schweiß ab und geht zu seinen Freunden.

Die Spannung zwischen Biondo und Alba ist spürbar. Sex, Begehren, Anziehung und Abstoßung. Die Beziehung zwischen den beiden war immer kompliziert. Sax kennt sie viel zu gut. Sicher haben sie gefickt und sich dann wieder voneinander distanziert. Sie gehen aufeinander zu und verlassen einander, wie in einer amerikanischen Komödie. Doch mit einem Unterton von Tragik, der alles in Düsterkeit taucht. Sax fragt sich, ob sie einander noch sehen werden, jetzt, wo alles zu Ende geht. Wie dem auch sei, das war nie sein Problem.

„Trinkst du was, Sax?"

„Jungs, ich habe schlechte Nachrichten. Wir sitzen in der Bredouille."

„Das heißt?"

„Di Corrado. Der Condor. Seine Leiche wurde eingeäschert."

„Wie bitte?"

„Ja, offenbar hat seine Schwester oder eine Tante darauf bestanden. Nach der Autopsie ließen sie sich die Leiche aushändigen und … *puff!*"

Biondos Miene verfinstert sich.

Alba wirft ihm einen aufmunternden Blick zu. „Umso besser, ich wollte ohnehin nie eine Exhumierung. Es gibt ja noch die Beweisstücke."

„Genau darum geht es, Alba."

Mit konsterniertem Blick reicht Sax ihr ein zweimal gefaltetes Blatt. Alba öffnet es. Liest. Wird blass. Sie reicht es Biondo, der es seufzend zurückweist.

„Komm, es reicht mit den Spielchen. Was bedeutet das Blatt?"

„Genau das, was darauf steht. Nach dem Tod des Condors hat der Richter verfügt, die Beweisstücke zu vernichten."

„Die Beweisstücke zur … Das ist doch nicht möglich! Ich kann es nicht glauben!“

„Tja. Adieu, DNA.“

Biondo umklammert sein Rumglas. So fest, dass Sax es ihm aus der Hand nimmt, bevor er es zerquetscht.

Alba schüttelt überzeugt den Kopf. „Ich gebe nicht auf. Ich mache weiter. Wir werden das Mädchen finden und wir werden den finden, der sie umbringen wollte. Wir fassen ihn und werden endlich herausfinden, was der Condor in dieser Geschichte für eine Rolle gespielt hat!“

„Ich gebe auch nicht auf, Alba.“

Dann blicken beide Sax an.

Nach einer Nachdenkpause nickt auch er. „Ich bin dabei. Bis zum Ende!“

„Dann los!“

Ja, los!, denkt Sax insgeheim spöttisch. Los, ihr ahnungslosen Trottel!

XV.

Am Sonntagvormittag, als sie im Patio frühstückten, kam Cono im Anzug herunter, grüßte sie zerstreut, trank einen ungesüßten Kaffee, dann befahl er Sax aufzustehen und ihm zu folgen. Sie mussten wegen einer unaufschiebbaren Sache nach Rom. Luisella protestierte schwach. Cono schwor, zum Mittagessen wieder zurück zu sein. Alba und Biondo würden ihr Gesellschaft leisten.

Ippoliti hatte frei. Sie wurden mit dem Hubschrauber abgeholt. Allmählich lernte Sax seinen zukünftigen Schwiegervater kennen. Er hatte seine spürbare Nervosität sofort wahrgenommen. Aber als er schüchtern eine Frage stellte, wies der General mit dem Kopf auf den

Piloten, womit er zu verstehen gab, dass man in seiner Gegenwart nicht reden konnte. Während des fünfundzwanzigminütigen Flugs setzte Cono einen gleichgültigen Blick auf, doch die Spannung war deutlich zu spüren.

Sie landeten auf dem Landeplatz inmitten der Wiesen auf dem Anwesen des Generals an der Via Appia. Cono sagte zum Piloten, er solle auf sie warten, und ging mit weit ausholenden Schritten in sein privates Büro. Er machte sich am Schloss eines Safes zu schaffen, der in der Wand unter einem großen Gemälde aus der Werkstatt von Luca Giordano eingelassen war. Cono zufolge eine Kopie aus dem späten 19. Jahrhundert: ein heiliger Michael, der die abtrünnigen Engel stürzt. Dem Tonfall des Generals nach zu schließen, ein Werk, dessen Original im Wert eindeutig unterschätzt wurde. Aus Bescheidenheit oder Snobismus. Sax neigte der zweiten These zu.

Cono schloss den Safe und bedeutete Sax, er möge sich setzen. Dann reichte er ihm einen USB-Stick und eine durchsichtige, versiegelte Tüte. Sax wurde bleich. In der Tüte befanden sich zwei ineinander verschlungene Schnüre mit Knoten in eindeutigen Farben.

Die Knoten des Ungeheuers von der Müllhalde.

„General …"

„Di Corrado. Er ist euer Mann. Ihr habt ihn richtig eingeschätzt. Fehlten nur noch die Beweise. Da sind sie. Über die Knoten muss ich wohl nichts sagen. Was den Stick anbelangt, solltest du lieber sitzen und etwas Starkes trinken, bevor du ihn dir ansiehst. Widerwärtig, glaub mir …"

„Widerwärtig?"

„*Snuff movies*. Sadistisches Zeug mit zerstückelten Frauen, Exekutionen, Leute, die erstickt werden … perverser Dreck. Im Übrigen ist unser Freund genau das: ein Perverser!"

„Aber wie ist es Ihnen gelungen … Wir sind seit Wochen hinter ihm her und haben nichts gefunden."

„Stell nicht so viele Fragen, Junge. Wenn du brav bist, werde ich es dir vielleicht irgendwann einmal erklären. Jetzt ist aber keine Zeit zum Plaudern!“

„Soll ich ihn festnehmen?“

Cono ging zu Sax hin und tippte ihm mit dem Zeigefinger auf die Brust. „Du“, sagte er klar und deutlich, „sollst ihn ausschalten. Habe ich mich klar genug ausgedrückt?“

Sax war drauf und dran, ohnmächtig zu werden. Darum ging es also. Um eine Exekution. Das Wort Mord wagte er nicht einmal auszusprechen. Doch im Grunde waren es Synonyme.

Cono. General Cono di Sangiorgio, Luisellas Vater, der Chef einer der sensibelsten Organisationen des Geheimdienstes, der höchstanständige Staatsdiener, hatte ihn gerade aufgefordert, einen Mann umzubringen.

„Sieh es mal so“, fuhr Cono in beinahe liebevollem Ton fort. „Es ist ein Gnadenakt. Dieser Mann vergewaltigt und tötet Frauen und genießt das Spektakel des Sterbens. Wir müssen ihn aufhalten. Gibst du mir recht?“

„Aber …“

„Jaja, ich verstehe dich“, fuhr Cono in bedrängendem, aber auch väterlichem Tonfall fort, „jemanden auszuschalten ist nicht einfach. Vor allem am Anfang. Doch aus Gründen, die ich dir in diesem Augenblick nicht nennen kann, ist es für die Sicherheit unseres Landes unbedingt notwendig, unumgänglich, dass dieser Di Corrado nicht lebendig vor ein Gericht tritt. Es darf keinen Prozess geben. Erinnerst du dich daran, als wir zum ersten Mal über diesen Fall gesprochen haben? Erinnerst du dich?“

„Ja.“

„Ich habe dir eine Frage gestellt. Erinnerst du dich auch daran?“

„Ja.“

„Wiederhol sie. Wiederhole, was ich dich gefragt habe.“

„Ob ich …“

„Ob du …“

„Eier hast."

„Genau das war die Frage. Grassi Giannaldo, schau mir in die Augen: Bist du bereit?"

Eine Entscheidung treffen. Doch wenn er hier war, wenn er so weit gekommen war, wenn Cono ihm so sehr vertraute, dass er ihn mit einem Mord beauftragte, bedeutete das nicht, dass er bereits eine Entscheidung getroffen hatte? Oder besser gesagt, dass man ihn ausgewählt hatte? Die Antwort lag auf der Hand, sie war eindeutig. Es gab keine Alternativen. Dennoch versuchte er noch Zeit zu gewinnen. „Meine Kollegen. Doria, Romani. Was für eine Ausrede soll ich mir einfallen lassen?"

„Keine", sagte Cono lächelnd. „Nichts. Ihr macht es gemeinsam."

„Da werden sie nicht mitspielen!"

„Sie müssen es auch nicht wissen. Du machst es … und sie sind dabei … alle Mosaiksteinchen passen zusammen … also?"

„Ja, General … ist gut, ja."

„Willkommen in der Familie, Dr. Sax!"

Von diesem Augenblick an stand Sax wie unter Strom, der ihn daran hinderte, Dinge, Menschen, Gefühle klar zu sehen. Eine Art inneres Vibrato hinderte ihn am Denken. Cono gab ihm eindeutige Anweisungen.

Danach flogen sie nach Sabaudia zum Mittagessen zurück. Für Sax war es eine Qual, sich an der Unterhaltung der anderen zu beteiligen. Am Abend fuhren sie im Auto nach Rom zurück. Sax begleitete Luisella. Cono umarmte ihn vor seiner Tochter. Zum ersten Mal wurde ihm ein derartiges Privileg zuteil. Luisellas Augen glänzten, als sie sich einen Gutenachtkuss gaben. Sax spielte bis nach Mitternacht. Eric Dolphy, um die Dämonen zu verjagen, die in seinem Hirn tanzten. Er nahm drei Beruhigungspillen, schließlich schlief er ein.

Am Tag darauf überreichte ihm Ippoliti eine nicht registrierte Pistole. Sax gab ihm die Tüte mit den Schnüren und dem USB-Stick, Ippoliti würde sie im Dungeon der Zielperson deponieren. Ippoliti bezahlte auch einen vorbestraften Kleinkriminellen aus dem

Magliana-Viertel, damit er Cavallo einen Tipp bezüglich der Lage des Gebäudes gab.

Sax unterrichtete seine Kollegen. Sie bereiteten eine Razzia vor. Cono hatte ihm zu verstehen gegeben, dass Di Corrado zu einer gewissen Uhrzeit dort auftauchen würde. Sax wagte nicht zu fragen, warum er das wusste.

Di Corrado kam.

Sax war bereit, den Auftrag zu erfüllen, den man ihm gegeben hatte.

Biondo war schneller als er.

Ein Zufall.

Ein Glücksfall.

Unverfroren hatte er Albas Zweifel zerstreut: Warum hast du eine illegale Waffe bei dir, Sax?

„Um Typen wie den Condor auszuschalten, doch Biondo war schneller als ich. Wenn er gezögert hätte, hätte ich ihm wahrscheinlich zwei Kugeln verpasst. Wenn Leute wie er aus diesem Tal der Tränen verschwinden, ist es besser für uns alle."

Unverfroren hatte er die Wahrheit gesagt.

XVI.

Die Wahrheit.

Cono hält die Wahrheit für ein zweifelhaftes Konzept. Er hegt ein gesundes Misstrauen, fast schon Verachtung, für die Wahrheit. Die Wahrheit beleidigt, kränkt, dementiert, beraubt den Menschen seiner Illusionen, ohrfeigt den Traum und verwandelt ihn in etwas Gewöhnliches, in schreckliches Erwachen. Wahr ist vielmehr, dass die Wahrheit schmerzt. Eine durchschnittliche Lüge ist der schönen Wahrheit gewiss vorzuziehen. Die Tatsache, dass sich Fake News,

Deep Fake und ähnlich amüsante Dinge so schnell verbreiten, hat ihn nicht überrascht, sondern ihn vielmehr in seinem Optimismus bezüglich der Zukunft der Gattung bestärkt. Solange es die Lüge gibt, besteht Hoffnung. Für die menschliche Gattung wohlverstanden, nicht für einzelne Menschen, deren Schicksal ihm völlig egal ist. Außer es handelt sich um ihn, um Luisella und in letzter Instanz um den jungen Mann, den er ins Haus geholt hat. Der jetzt mit kühnem Blick und dem Lächeln des auserwählten Nachfolgers vor ihm steht und ihm seine „Wahrheit" verklickert.

Sogar eine akzeptable Wahrheit.

Letztendlich ist Cono sogar stolz auf den jungen Mann. Als würde er sagen: „Ich bin stolz auf mich! Sehr gut, Schwiegersohn! Sehr gut, Sax. Ich hatte recht, auf dich zu setzen. Du hast mir wieder einmal die Kastanien aus dem Feuer geholt."

„Dann ist also alles in Ordnung, mein kleiner Sax? Alle Spuren getilgt?"

„Nein, ehrlich gesagt nicht alle."

Cono erstarrt.

Sax reicht ihm das iPhone. „Schau dir das Video an."

Cono nimmt das Handy. Im Vordergrund ist Veronika zu sehen: bleich, aber entschlossen. Cono nickt.

Sax nimmt sein Smartphone zurück. „Ich möchte nicht, dass du auf seltsame Gedanken kommst."

„Übertreib nicht, Junge. Erklär mir, was los ist."

„Das Mädchen hat ihn gesehen, sie könnte ihn identifizieren und ich kann sie überreden auszusagen."

„Wo ist sie jetzt?"

„An einem sicheren Ort."

„Du hast es begriffen! Das Lamm ist zum Wolf geworden! Der Junge ist erwachsen geworden!"

Cono gießt sich einen kleinen Cognac ein. Sie befinden sich in seinem Büro, im vierten Stock eines anonymen Gebäudes in der Nähe der Piazza San Giovanni in Laterano.

ConSoc steht auf dem Schild an Tür 6, eine Abkürzung für „Contabilità societaria", Buchhaltung. Eine Wirtschaftsprüfungsfirma, die ordnungsgemäß bei der Wirtschaftskammer eingetragen ist. Doch sie ist nur eine Tarnung. Die ConSoc hat einen einzigen Kunden: Cono di Sangiorgio.

Doch das Firmenziel ist eindeutig. Es geht um Geld. Um einen Haufen Geld. Einen kostbaren Haufen, der unbedingt gehütet werden muss. Der Junge aber verdient ein wenig Anerkennung. Er hat sich als tüchtig erwiesen, er hat sich eine Hintertür offengehalten. Er lernt schnell, bald wird er bereit sein.

„Also, verlieren wir keine Zeit. Was willst du, Giannaldo?"

„Wir müssen ihn aufhalten."

„Ihn?"

„Du hast schon verstanden."

„Willst du ihn anzeigen? Lässt du ihn von deinen Freunden verhaften?"

„So verrückt bin ich nicht."

„Also?"

„Wir müssen ihn ausschalten."

Cono bricht in Lachen aus. Der Junge ist doch noch nicht bereit: entschieden nicht. „Du weißt sehr gut, dass das unmöglich ist."

„Denk nach, Cono, das würde allen zupasskommen. Mittlerweile ist er außer Kontrolle. Er hat das arme Mädchen umgebracht. Er hat es wieder getan, wie vor zehn Jahren. Und wer weiß, wie viele er in der Zwischenzeit massakriert hat."

„Er hat ein überschießendes Temperament!"

„Er ist ein sadistischer Verbrecher. Er wird mit jedem Tag schlimmer. Er droht uns mitzureißen: dich, mich, das ganze System … Wir müssen ihn aufhalten. Ich habe heute wieder die Karten gezinkt wie damals, aber … wenn er einen fatalen Fehler begeht? Wenn wir ihn nicht mehr decken können? Denk nach, Cono, er würde uns alle mitreißen."

Die Intensität, mit der ihn Sax anblickt, lässt den alten General nicht unbeeindruckt. So viel Leidenschaft! Zu viel! In seiner Welt hat

Leidenschaft keinen Platz, denn neben der Lüge herrschen hier nur Betrug und Kälte. Sax lehnt sich zu sehr aus dem Fenster. Worin besteht sein Ziel? Sein Nachfolger werden, klar. Doch Sax weiß, dass er für so einen Karrieresprung viel zu jung ist. Sagen wir also: Redimensionierung. Der Junge will mir eine Lektion erteilen. Er fühlt sich bereit und will, dass ich verstehe. Sobald die Zeit reif ist, wird er an meine Stelle treten. Fürs Erste zeigt er, aus welchem Holz er geschnitzt ist, und schiebt mich beiseite.

Nichts Neues unter der Sonne. Eine altbekannte Praxis. Cono hatte am Übergang von der Ersten zur Zweiten Republik mit ihr Bekanntschaft geschlossen. Er war der aufgehende Stern, sein Mentor wankte. Es hatte geendet, wie es enden musste: Der junge Löwe hatte dem Mentor direkt ins Herz gestochen. Eine Zeitbombe, eine Kolonie von umsichtig installierten Larven, die bereit waren zu schlüpfen und wunderbare Parasiten zu werden, die einen Wirt verlangten.

Und nun war der Moment wieder gekommen, pünktlich.

Unfehlbar.

Doch der alte Salernitaner ist noch nicht bereit, von Saprophyten gefressen zu werden, mein Sohn. Absolut nicht.

„Ich denke darüber nach, Giannaldo."

„Wir haben nicht viel Zeit, Cono."

„Sie wird schon reichen."

XVII.

Wenn man bei Ermittlungen an einem toten Punkt angelangt ist, hat man nur zwei Optionen: aufgeben oder von vorne beginnen. Sax hat sich wahrscheinlich schon damit abgefunden, und im Grunde kann es ihm nur nützen, wenn der Verrückte von gestern und der von heute vergessen werden.

Doch weder Biondo noch Alba sind bereit aufzugeben. Also müssen sie sich für die zweite Option entscheiden.

Von vorne beginnen.

Leichter gesagt als getan.

Deshalb teilen sie sich die Aufgaben auf. Alba wird sich die alten Unterlagen vornehmen, in der Hoffnung, in der Di-Corrado-Akte ein Detail, eine nicht passende Einzelheit, eine falsche Note zu finden, die sie seinerzeit übersehen haben. Ein Detail, das – wenn richtig interpretiert – die Wende herbeiführen, das Ungewisse in Gewissheit, das Gestammel in eine sichere, zielführende Spur verwandeln wird. Das ist der Traum aller Befürworter von Cold-Case-Ermittlungen. Doch meistens geschieht so was nur in der Literatur. Warum solltest du jetzt ein wichtiges Detail finden, das du vor zehn Jahren übersehen hast? Ein Lottosechser ist wahrscheinlicher. Viel Glück, Alba. Derweil wird sie auch die Gesichtserkennungsprogramme FAITH und HOPE weiterlaufen lassen. Auch hier sind die Chancen, wie Biondo sagt, gleich null: als würde man auf der Terrasse eine chinesische Himmelslaterne steigen lassen und hoffen, sie landete auf dem Mars. Aber Alba glaubt daran und Biondo glaubt an Alba.

Nach der bewussten Nacht hat sie ihm jegliche intime Geste verweigert. Sie hält ihn auf Distanz, ist kalt und unzugänglich. Biondo schwört sich ununterbrochen, dass er den Zauber wird brechen können. Doch in manchen Arbeitspausen und wenn er nachts aufwacht, heult er wie ein erschöpfter Werwolf den Mond an. Alba ist eine Blutkrankheit. Eine Krankheit, für die es keine Behandlung gibt.

Zum Glück lenkt ihn die Arbeit ab.

Alba übernimmt also die Akten, er die Straße. Die Straße mit ihren Härten und ihren Loyalitäten, ihrem Elend und ihrer Vitalität, die Straße der Polizisten und der Räuber, die früher einmal denselben Kodex befolgten, der auf einem Minimum an gegenseitigem Respekt fußte. Jetzt leben sie wieder in zwei verschiedenen Welten. Wie es sich gehört. Doch die Straße ist brutal geworden. Regeln haben kein Gewicht mehr. Verrat steht auf der Tagesordnung. Die Straße ähnelt in gewisser Weise immer mehr dem Bürgertum, vor dem Biondo eine Heidenangst hat.

Er beginnt bei der Pandilla. Er hat Sax überredet, ein paar Anrufe zu machen, deshalb stellt man ihm die Akte mit der Ermittlung über die Jungs aus El Salvador zur Verfügung. Jurado, der Undercoveragent, hat die Wahrheit gesagt. Die Pandilla ist ein Scherz. Ein Haufen Jungs, die übergeschnappt sind, weil sie zu viele Telenovelas gesehen und Narcocorridos gehört haben. Die beiden minderjährigen Pepe-Brüder, die wegen Benzinraubs und Werfen von gefährlichen Gegenständen vorbestraft sind, sind nach Modena, zu einem weiteren Pepe-Bruder, übersiedelt, dem ältesten Bruder, der eine Kfz-Werkstatt besitzt. In seinem Bericht schreibt Jurado, sie beschränkten sich auf Joints und Shots. Der Bruder, der sich jetzt um sie kümmert, ist unbescholten.

Die Pandilla war also ein Klacks. Jurados Bericht schließt mit der Bitte, ihn von der Aufgabe zu entbinden. Wenn es wirklich so ist, warum hat dann diese harmlose Bubenbande das Interesse der Polizei erweckt, warum wurde eine Ermittlung geführt und sogar ein Undercoveragent eingeschleust? Biondo liest den Antrag des Staatsanwalts auf Archivierung, in dem die Geschichte in chronologischer Folge aufgerollt wird. Der erste Hinweis erfolgte aus einer „vertraulichen Quelle" und erging an den Chefinspektor Ceglia.

Da schau her.

Jurado erhält den Hinweis, Jurado erhält den Auftrag, undercover zu arbeiten.

Biondo ist ein alter Hase, er verschlingt die Akte.

Aus unerfindlichen Gründen hat Jurado ein Auge auf die Pandilla geworfen, einen Informanten erfunden und sich den Fall übergeben lassen. Warum? Sagen wir, sein Bulleninstinkt hat ihm nahegelegt zu ermitteln. Aus welchem Grund? Wegen ein paar Festnahmen natürlich. Das wäre nicht das erste Mal.

Als Biondo – noch vor dem Condor-Fall – zur Kriminalpolizei gewechselt hatte, war ein Kollege grade unehrenhaft entlassen worden, der Terroristen buchstäblich erfunden hatte, um Lorbeeren zu ernten. Falsche Beweise, illegale Razzien und so weiter. Der eine war entlassen worden, der andere nicht. Vielleicht wollte Jurado auf Kosten der Pandilla Karriere machen und ist dann an einen Verrückten geraten und in den Mord an Ramon hineingezogen worden.

Doch warum hatte sich Ceglia ausgerechnet für diese Pandilla interessiert? Biondo erinnert sich, dass ihm der Kommissar im Leichenschauhaus des Gemelli-Krankenhauses bei der Identifizierung von Ramons Leiche gesagt hat, er habe eine Babysitterin ficken müssen.

Wahrscheinlich ist es nicht ganz so gelaufen. Wahrscheinlich, vielmehr sicher, hatte Ceglia zuerst das Mädchen gefickt und sich dann, nachdem er sich in ihrem Milieu umgesehen hatte, der Illusion hingegeben, einen schönen Treffer erzielen zu können. Ja, genau so.

Bleibt nur noch die Frage, wie sehr Ramon mit der Sache mit dem Mädchen zu tun hatte. Warum er umgebracht worden war. Von wem. Und da diese Fragen noch immer offen sind, muss Biondo mit Jaime sprechen.

Doch da gibt es ein kleines Problem. Als Häftling darf Jaime nur mit seinem Anwalt, dem Richter, einem Abgeordneten auf Gefängnisbesuch oder mit einem Polizisten der Antimafiakommission sprechen.

Biondo wendet sich wieder an Sax, doch der lässt sich diesmal Zeit. Es vergehen zwei Tage. Biondo überlegt sich schon, wie er das Hindernis auf andere Weise überwinden soll, doch da ruft Sax endlich an.

Jaime bittet schon seit mehreren Tagen, wegen Schmerzen in der Brust zu einem Radiologen gebracht zu werden. Die Genehmigung ist ausgerechnet heute Morgen unterschrieben worden. Die Justizwache bringt den Häftling mit einem Gefangenentransporter ins Krankenhaus. Zwei Wachebeamte führen den mit Handschellen gefesselten Jaime in ein leeres Lager der Klinik, um eine Zigarette zu rauchen. Eine Tür geht auf und Biondo erscheint.

Jaime bedeckt sein Gesicht mit den Händen und schreit um Hilfe.

Biondo zündet zwei Zigaretten an und bietet Jaime eine an.

„Wir sind hier nicht in deinem Land zu Zeiten der Diktatur, mein Lieber."

„Mein Land ist Italien, mein Lieber!"

Der Junge macht auf unverschämt. Biondo erinnert ihn daran, dass er womöglich zwanzig Jahre bekommt: Mordversuch, illegaler Waffenbesitz, versuchte Entführung zum Zwecke der Erpressung und Mitglied einer kriminellen Vereinigung. Vielleicht hat er etwas übertrieben, doch die Botschaft kommt an. Jaime verliert die Selbstsicherheit und kann kaum noch die Tränen zurückhalten. Das Leben hat ihn zwar abgebrüht, doch im Grunde ist er nur ein verängstigter Junge.

Biondo geht väterlich zu ihm hin und flüstert ihm lächelnd zu: „Ich weiß, dass du das Mädchen retten wolltest. Das könnte ich sogar dem Richter erzählen ..."

„Das ist die Wahrheit, *amigo*!", sagt der Junge strahlend.

„Ach, die Wahrheit", wiederholt Biondo engelsgleich. „Wenn du willst, dass die Wahrheit siegt ... musst du mir etwas dafür geben ..."

Jaime erstarrt und spuckt auf den Boden. „Ich bin kein Verräter."

„Und ich bin nicht Jesús Malverde, ich verteile keine Almosen." Nachdem er den Schutzheiligen der Narcos erwähnt hat, geht Biondo mit verächtlichem Blick zum Ausgang.

„Warte", ruft Jaime.

Biondo dreht ihm nach wie vor den Rücken zu.

„Warte, sage ich! Kannst du mir beim Richter wirklich helfen?"

„Das hängt nur von dir ab."

„Ist gut, *hermano.* Ramon hatte mit einem großen Tier Kontakt."

„Das ist mir nicht neu."

„Einem Mexikaner. Ramon glaubte, ich wüsste es nicht, doch ich habe sie einmal miteinander gesehen. Sie haben sich unterhalten. Er und der Mexikaner."

„Wie heißt er?"

„Keine Ahnung, *amigo,* ich schwöre! Ein Kleiner, er spricht leise, doch an seinem Akzent hört man, dass er Mexikaner ist."

„Würdest du ihn erkennen?“

„*Seguro!* Würdest du denn Jurado finden?“

„Jurado?“ Biondo zuckt zusammen.

„Jurado ist Italiener, aber auf unserer Seite … Er und Ramon waren sehr eng befreundet. Er hat ihm den Mexikaner vorgestellt. Jurado.“

XVIII.

Wer noch immer nicht glaubt, dass Rom allen Problemen zum Trotz die schönste Stadt der Welt ist, sollte den begeisterten Ausdruck der beiden blonden Herrschaften sehen, die in der *Casina Valadier* ein Glas *Masseto dell'Ornellaia* trinken. Zu ihren Füßen, im Licht einer schwachen Dezembersonne, liegen die Dächer Roms. Gemeinsam mit zwei starken Gasheizstrahlern neben dem Tisch im Freien verwandelt sie die Terrasse des Pincio in einen Ort, wo jeder, der bei Sinnen ist, leben, siegen, lieben und sogar sterben möchte.

Sax hat sich für diesen Ort entschieden, um seine Gesprächspartner zu beeindrucken, und das ist ihm voll gelungen. Dr. Sunderström ist ein glatzköpfiger Hüne, Brigitte Lundgren ist blond, hat Grübchen, eine rote Nase, trägt ein Pelzhütchen. Zwei große Tiere des norwegischen Geheimdienstes.

Die Norweger lieben Italien. Seitdem die Norweger beim BIP weltweit an vierter Stelle liegen, kaufen sie italienische Staatsanleihen.

Sax hat gerade einen sehr vorteilhaften Vertrag abgeschlossen. Die Divisione Nera hat gerade ihre legalen Gewinne aufgefettet, die nicht fehlen dürfen und in den offiziellen Bilanzen aufscheinen. Für andere Geschäfte bevorzugt man weniger offizielle und nicht herzeigbare Partner, ohne die, dessen ist sich Sax bewusst, kein ordentlicher Sicherheitsdienst seine Grenzen effektiv schützen könnte.

Vom Rotwein angeregt lächelt Brigitte Sax an, als ob sie ihn verführen wollte. Doch zweifellos ist sie nicht betrunken. Sie ist zu skandinavisch, um Leberschäden zu riskieren. Doch die Zeichen sind eindeutig.

Sax ist unschlüssig. Seit Jahren steht fest, dass er treu ist. Dieses Gelübde kann er nur brechen, wenn nichts auf dem Spiel steht.

Brigitte ist vierzig Jahre alt und sieht aus, als könne sie eine Affäre von der lebenslangen Liebe unterscheiden. Warum also nicht?

Der hünenhafte Sunderström steht schwankend auf, entschuldigt sich und geht zur Toilette.

Sax ist drauf und dran, die Avancen der Norwegerin zu erwidern, als zwischen den Tischen die zerzauste Silhouette Biondos auftaucht. „Sax, es ist was passiert."

„A friend?", fragt Brigitte gelassen und lächelt vage.

„Sorry, I'll be back soon." Sax steht auf, packt den zerzausten Bären am Arm und führt ihn ein paar Schritte vom Tisch weg. „Was fällt dir ein? Siehst du nicht, dass ich nicht allein bin?"

„Entschuldige, aber es ist wirklich eine Sauerei." Und er erzählt ihm von Jurado.

Sax ist sprachlos. Der Hinweis auf den Mexikaner ist eindeutig. Er hatte ja keine Ahnung, dass der Undercoveragent zu ihrer Truppe gehörte. Wie viele Informationen hat man, verdammt noch mal, dann noch vor ihm geheim gehalten?

„Ich gehe zu ihm und quetsche ihm die Seele aus dem Leib", droht Biondo.

Sax beruhigt ihn. „Sein Wort stünde gegen das eines Jungen, der seine Seele verkaufen würde, um das Gefängnis zu verlassen."

„Ich glaube ihm, verdammt noch mal."

„Ich muss das überprüfen. Lass mich machen, okay?"

Biondo gibt nicht gleich nach, doch letzten Endes kann ihn Sax überreden. Er besteht auf ein paar Tagen Waffenstillstand und verabschiedet den nervösen Freund. Inzwischen sitzt Dr. Sunderström wieder neben Brigitte.

Sax gesellt sich mit angestrengtem Lächeln zu seinen Freunden.

„Any problem?"

Plötzlich erscheint ihm Brigitte hässlich, alt, angespannt. Er verliert jegliches Interesse an ihr. Was ist schon eine Bettgeschichte gegen die Macht?

„Call of duty, I'm terribly sorry."

Er bezahlt, verabschiedet sich mit dem Gesichtsausdruck von jemandem, der eine Prinzessin aus dem Turm retten muss, und nachdem er hundert Meter zurückgelegt hat, ruft er Cono auf der sicheren Leitung an.

„Du musst die Sache regeln. Meine Kollegen lassen sich nicht abbringen. Sie kommen uns zu nahe!"

„Du bist doch in der Lage, das Problem zu lösen, oder?"

„Du musst die Sache regeln!", wiederholt Sax.

Sein Schwiegervater lacht.

„Junge, schon erledigt. Gerade eben. Sei ruhig, alles in Ordnung!"

„Cono … was das Mädchen anbelangt …"

Der General hat aufgelegt. Sax hat eine böse Vorahnung. Er ruft Ippoliti an. Es klingelt zwei-, fünf-, zehnmal. Keine Antwort. Er versucht es noch einmal. Dasselbe. Die Vorahnung wächst ins Unermessliche. Er läuft die Treppe zur Piazza del Popolo hinunter, steigt ins Dienstauto und befiehlt dem Chauffeur, ihn ins Büro zu bringen. Er holt den Pass aus dem Safe, den er für Veronika hat ausstellen lassen, und das Kuvert mit zehntausend Euro, die er dem Mädchen versprochen hat, um irgendwo neu anzufangen.

Er steigt wieder ins Dienstauto und lässt sich nach Hause fahren. Er holt den GLE aus der Garage, auf dem er bereits die Winterreifen hat montieren lassen. Um drei Uhr fährt er über die Salaria. In nicht einmal fünfzehn Minuten erreicht er die Mautstelle, er rast und in weniger als einer Stunde fährt er in Attigliano ab. Es wird langsam finster, doch die Sicht ist noch sehr gut. Bei den ersten Kurven gerät er in einen Stau, die Fahrzeuge bewegen sich im Schritttempo. Er ruft noch einmal Ippoliti an. Wieder nichts. Es ist jetzt mehr als eine

Vorahnung, es ist eine Gewissheit. Er ruft Cono an. Der General hebt nicht ab. Endlich löst sich der Stau auf. Kurve um Kurve nähert er sich dem Ziel. Auf der Höhe der letzten Kreuzung, wo eine Straße zum alten Kloster und die andere den Abhang hinunterführt, zwei Carabinieri-Streifen und ein Rettungswagen. Mit einem nahezu kriminellen Manöver parkt er den GLE zwischen zwei Dienstautos und steigt aus.

Ein Polizist pflanzt sich wütend vor ihm auf. „Was machen Sie? Sind Sie verrückt? Sie können hier nicht parken. Steigen Sie sofort wieder in Ihr Auto!"

Er schwenkt den eingeschweißten Ausweis. Der Carabiniere salutiert.

„Warum seid ihr hier?"

Der Polizist zuckt mit den Achseln. „Ein Unfall."

Sax geht zur Straßenbrüstung. Zwei Männer hieven eine Bahre aus der Schlucht herauf. Der Körper auf der Bahre ist unbeweglich. Veronikas lange blonde Haare wehen im immer schwächer werdenden Licht.

Warum nur hat er Cono, dieser Schlange, vertraut? Warum?

Mit gesenktem Kopf geht er zu seinem Auto.

Er legt den Rückwärtsgang ein und fährt zurück.

Ein SUV kommt aus der entgegengesetzten Richtung.

Sax fährt an den Straßenrand, um ihn vorbeizulassen.

Einen Augenblick lang stehen sie Seite an Seite.

Cono grüßt ihn mit sarkastischem Grinsen.

„Wir sehen uns heute Abend zu Hause, mein Sohn."

TEIL DREI

I.

Derselbe Arzt mit dem Ausdruck eines Klassenbesten, der Biondo vor einigen Tagen die Leiche Ramons gezeigt hat, führt ihn über die Gänge des Leichenschauhauses. Damals war allerdings auch Kommissar Ceglia, das Arschloch, dabei. Jurado.

Sax hat versprochen, sich darum zu kümmern. Aber das war davor gewesen. Bevor sie das Mädchen aus der Schlucht gefischt hatten.

Alba steht schon an der Bahre, unter dem Laken lugen die langen blonden Haare hervor. Sie und Biondo wechseln einen Blick. Sie sagen kein Wort. Es gibt nichts zu sagen.

Der junge Arzt räuspert sich. „Auch ohne Autopsie", sagt er, „ist eines gewiss … da. Sehen Sie das?" Er zeigt auf die linke Seite des Gesichts des Mädchens, das eingedrückt ist wie auf einem alten Comic. „Beeindruckend, nicht wahr? Das passiert, wenn der Schädel zerquetscht wird. Der Kopf ist ungebremst auf dem Boden aufgeprallt … es gibt einen mathematischen Koeffizienten, um die Intensität zu berechnen … und das Hirn ist gewissermaßen aus seinem Gehäuse geflutscht. Der Tod muss unmittelbar eingetreten sein. Fast sicher ein senkrechter Sturz. Kopfsprung."

„Fast sicher?", fragt Alba.

Der Arzt wird rot. „Ein vertikaler Sturz."

„Man hat sie runtergeworfen", sagt Biondo.

„Wir werden überprüfen, ob ihre Arme blaue Flecken oder Zeichen gewaltsamen Festhaltens aufweisen", sagt der junge Arzt schnell.

„Man hat sie runtergeschmissen", wiederholt Biondo. „Niemand stürzt und fällt direkt auf den Kopf, außer man wird gestoßen."

„In der Theorie nicht", gibt der junge Arzt zu, „doch in der Literatur gibt es Fälle ..."

Alba unterbricht ihn mit einem halbherzigen Lächeln. Die Halsschlagader Biondos schwillt schon gefährlich an. Lieber Komplikationen vermeiden. „Können Sie uns bitte fünf Minuten allein lassen?"

Der junge Arzt, betört von dem zuckersüßen Tonfall, zieht sich, noch immer errötend, zurück.

Biondo dreht sich eine Zigarette. Alba zeigt auf das Rauchen-Verboten-Schild, das über ihnen hängt, den einzigen Farbklecks auf der gelblichen Wand, die im weißen Neonlicht fast gespenstisch wirkt.

„Man hat sie runtergeworfen."

„Und wenn wir keine Beweise finden?"

„Ich brauche keine Beweise. Ich weiß es und aus. Sie haben sie umgebracht."

„Ich gebe dir recht. Und ich wette, die toxikologische Analyse ergibt, dass sie mit Drogen vollgepumpt war."

„Aber was macht das für einen Sinn? Man entführt sie aus dem Krankenhaus, behält sie ein paar Tage hier ... Warum haben sie sie nicht gleich umgebracht?"

„Ich habe keine Ahnung", seufzt Alba. „Vielleicht wollten sie sichergehen, dass sie nicht gesungen hat. Oder vielleicht war es ein Handel: sie im Austausch gegen eine andere."

„Ein Handel? Zwischen wem?"

„Ich würde es liebend gern herausfinden, Gianni. Seitdem diese Geschichte begonnen hat, habe ich das Gefühl, manipuliert zu werden. Irgendjemand ist uns immer einen Schritt voraus. Gott, wie ich es hasse, manipuliert zu werden!"

Alba fotografiert das Opfer. Sie wird die Fotos mit Photoshop bearbeiten und ins Netz stellen. Sie werden die Bilder der Unbekannten ergänzen, die schon seit Tagen erfolglos im Darknet zirkulieren. FAITH und HOPE haben bislang nicht gehalten, was ihre Namen versprechen.

Biondo streicht der Toten eine rebellische Locke aus der Stirn. Ein verängstigter Blick aus blauen, trockenen, leeren Augen. Warum konntest du mich nicht retten? Noch kein Verwesungsgeruch. Biondo versucht ihre Augen zu schließen, doch aufgrund der Leichenstarre bleiben die Augen halb offen, die Augen einer Schlafenden kurz vor dem Aufwachen. Doch für sie wird es kein Aufwachen mehr geben.

„Wir kennen nicht einmal deinen Namen", flüstert Biondo.

Der junge Arzt kommt hüstelnd herein. „Der diensthabende Staatsanwalt ist da", flüstert er. „Doktor Monte."

„Ich gehe", sagt Alba und steckt schnell das Handy ein. Wenn sie jemanden nicht treffen will, dann den stattlichen Dr. Gillo Monte.

„Warte!" Biondo läuft ihr nach.

„Ich muss gehen", sagt sie beharrlich, „rede du mit der Justiz."

„Alba! Würdest du mir bitte zuhören?"

„Beim Gehen vielleicht." Und sie geht in die andere Richtung, nicht in die, aus der sie gekommen sind.

„Du gehst in die falsche Richtung."

„Da hinten ist ein Notausgang."

„Okay. Hör mir zu. Wir müssen mit Ceglia reden. Beziehungsweise ich muss mit Ceglia reden."

„Ceglia?"

„Ein Kollege." Biondo erzählt ihr von Jurado und seinen Lügen. Alba reagiert wie Sax: Bevor man ins Blaue hinein agiert, muss man weitere Kontrollen durchführen. Es wäre dumm, einem Kleinkriminellen wie Jaime zu vertrauen.

„Ich vertraue nicht Jaime! Ich vertraue meinem Instinkt!"

„Warten wir auf Sax, dann treffen wir gemeinsam eine Entscheidung."

„Ich glaube nicht, dass du mit ihm sprechen kannst. Er ist verschwunden!"

Der Gang endet vor einem Notausgang. Alba öffnet den Panikriegel. Sie stehen auf einem dunklen Hof. Nach den Krankenhausgerüchen umhüllt sie jetzt angenehme Kälte. Alba atmet tief ein.

Biondo zündet die Zigarette an, die nass und ausgefranst zwischen seinen Lippen hängt. „Ich habe bemerkt, dass du Monte um jeden Preis aus dem Weg gehen wolltest. Ich bin nicht eifersüchtig, Alba."

Sie verdreht die Augen, will schon eine flapsige Antwort geben. Doch ihre Worte sind sanft, fast zärtlich. „Vorhin", flüstert sie, „als du dem Mädchen die Locke aus der Stirn gestrichen hast ..."

„Ja?"

„Nichts. Ich wäre nicht auf die Idee gekommen."

In so einem Moment würde er sie am liebsten umarmen, wiegen, in einem uralten Duft versinken, ein Schlaflied singen. Ein seltener und kostbarer Moment, in dem Biondo den Mann und sie seine Frau spielen könnte. Doch er dauert nicht lange. Alba lässt sich die Zigarette geben und macht einen Zug.

„Okay, setzen wir uns eine Frist. Wenn Sax bis morgen nicht auftaucht, gehen wir zu Ceglia. Die Zigarette ist widerlich. Was rauchst du? Mäusedreck?"

Man kann nie zickig genug sein, nicht wahr, Alba?

II.

Ippoliti lehnt an der Motorhaube des Dienstwagens und raucht einen dünnen Zigarillo. Er ist eindeutig im Dienst, denn kaum taucht Sax' GLE auf dem Weg auf, der zum Tor der Villa führt, stellt er sich vor die Scheinwerfer und schwenkt die Arme.

Sax hält an und kurbelt das Fenster hinunter. „Wie ist es passiert?"

„Sie haben mich überrumpelt. Sie waren mindestens zu dritt. Dem Aussehen nach Südamerikaner. Profis. Sie haben mich mit einem Schlag auf die Halsschlagader ausgeschaltet. Als ich wieder aufgewacht bin, haben sie mich schon weggebracht."

„Es war Cono."

„Der General? Aber nein. Warum sollte er?"

„Glaub mir, er war es. Den Grund kenne ich … Pass auf dich auf, Ippo'."

Er steigt aufs Gas und fährt ihn fast nieder, dann parkt er unter dem Vordach, neben dem Smart. Während er aussteigt, überlegt er sich, wie die Sache wohl gelaufen ist. Beziehungsweise wie sie sicher gelaufen ist. Cono macht einen Anruf. Es kommen drei Killer. Cono ist persönlich anwesend, um sicherzugehen. Das alte Schwein liebt den Geruch des Kampfes. Er will alles unter Kontrolle haben. Und man weiß ja nie, es könnte ja etwas Unvorhergesehenes passieren. Sax könnte plötzlich zurückkommen … Was hat man dem Mädchen gegeben, um sie zu betäuben? Ketamin wahrscheinlich. Oder vielleicht Poppers, die sind gerade in. Sax lässt den Film aus der Ferne an sich vorüberziehen, als ob er ihn nichts anginge. Veronika wird in den SUV geladen. Eine kurze Fahrt über die Kurven. Sie wählen den Ort aus. Ein Schubs und weg.

Als er das Haus betritt, hat er bereits das Lächeln eines weltläufigen Mannes aufgesetzt. Luisella ist wie immer sehr elegant in ihrem beigen Kostüm, mit Perlenkette und dezenten Ballerinas, die allerdings teure Markenballerinas sind. Ehrengast ist der Staatssekretär Macchi mit einem jungen Mitarbeiter, der ihm als Dr. Terenzi vorgestellt wird. Ein schwules Paar, so schwul wie nur möglich, doch verborgen, *refoulé*, heimlich, im Einklang mit der herrschenden Moral. Oder besser gesagt, mit der Moral, die nach den (Cono zufolge finsteren) Jahren der Libertinage zurückkehrt.

„Der Spaß ist vorbei!"

Das ist mittlerweile zum Schlachtruf für den alten General geworden. Cono gibt jetzt den Extremisten, doch Sax ist sich sicher, im richtigen Augenblick wird er wieder die Maske des Gemäßigten aufsetzen. Cono, der Unsterbliche.

„Der Spaß ist vorbei", wiederholt der General und wirft Sax einen provokanten Blick zu.

„Das sage ich auch“, piepst der junge Lover-des-Staatssekretärs-der-kein-Lover-sein-darf.

Sax lächelt höflich und zuvorkommend, ein freundlicher Gesprächspartner.

„Es gibt aber auch Menschen, für die der Spaß nie vorbei ist!“

Cono hat *Paccheri alla Nerano* zubereiten lassen, mit gebratenen Zucchini und Provolone del Monaco. Applaus brandet auf, als der erste Gang gebracht wird, ein senegalesischer Bediensteter füllt die Teller, er wirkt wie die schlechte Kopie eines Kochtalents. Das Abendessen findet in entspannter, gelöster Stimmung statt. Cono gefällt sich in der Rolle dessen, der Macht hat und dies auch zeigt.

„Und nun die Wurst, die ich mit meinen Schweinehänden selbst zubereitet habe.“

Alle lachen bei Conos Bemerkung, mit Ausnahme des Staatssekretärs, der den Witz nicht versteht. Sein Gefährte erklärt ihn ihm: „Schwein“ beziehe sich auf die Wurst, nicht auf die Hände! Da lacht endlich auch der Staatssekretär.

Cono wirft ihm einen mitleidigen Blick zu. Es ist nicht einfach, mit Trotteln zu verhandeln, doch je mehr Trottel es gibt, desto größer wird die Macht. Also, ein Hoch auf die Trottel! Bei der dritten Flasche lässt Sax sich nicht zweimal bitten, sein Instrument auszupacken.

Bei *In a Sentimental Mood* des Duke erschauert Luisella vor Rührung, die beiden Schwulen applaudieren ernsthaft.

„Ja, mein Schwiegersohn ist wirklich ein Talent!“, zwitschert Cono. Dann, den Blick weiterhin auf Sax gerichtet, lässt er wie nebenbei die Bombe platzen: „Übrigens, Giannaldo … hast du dir die Sache mit der ComSar überlegt?“

Sax hört zum ersten Mal davon. ComSar. Eine Außenstelle in Sardinien, Marinestützpunkt, Kontakte mit Amerikanern und Türken. Eher eine militärische denn eine administrative Aufgabe. Auf Deutsch gesagt: ein echter Beschiss. Er hört zum ersten Mal davon und tut natürlich so, als sei er auf dem Laufenden.

„Das ist ein verlockender Vorschlag, Cono, doch ich glaube nicht, dass sich unsere Gäste für etwas Berufliches interessieren …"

„Ach, ja, wie unhöflich von mir!", sagt der General grinsend. Und die beiden Lover schauen sich verlegen an: Sie haben begriffen, dass etwas passiert ist, wissen aber nicht, was genau.

Luisella serviert Zitronenkuchen, den alle loben, gemeinsam mit einem Limoncello.

„Nach dem Rezept der Tante Annunziata aus Amalfi", erklärt Cono.

„Wissen Sie, dass meine Großeltern aus Amalfi stammen, General?", fragt der junge Mann.

„Nein, wusste ich nicht. Wie hießen sie mit Nachnamen?"

„Bocchini", antwortet er ernst.

Cono windet sich, um ihm nicht offen ins Gesicht zu lachen.

„Ein Gefühl wie damals, als mich ein Kollege vom russischen FSB überzeugen wollte, dass Putin ein echter Demokrat ist!", erklärt er ein paar Minuten später Sax, als Luisella sich schon zurückgezogen hat und das schwule Paar zum Rauchen in den Patio gegangen ist.

„Willst du mich nach Sardinien abschieben?", fragt Sax provokant und eiskalt.

Sie sitzen vor den Essensresten am Tisch. Cono gießt ihm noch einen Limoncello ein. „Sardinien ist wunderbar, sowohl was das Klima als auch was die Menschen anbelangt. Die Sarden sind ein außergewöhnliches Volk!"

„Luisella wird nicht einverstanden sein."

„Und wer sagt, dass ich Luisella mitschicke? Glaubst du, ich lasse meine Tochter in einem Nuraghen schlafen? Bei allem Respekt … Du fliegst Montagmorgen mit einer Militärmaschine ab und kommst Freitagnachmittag mit derselben Maschine zurück. Dann wird man sehen …"

„Ich habe auch was zum Herzeigen, Cono. Das Video von Veronika."

„Und was willst du damit?“, lacht der General. „Mich und dich zu Fall bringen? Du weißt doch, wie es heißt: *simul stabunt, simul cadunt* … Nein, Junge, du hast verloren!“

„Das kannst du mir nicht antun!“

„Glaub mir, ich kann!“

Cono hat recht. Das Video ist im Moment nicht zu verwenden. Und tatsächlich hat Sax immer Harmonie gesucht. Nicht Krieg. Aber Cono … Cono ist noch immer besser als er. Der General schnalzt mit zwei Fingern, wie man Hühner ruft.

„Aber hör auf mich, das Video verwahren wir an einem sicheren Ort, man weiß ja nie …“

Sax denkt: Wenn ich jetzt das Messer nähme und es ihm in die Halsschlagader stieße. Oder wenn … Nichts. Es ist aus. Besiegt. Kaputt. Aschfahl händigt er Cono das Handy aus. Der General nickt.

„Los, nimm es nicht persönlich, Junge! Es ist nicht gesagt, dass du schon morgen nach Sardinien musst. Es ist noch nichts beschlossen. Benimm dich, und wir werden sehen. Das Leben ist ein Auf und Ab. Und du bist ja noch so jung, um Himmels willen!“

Die Strafe ist also aufgehoben. Ein Katz-und-Maus-Spiel. Der gute und der böse Cop, allerdings in ein und derselben Person vereint. Das größte Arschloch von allen. Cono.

Der Staatssekretär und sein Anhängsel kommen zurück und der General erzählt einen dreckigen, homophoben Witz.

Denn was können die beiden Schwuchteln auch schon sagen.

III.

Sax meldet sich nach wie vor nicht am Telefon. Biondo ist verzweifelt. Er war auf der Staatsanwaltschaft und hat sich mit dem zuständigen Richter unterhalten. Er hat mit wenig Erfolg versucht, ihm seine Zweifel mitzuteilen. Vielleicht eine Prostituierte, allerdings nicht identifiziert, die jemand an die Pandilla ausgeliefert hat. Ramon wollte sie umbringen, der junge Jaime ist sein Komplize. Man wird ihn wegen versuchten Mordes, Mitgliedschaft bei einer kriminellen Vereinigung, illegalen Waffenbesitzes anklagen. Die Entführung des Mädchens aus dem Krankenhaus? Alles deutet auf eine Flucht hin. Ihr Tod? Ein Unfall. Sicher, irgendjemand hat ihr Gewalt angetan, bevor sie Ramon in die Hände gefallen ist, aber wie soll man ihn finden? Wenn das Mädchen wenigstens einen Namen hätte …

Der Richter hat nicht ganz unrecht. Er ist ein altes Schlitzohr, hat viel Gespür, weiß, wie die Dinge in der Welt der Justiz laufen. Der Fall würde Zusatzermittlungen rechtfertigen, wenn es wenigstens ein minimales Medieninteresse gäbe. Die Geschichte einer Unbekannten, möglicherweise einer Prostituierten, hat hingegen niemanden auf den Plan gerufen. Und Biondo kann nicht einmal von Condor erzählen, von der Verbindung von gestern und heute. Wenn es nach ihm gegangen wäre, hätte er es schon vor zehn Jahren gemacht. Doch jetzt kann er nicht mehr. Alba und Sax haben ihm damals geholfen, die Tat zu verschleiern. Sie haben den Tatort für ihn manipuliert. Biondo ist ihnen zu Dank verpflichtet. Er hat wenig in der Hand, um Kommissar Ceglia etwas nachzuweisen. Dennoch muss er mit dem sogenannten Jurado sprechen. Und da sich Sax noch immer nicht am Handy meldet, ruft Biondo Alba an und sagt ihr, er habe Lust, ein wenig mit ihm zu plaudern.

„Weißt du, wo er arbeitet?"

„Ja. Im XVII. Kommissariat. Ich war schon dort. Ich habe angerufen, um sicherzugehen, dass er nicht auf Urlaub oder sonst wo ist. Er kommt jeden Nachmittag um zwei."

„Ich komme auch."

Biondo fährt aufs Kommissariat zurück. Kaum ist er dort angekommen, ruft ihn sein Chef ins Büro. Als ob er ihm aufgelauert hätte. Der Chef ist ein Chef, von Kopf bis Fuß. Sehr fähig, sich im

Dschungel der Regeln und Seilschaften zurechtzufinden, beziehungsweise bei jenen Querverbindungen, die in der öffentlichen Verwaltung darüber entscheiden, ob man Karriere macht oder nicht. Sehr geschickt dabei, Schwierigkeiten zu umgehen. Misserfolge schiebt er seinen Untergebenen zu, Triumphe gehen auf seine Kappe. Wäre er so gebildet wie Sax, würde er Biondo als eine Art literarische Figur betrachten, auf halbem Weg zwischen *Don Quichotte* und Dostojewskis *Idiot*. Da er jedoch ziemlich ungebildet ist, hält er ihn nur für einen armen Narren. Und für einen Unruhestifter. Unzählige Male hat er schon versucht, ihn loszuwerden, doch kaum unterschreibt er die Genehmigung für die Versetzung, als habe er den sprichwörtlichen sechsten Sinn … löst Biondo den seit Monaten offenen Fall, schnappt den Typ, der alte Frauen überfällt, verjagt die Dealer von der Straße, wo – so ein Zufall! – die Tochter des Stadtrats wohnt. Er ist plötzlich ein Held und somit unberührbar. Und so kann der arme Chef ihn nicht verjagen, sondern muss sich an seiner Seite lächelnd und entschlossen fotografieren lassen und der ganzen Welt erklären, dass es der Organisation des Büros, also ihm, dem Chef, zu verdanken ist, dass Kommissar Romani die heikle Angelegenheit, etwa den Kreditkartenbetrug, hat lösen können …

„In letzter Zeit hast du dich kaum bei uns sehen lassen."

„Du weißt ja, ich verfolge heikle Ermittlungen."

Genau da wollte ich dich haben, mein Freund. Als der Chef zum ersten Mal von seinem Vorgesetzten angerufen worden war, hatte er vor Angst gezittert. Er hatte ihm die Anweisung gegeben, Kommissar Romani in dieser Angelegenheit an der langen Leine zu lassen. Höchste Bewegungsfreiheit und keine Steine in den Weg. Manche Ratschläge sind in Anbetracht ihrer Herkunft nichts anderes als Befehle: Der Chef war auf einmal der Meinung, dass Romani, der arme Narr, der Unruhestifter, plötzlich schlau geworden war. Dass er sich von den Richtigen protegieren ließ. Und das bedeutete: Angst. Die Gefahr, dass seine Autorität infrage gestellt wurde. Und wenn letzten Endes er, der Chef, versetzt wurde?

„Ah, die Ermittlungen sind doch beendet …"

„Woher weißt du das?"

„Ich weiß es und aus. Also …"

Beim letzten Telefongespräch waren die Dinge geklärt worden. Trockene, eindeutige Worte. Romani? Die Narrenfreiheit ist vorbei. Jedoch …

„Auf deinem Schreibtisch liegt ein Haufen Zeug. Dringende Fälle, wenn du mich verstehst …"

„Dringende Fälle?" Ein Haufen Dreck, keine dringenden Fälle! Anfängerzeug. Ein Professor hat von einem fliegenden Händler, der sich als alter Bekannter ausgegeben hatte, einen teuren Anzug gekauft. Ein Kupferdraht-Diebstahl. Der klassische Betrug mit dem Rückspiegel. Beschwerden von Hausbewohnern wegen der Dämpfe der Pizzeria im Hof. Die x-te Anzeige der Witwe Pelleri, die seit zwanzig Jahren mit bewunderungswürdiger Hartnäckigkeit dem Ingenieur Miranda vorwirft, in Wirklichkeit ein getarnter Killer zu sein, der Anschläge auf George Bush Sr. Und Papst Wojtyla plant, die längst das Zeitliche gesegnet haben.

Biondo häuft die Akten auf seinem Schreibtisch auf, dann lässt er sie in einer Lade verschwinden. Es reicht ihm. Bevor er geht, geht er am Büro des Chefs vorbei und verabschiedet sich mit einer kleinen spöttischen Verbeugung.

Viertel vor zwei. Biondo taucht aus der U-Bahn-Station auf. Ein eiskalter Nachmittag. Es beginnt zu regnen. Das XVII. Kommissariat liegt vor ihm, ein niedriges, anonymes Gebäude. Das Handy vibriert. Sprachnachricht von Alba: „Tut mir leid. Es gibt einen Notfall, ich glaube nicht, dass ich mich heute Nachmittag freimachen kann. Wir müssen es auf morgen Vormittag verschieben. Tut mir sehr leid."

Ist das die Wahrheit? Eine Ausrede? Geht sie ihm aus dem Weg?

Bis jetzt sind Ermittlungen und Gefühle einander nicht in die Quere gekommen. Aber bei Alba kann man nie wissen. Derweil wird er immer hektischer. Wie immer will Biondo alles so schnell wie möglich, in kürzester Zeit erledigen. Und dann zu etwas anderem übergehen, denn Untätigkeit gibt es nicht auf seiner Wertetabelle. Auf diese Weise bekämpft er auch das Gefühl der Entfremdung, das ihn hin und wieder überkommt.

Wo auch immer Biondo ist, er ist da und auch nicht da. Am liebsten wäre er woanders oder gar nicht da. Früher war Biondo nicht so. Vor Arielle.

Zehn vor zwei. Er geht in eine Bar, bestellt ein Brötchen und ein Bier. Der tätowierte Barmann hat die Haare hässlich rot gefärbt, auf einer Seite des Schädels sind sie abrasiert, er hat ein Nasenpiercing, klimpernde Ohrringe, seine Armbänder könnten die Rasseln in einem südamerikanischen Orchester ersetzen. Er trägt ein schwarzes T-Shirt. Oberhalb der linken Lippe hat er ein seltsames Muttermal. Sein Blick ist abwesend. Oder vielleicht auch nur traurig.

Während er an seinem Bier nippt, sieht Biondo durch das Fenster ein Grüppchen von fünf muskelbepackten Typen. Ceglia ist bei ihnen, er ist der Älteste. Sie lachen. Machen ein paar Witze. Dann trennen sie sich. Ceglia geht zum Kommissariat. Biondo zahlt in aller Eile, fast stößt er mit der Gruppe zusammen, die die Bar beritt.

Er rennt auf die Straße. Der Regen wird immer stärker. Ceglia läuft um einen großen Lkw mit Anhänger herum, der in einem Abstand von einigen Metern vor dem Eingang parkt.

„Jurado!“, schreit Biondo.

Ceglia dreht sich argwöhnisch um.

Biondo geht ihm entgegen.

Ceglia entspannt sich. „Romani! Du hast mir einen Schrecken eingejagt.“

„Offenbar hast du einen Grund dafür“, antwortet Biondo feindselig.

Ceglia macht verblüfft einen Schritt zurück. „Entschuldige, was soll das bedeuten?“

„Ich habe mit Jaime gesprochen.“

„Na und?“

„Er hat mir von dir und Ramon erzählt."

„Na und? Was ist daran neu? Ich habe undercover in der Pandilla gearbeitet, das habe ich dir doch gesagt."

„Du hast mir gesagt, dass du Ramon kaum kanntest. Jaime behauptet jedoch, dass ihr gut befreundet wart. Du hast mir also ein Märchen erzählt."

„Aber geh!" Jurado bricht in Lachen aus, ein hässliches, unangenehmes Lachen. „Der Arsch würde seine Mutter verkaufen!"

„Wer ist der Mexikaner?"

Ein Blitz zuckt über den Himmel, gefolgt von einem viel zu nahen Donner. Die Erde zittert. In den ausweichenden Augen des Kommissars blitzt Angst auf. „Keine Ahnung, was du meinst."

„Blödsinn. Du weißt es sehr gut. Jaime hat euch miteinander gesehen. Dich, Ramon und den Mexikaner!"

„Das ist nicht möglich!"

Es ist erst Nachmittag, doch es ist finster wie in der Nacht. Wieder erhellt ein Blitz Ceglias aschfahles Gesicht. Davor hat Biondo vielleicht noch gezweifelt, doch die Reaktion des Kommissars hat seine Zweifel endgültig beseitigt. Jaime hat ihm nämlich tatsächlich nicht gesagt, Ceglia gemeinsam mit dem Mexikaner gesehen zu haben. Das „das ist nicht möglich" ist so gut wie ein Geständnis.

„Also, Jurado, du Arsch?" Biondo ist ganz nah bei ihm. Er kümmert sich nicht um den heftigen und unaufhörlich strömenden Regen.

Ceglia hebt die Hände. „Warte. Warte. Ich kann es dir erklären."

„Fang bei dem Mexikaner an. Wer ist es? Wie heißt er?"

„Das kann ich dir nicht sagen. Er ist … ein großes Tier. Wenn ich rede, bin ich tot."

„Was hast du für ihn getan, ha? Das Mädchen umgebracht? Hast du Ramon umgebracht? Hast du ihm das arme Ding verkauft? Ha? Wer bezahlt dich, Ceglia? Du dreckiges Arschloch …" Biondo packt ihn an den Armen, über sein Gesicht strömt das Wasser, die Züge verzerrt, die Schreie übertönen das Prasseln des Regens.

„Schon gut, schon gut." Jurado kapituliert. Scheinbar.

Biondo lässt ihn gehen. Einen Augenblick lang ist er unaufmerksam. In Jurados rechter Hand funkelt eine Klinge. Zwei exakte Stiche, einer in die Leber und der zweite etwas höher auf der Höhe des Herzens. Biondo stürzt nach hinten, prallt auf den großen geparkten Lkw, landet mit einem verwunderten Ausdruck in einem Rinnsal aus Wasser und Schlamm. Jurado steckt die Waffe ein und flüchtet. Mit dem letzten heftigen Donner geht der Regen in Hagel über.

IV.

Eine spontane Demo von Taxifahrern legt die Piazza Venezia lahm. Das bedeutet: Es staut sich in ganz Rom. Der Verkehr, der schon wegen des nahen Weihnachtsfests und des Regens chaotisch genug ist, kommt völlig zum Stillstand. Genervt parkt Alba den gemieteten Elektro-Forfour am Lungotevere und geht zu Fuß zum Santo-Spirito-Krankenhaus, bahnt sich einen Weg durch eine Menge, die eigentlich feiern sollte, sich jedoch feindlich und stur zeigt. Wie es im Übrigen die vorherrschende Stimmung der italienischen Nation ist. Aber auch sie gibt nicht nach, mit Ellbogen setzt sie sich gegen ein Grüppchen von Jugendlichen durch, die grinsend ausweichen, sowie gegen einen Motorradfahrer auf dem Gehsteig, der provokant Gas gibt. Als ob sie eine körperliche Auseinandersetzung heraufbeschwören wollte, eine Art Abrechnung, als ob das das einzige Gegengift gegen die Panik wäre, die sie ergriffen hat, seit sie auf den Anruf von Dr. Sax geantwortet hat.

Biondo. Warum hat der Trottel nicht auf sie gewartet?

Im alten Innenhof des Krankenhauses erklärt der Regen den Waffenstillstand, den er der erschöpften Stadt in der letzten Stunde gewährt hat, für beendet. Es prasselt auf den Boden, der schon von feinen Rinnsalen überzogen ist, die Krankenpfleger, deren Dienst vorbei ist, beeilen sich, nach Hause zu kommen. Das Neonlicht, das aus den Pavillons dringt, beleuchtet den chaotischen Tanz der Tropfen.

Als Alba die Intensivstation erreicht, ist sie klatschnass. Vor einer verriegelten Glastür steht Ugo Ippoliti. Seit Jahren haben sie sich nicht gesehen, wahrscheinlich seit sechs, sieben, mindestens seit Sax' Hochzeit. Er trägt seinen Beamtenanzug, und als er sie sieht, springt er auf, salutiert beinahe. Als ob nicht so viel Zeit vergangen wäre, als ob es noch Hoffnungen für ihn gäbe, errötet er und stottert einen Gruß.

„Wie ... geht es dir?"

Alba ergreift seine Hand und drückt sie, eine Art kameradschaftliche Geste. Ippolitis Hand ist schweißnass. Doch Alba ist nicht in der Stimmung, die ihr erlaubte, ihre Wirkung auf das männliche Geschlecht zu genießen.

„So lala ... wie geht es ihm?"

„Keine Ahnung. Der Arzt ist gerade hineingegangen."

„Wie öffnet man diese Tür?"

„Man muss klingeln. Aber sie haben sich ausbedungen: immer nur einer und nicht länger als fünf Minuten."

Alba klingelt heftig.

Eine überaus verärgerte Krankenschwester taucht auf. Alba hat keine Zeit, sie zum Teufel zu schicken, denn hinter ihr taucht Sax auf.

„Ich kümmere mich darum", flüstert er aufmunternd.

„Und jetzt?"

„Es geht ihm schlecht, Alba. Seine Leber ist zerfetzt und der zweite Stich hat den Herzbeutel verletzt. Er hat einen Liter Blut verloren. Er ist sehr schwach. Er ist gerade im OP."

„Ist er bei Bewusstsein?"

„Glaube ich nicht. Aber mehr sagen sie mir nicht. Hör zu, Alba ..."

„Warum ist er allein hingegangen, ha? Warum?"

„Alba ..."

„Und warum tauchst du ab und antwortest nicht am Telefon?"

„Jetzt bin ich ja da“, flüstert er, um sie zu beruhigen.

Alba lässt sich auf einen der hässlichen Stühle fallen, die an der Wand unterhalb des Schilds mit der Bezeichnung der Abteilung und den Namen der Ärzte stehen.

„Hier arbeiten die besten Kardiologen Roms. Du wirst sehen, sie retten ihn.“

„Es war sein Kollege, nicht wahr? Ceglia, der Kommissar, der undercover in der Pandilla arbeitete …“

„Sieht so aus.“

„Und wo ist er jetzt?“

„Sie suchen ihn.“

„Was verbirgt sich hinter dieser Geschichte? In welches Nest haben wir da hineingestochen?“

Sax zuckt mit den Achseln. Jede Antwort wäre sinnlos. Sogar gefährlich.

Ippoliti, der schweigend zugehört hat, räuspert sich. „Wollt ihr einen Kaffee? Im Stockwerk darunter steht ein Automat.“

„Warte im Auto auf uns“, befiehlt Sax ihm knapp.

Der Agent zieht sich mit gesenktem Kopf zurück.

Alba hat bemerkt, mit welcher Härte Sax ihn angesprochen hat, doch der Gedanke verfliegt sofort. Sie hat anderes im Kopf. „Ich werde nicht klein beigeben, Sax. Und jetzt habe ich einen Grund mehr weiterzumachen.“

„Aber wir haben absolut nichts in der Hand.“

„Ja, da hast du recht, verdammt.“

Sax legt ihr eine Hand auf die Schulter. „Gehen wir. Wir kommen morgen zurück. Es bringt nichts zu warten.“

Alba schiebt ihn weg. Sie seufzt. „Ich bleibe.“

„Das bringt nichts.“

„Geh. Wenn was passiert, rufe ich dich an. Gute Nacht.“

Sax geht verblüfft weg. Alba wird nicht kapitulieren. Das könnte ein Problem sein. Die Sache war schon fast geregelt, doch Ceglia hat mit seiner Überreaktion alles ruiniert. Das könnte ebenfalls ein Problem sein. Hängt davon ab, was er weiß und wer ihn bezahlt. Sicher nicht einer seiner Männer, und auch nicht einer von Conos Männern. Sax kennt seinen Chef sehr gut.

Ippoliti öffnet ihm die Wagentür. Nach der Begegnung mit Alba hat er noch immer einen verträumten Blick.

„Du wirst sie nie kriegen", sagt Sax leise zu sich. „Nie, du armer Idiot."

Nachdem Alba zwei Stunden auf einem unbequemen Stuhl gesessen hat, wird sie von einem wilden Traum übermannt. Sie träumt von ihrer Mutter, die ihr die abgeschnittenen Köpfe Pettis und Biondos zeigt und sie beschimpft. „Siehst du?", sagt sie grinsend zu ihr. „Siehst du? Alles, was du angreifst, verwandelst du in Tod. Du bist falsch gewickelt. Du bist der Tod."

Als ein junger Arzt mit schlaftrunkenen Augen sie vorsichtig rüttelt, fährt sie hoch.

„Signora?"

„Ja … gibt es was Neues?"

„Wir haben ihn gerade auf die Station gebracht. Die Operation ist gelungen. Wir müssen jedoch noch ein paar Tage warten, bis …"

„Darf ich ihn sehen?"

„Keinesfalls."

„Ich bitte Sie!"

Irgendetwas in ihrem Blick oder im flehenden Tonfall ihrer Stimme rührt den Arzt.

„Kommen Sie mit. Aber nur ein Blick."

Das Zimmer liegt im Halbdunkel. Sechs Betten, alle belegt. Eine ältere Frau im Bett am Fenster jammert leise. Biondo liegt in dem Bett in der Ecke, neben der Tür. Ein kleines elektronisches Gerät, das mit Schläuchen mit seinem Körper verbunden ist, gibt Pieptöne von sich. Alba liest Blutdruck und Puls am Display ab, sie kontrolliert die Herzfrequenz. Sie ist kein Arzt. Aber sie hat lange genug studiert, um sich auszukennen. Sie hält die Parameter für normal.

Biondo liegt im Koma.

Sein Ausdruck ist heiter.

Ein zarter Bartflaum am Kinn.

Geruch nach Kampfer, Alkohol. Trotz allem riecht es sauber.

Alba bückt sich und streicht ihm über die Lippen. „Wach auf. Wach auf. Du bist der gute Teil von mir. Du darfst nicht gehen."

V.

LUXURYSLAVES

Ja, das ist eine zu 100 Prozent extreme, widerwärtige, unmoralische, grenzwertige, unglaubliche, illegale Website.

Doppelklick.

LUXURYSLAVES bietet Sklaven/Sklavinnen für BDSM-Dienste auf der ganzen Welt an. Wir beliefern die internationale Elite. Sie würden staunen, wenn Sie wüssten, welche Promis wir beliefern (Sie werden es jedoch nie erfahren, weil Diskretion für uns das Höchste ist). Unser Angebot richtet sich vorwiegend an alle, die einen Escortservice einer kurzen SM-Session vorziehen. Unser Angebot reicht von einem Tag mit einem Sklaven/einer Sklavin, bis zur Miete eines Sklaven/einer Sklavin für ein ganzes Jahr. Manche unserer Escorts können sowohl als Sklavin als auch als Domina eingesetzt werden, eine ideale Voraussetzung für einen Gentlemen-Harem. Wir können eine Dame liefern, die bereit ist, die Bedürfnisse eines raffinierten Gentlemans zu befriedigen. Unsere Sklavinnen kommen aus ganz Europa und sind bereit zur Unterwerfung und zu BDSM-Diensten. Alle unsere Damen sind gebildet und sprechen Englisch. Unsere Escort-Damen sind Profis verschiedenster Altersgruppen, auch reife und sehr erfahrene Damen sind darunter. Einen passenden unterwürfigen Partner zu liefern ist wichtiger als Schönheit allein. Wir liefern nicht nur Fotos der Dame, die Sie interessiert, sondern LUXURYSLAVES hat darüber hinaus ein echtes Interesse daran zu gewährleisten, dass nicht nur Sie, sondern auch die Dame bereit ist, ein Spiel zu spielen. Unsere Dienste entsprechen Ihren Anforderungen, und Sie können sichergehen, dass Ihr Sklave freundlich, höflich, gebildet und (vor allem) unterwürfig und gehorsam ist. Unsere Bemühungen zielen darauf, dass Sie vom ersten Augenblick der Kontaktaufnahme bis zur Abreise Ihrer Escort-Dame zufrieden sind. Wir können Ihnen helfen, wenn Sie eine Frau fesseln, versohlen, ihr die Augen verbinden oder sie auf andere Art erniedrigen wollen. Ihr Fetischismus ist oraler, analer Sex oder Sex mit einer verkleideten, gefesselten Sklavin? Wir behandeln alle Wünsche mit Respekt und Interesse und tun unser Bestes, um Ihnen ein einzigartiges Erlebnis zu verschaffen. Im Gegensatz zu anderen Websites liefert LUXURYSLAVES ausschließlich Dienste im Bereich des extremen BDSM. Wenn Sie Vanillasex oder Sex light wünschen, bitten wir Sie, sich anderswo umzusehen, denn das hier ist kein Spiel, das ist

LUXURYSLAVES
WO SKLAVEREI ALLTAG, DER SCHMERZ ECHT
UND ALLES ERLAUBT IST

LUXURYSLAVES

Doppelklick.

Außergewöhnlich **schöne** Sklavinnen
Sklavinnen **für Analsex**
Sklavinnen **für Erniedrigung in der Öffentlichkeit**
Sklavinnen **für Toilettensex**
Sklavinnen **für Sex mit Tieren**
Reife Sklavinnen

Sklavinnen **als Kellnerinnen**
Sklaven**paare**
Sklavinnen **mit hoher Schmerztoleranz**

Doppelklick.

SKLAVINNEN MIT HOHER SCHMERZTOLELERANZ

Willkommen auf der Seite für Sklavinnen mit hoher Schmerztoleranz. Manche Kunden bevorzugen Sklavinnen, die eine hohe Schmerztoleranz besitzen und die extreme SM-Sessions aushalten. Master, die mehr als Dominanz und Bondage wünschen, brauchen eine Sklavin, die ein hohes Ausmaß an Strafe und Schmerz ertragen kann. Sklavinnen, die imstande sind, extreme Bondage, strenge Disziplin und grausame Foltermethoden auszuhalten, sind selten, begehrt und teuer. Wollen Sie sie fesseln und schlagen, bis ihr Fleisch rot wird? Wollen Sie sie wegen des kleinsten Vergehens bestrafen und schlagen? Sie träumen von einer Frau, die zu Ihren Füßen weint, noch blutend infolge der letzten Strafe? Wir verfügen über sehr widerstandsfähige Sklavinnen. Mit diesen Sklavinnen können Sie so gut wie alles tun.

Siehe folgende Liste:

Doppelklick.

UNSERE WIDERSTANDSFÄHIGSTEN SKLAVINNEN

EFFIE aus Warschau
FREDERIKA aus Göteborg
JILL aus London
LUDMILA aus Rostow
NICOLE aus Lyon
PATRICIA aus Liverpool
VERONIKA aus Budapest

Doppelklick.

VERONIKA aus Budapest

Mein Name ist Veronika. Ich komme aus Budapest, der wunderbaren Hauptstadt an der schönen blauen Donau. Ich bin ein extrovertiertes Mädchen. Ich stehe kurz davor, an der Londoner Universität meinen Abschluss in Geisteswissenschaften zu machen. Meine Hobbys sind Tennis, Weitsprung und Handball. Mein Vater ist Chef einer Firma. Meine Mutter Direktorin eines Gymnasiums. Meine Schwester studiert auch in England. Außer meiner Sprache spreche ich Russisch, Deutsch und Englisch. Ich mag SM, denn mein Vater hat uns als Kinder ordentlich verdroschen und ich spürte dabei Erregung. Ich bin zu 234 SM-Dienstleistungen bereit, die du auf der folgenden Seite lesen kannst. Um mich zu kontaktieren, fülle bitte das Formular am Ende der Dienstleistungen aus.

Alba geht zu Veronikas Foto zurück, vergrößert es, schneidet es aus, vergleicht zum x-ten mal das Foto von der Luxuryslaves-Website mit dem von FAITH und das von FAITH mit dem von HOPE. Und zum x-ten Mal ist das Ergebnis identisch. Hundert Prozent Übereinstimmung.

Sie hat sie gefunden.

Veronika.

Die Suche ist zu Ende.

Es ist nun eine Woche her, dass Biondo verletzt wurde. Er liegt noch im Koma, die Operation ist gelungen, okay, aber aus einem geheimnisvollen Grund springt sein Hirn nicht wieder an. Kommissar Ceglia, das Arschloch, ist verschwunden. Nicht einmal Sax konnte ihn finden. Alba hat eine qualvolle Woche hinter sich. Sie hat die Sitzung mit dem *shrink* abgesagt, sie hat den Sonntagstermin mit ihrer lieben Mutter ausgelassen. Sie hat den Papierkram wie nebenbei und abwesend erledigt. Sie ist zweimal ins Santo Spirito gegangen, doch in dem Augenblick, in dem sie das Zimmer hätte betreten sollen, in dem Biondo bis zu seinem Aufwachen untergebracht ist (doch würde er jemals aufwachen?), schaffte sie es nicht hineinzugehen. Nein, nicht aus Feigheit. Sondern weil sie nicht die Macht hat, ihn aufwachen zu lassen. Und Ohnmacht macht sie wütend. Für den Rest der Woche hat sie sich im menschenleeren Büro eingeschlossen und ganze Nächte lang mit FAITH und HOPE gearbeitet. Sie hat Tausende Bilder besichtigt. Sie hat Hunderte mehr oder weniger widerwärtiger Seiten begutachtet.

Sie hat tausendmal den Glauben und zehntausendmal die Hoffnung verloren.

Doch schlussendlich ist es ihr gelungen.

Das Mädchen hat jetzt einen Namen.

Veronika.

Plötzlich überfällt sie ein unbändiger Hunger. Der Kühlschrank ist gähnend leer. Alba schlüpft in einen mit Kunstpelz gefütterten Parka und läuft auf die von einem eiskalten Wind gepeitschte Straße. Die Spurensicherung befindet sich in einem Büroviertel. Kein Licht am Horizont. Die spärlichen Bars sind alle geschlossen. Mit einem bitteren Nachgeschmack stellt Alba fest, dass es zwei vor zwölf ist. Mitternacht. Weihnachten. Mit einer automatischen Geste greift sie zum Handy. SMS des jungen, verliebten Staatsanwalts. Zwölf Anrufe ihrer Mutter. Nicht einmal „Fröhliche Weihnachten“ haben sie einander gewünscht. Das ist vielleicht sogar für sie unerhört. Seufzend nimmt sie eine Sprachnachricht auf. „Ciao, Mama, entschuldige, ich war sehr beschäftigt, frohe Weihnachten!“

Und gleich darauf bereut sie es, sie macht das Handy aus, für den Fall, dass sie eine Antwort bekommt und ein Gespräch führen muss. Abgesehen von den Straßenlaternen wird die Nacht von einem einzigen schwachen Licht erleuchtet, einem Minimarket H24, der von zwei Bengalis geführt wird, die sich gerade per Videochat mit jemandem unterhalten. Sie kauft Snacks, Wurst, Milch, Bier, Schokolade, wünscht den Verkäufern ebenfalls kurz angebunden „Fröhliche Weihnachten“, stopft sich unterwegs mit dem Zeug voll, das Summen der Computer im Büro ist warm und tröstlich wie die Höhle für die Heilige Familie.

Luxuryslaves also. Einmal abgesehen von den Fehlern der automatischen Übersetzung imitieren Grafik und Präsentation auf unbeholfene Weise Seiten wie *Gentlemen's Club.* Alba zählt 364 mögliche BDSM-Praktiken in den einzelnen Menüs. Sie weiß sehr gut, dass die Fotos und die Beschreibungen der Mädchen austauschbar sind. Alba weiß sehr gut, dass die Raubtiere sich vor allem im offiziellen Web rumtreiben. Und dass der Gentleman, der eine Sklavin mietet, um sie wie eine Wurst zu verschnüren, ähnliche Begierden verspürt wie Veronikas Folterer. Doch es gibt ein „jedoch", und das ist entscheidend. Es bezeichnet eine Grenze. Die Grenze der Gewalt.

Alba hat überhaupt kein moralisches Problem. Wenn zwei oder mehrere gleichgesinnte Erwachsene freiwillig extreme Formen der Sexualität ausprobieren wollen, sollen sie es ruhig tun. Wenn Gewalt Teil des Spiels ist und auf einer Abmachung von Gleichberechtigten beruht, sollen sie es ruhig tun. Doch selbst die exklusivsten, für alle zugänglichen BDSM-Seiten – im Fernen Osten gibt es welche, auf denen bis zu zwanzigtausend Dollar für eine Sklavin verlangt wird – stellen einen Vertrag in Aussicht, verlangen einen Vorschuss mittels Banktransaktionen, der Käufer ist auffindbar und die Sklavin somit sicher vor nicht wiedergutzumachenden Schäden. Es handelt sich also um eine formalisierte, per Vertrag festgelegte, domestizierte Gewalt. Eine beendbare Gewalt mit festgelegten Grenzen.

Luxuryslaves ist grenzenlose Gewalt.

Bei *Luxuryslaves* bezahlt man die Sklavin in Kryptowährung.

Keine Haftung schützt vor dem Schlimmsten.

Eine einzige Praxis wird nicht ausdrücklich erlaubt.

Bei *Luxuryslaves* steht nirgendwo: „Sie dürfen Ihre Sklavin töten."

Das wird nicht ausdrücklich erwähnt, denn es versteht sich von selbst.

Auf einem Foto ist Veronika auf einem mittelalterlichen Folterinstrument, dem sogenannten „spanischen Bock", zu sehen. Auf einem anderen Foto zeigt sie vor, wie das Folterinstrument „Mundbirne“ funktioniert. Insgesamt gibt es (Alba zählt sehr genau) sechsundzwanzig solche Fotos. Sie versucht sich Veronika als Kind vorzustellen. Ein hübsches Kind, vielleicht aus einem Armenviertel, vielleicht aus einem Dorf am Land. Sie stellt sich ihre ersten Schritte und ihre erste Liebe vor. Doch dann fällt plötzlich ein dunkler Schleier. Alba wird sich nie mit ihr identifizieren können, wird nie sie sein können.

In gewisser Weise befinden sie sich an entgegengesetzten Polen der Gesellschaft. Alba mit ihrer Kindheit im goldenen Käfig. Veronika, die von sich behauptet, die Tochter eines Firmenchefs und einer Schuldirektorin zu sein. Ich bitte dich!

Im wirklichen Leben wären sie einander nie begegnet. Wenn sie einander begegnet wären, hätte sie Veronika nicht einmal eines Blickes gewürdigt. Wahrscheinlich hätte sie hässliche Kleider getragen und schmutzige Fingernägel gehabt. Oder vielleicht auch nicht. Vielleicht hätte sie sich hübsch gemacht, teure Unterwäsche getragen und sich mit einem x-beliebigen Parfüm eingesprüht: das alles für einen Jungen, der es nicht verdiente.

Aber da ist noch etwas. Die Preisliste der Sklavinnen wird extra detailliert angeführt. Eine Sklavin wie Veronika samt einem Dutzend extremer Dienstleistungen zu mieten kostet bis zu fünfzehn, zwanzig Bitcoins. Beim durchschnittlichen Wechselkurs der letzten Monate handelt es sich dabei um eine Summe zwischen siebzig- und achtzigtausend Euro. Wer kann so viel ausgeben, um eine wenn auch extreme Perversion auszuleben? Ein großer Verbrecher oder ein Stinkreicher. Doch warum sollte ein Krimineller für etwas zahlen, was er mit Gewalt ohnehin bekommt? Also ein Stinkreicher. Doch auch hier gilt: Es gibt solche und solche Reiche. Unser Mann ist Italiener oder lebt in Italien. Und er entscheidet sich für diese Website, weil sie ihm fast völlige Anonymität zusichert. Wahrscheinlich verwendet er auch für die Bitcoin-Transaktionen einen Strohmann.

Alba weiß, dass sie übereilte Schlüsse zieht. Sie weiß, dass ihre Schlussfolgerungen einer genauen Prüfung nicht standhalten würden. Doch sie weiß, dass sie auf dem richtigen Weg ist. Und dabei handelt es sich nicht um die überstrapazierte „weibliche Intuition". Sie denkt gewissermaßen so, wie der Sadist denkt. Sie spiegelt gewissermaßen seine Gedankengänge. Ich will eine Sklavin, ich will eine schöne, ich will mich mit ihr unterhalten können, und ich will über ihr Schicksal entscheiden.

Der Stinkreiche hat Veronika nicht selbst umgebracht. Er hat sie jemandem übergeben, der sie umbringen sollte. Einige Jahre davor hat er Arielle jedoch eigenhändig umgebracht. Das ist eine umgekehrte Entwicklung zu der üblichen. Ein Serienmörder, der bei der Wahl seiner Opfer immer wählerischer wird und von der Tat an und für sich Abstand nimmt. Als ob er eine einzigartige Entzugstherapie machte. Was kann diese Änderung bewirkt haben? Reue? Nein. Dann hätte er das Opfer gehen lassen, es nicht lebendig den Pandilleros übergeben. Nehmen wir also an, es handle sich um jenen Typ von Wahnsinnigem, der als „hedonistischer Kontrollfreak" beschrieben wird. Er genießt es, Schmerzen zuzufügen. Er will nicht unbedingt töten. Wenn es doch passiert, dann ist es eben passiert. Irgendwann begreift er, dass er die Kontrolle über die einzige Person verliert, die ihn interessiert: über sich selbst. Er ist zum Sklaven seiner mörderischen Impulse geworden. Im Gegensatz zu den meisten Serienkillern ist er kein wildes Monster, kein Freak. Er ist ein brillanter, erfolgreicher Mensch. Er weiß, er muss sich von diesem Joch befreien. Und er beginnt eine Entziehungskur. Veronika und solche wie sie sind sein Methadon. Eines Tages, sagt er sich, werde ich aufhören, denn ich brauche es nicht mehr.

Doch ein Teil seiner selbst weiß sehr gut, dass dieser Tag nie kommen wird.

Deshalb wirst nicht du „Es reicht" sagen. Ich werde dich ausschalten, du Arschloch.

Von der Straße dringt eine Art Gesang herauf. Er muss sehr laut sein, denn er dringt sogar durch die doppelten Fenster. Alba geht über die leeren Gänge, an denen sich die Verschläge der Labortechniker befinden, nimmt einen Nebenausgang und tritt auf die kleine

Terrasse hinaus, auf der die Kollegen für gewöhnlich rauchen. Sie tritt auf den Balkon, der von einer nassen Schicht bedeckt ist, der Vorankündigung von Schnee. Ein Grüppchen von zehn, zwölf Menschen, Männer und Frauen, lauter Erwachsene, steht unter einer Straßenlaterne, neben zwei Autos mit laufendem Motor. Kirchenmusik dringt aus einer Stereoanlage. Die Männer und die Frauen umarmen einander, wünschen einander ein letztes „Fröhliches Weihnachten"; vielleicht kommen sie gerade von der Mitternachtsmesse. Wärme, Anteilnahme, Glück.

Alba denkt, sie wird niemals so einer Gemeinschaft angehören.

Vielleicht wird sie nie einer Gemeinschaft angehören.

Doch eigentlich ist ihr das ganz egal.

Ihr letzter Gedanke am Weihnachtsabend gilt Biondo.

Doch nicht seinetwegen kehrt sie erfrischt an die Arbeit zurück.

Ihretwegen.

VI.

Am Silvesterabend spielt Sax in Conos Wochenendhaus in den Bergen in Campaegli, im Parco dei Monti Simbruini, vor einer kleinen ausgewählten Gästeschar des Generals seine Version von *In a Sentimental Mood* von Duke Ellington. Am Ende der Darbietung gibt es überzeugten Applaus. In Sax' Augen ist es allerdings ein schwacher Applaus, er erholt sich gerade von seiner Niederlage und beneidet Cono um seine Kälte oder besser gesagt seine Unverschämtheit, mit der er jedes Problem, egal ob groß oder klein, in Angriff nimmt und bewältigt.

„Er ist wirklich gut!"

„Ja, mein Schwiegersohn ist ein Virtuose, nicht wahr, Gianna? Deshalb nennt man ihn auch Dr. Sax."

„Ach ja!“

Rund um den Kamin im großen Salon sitzen ein paar Minister der neuen Regierung mit ihren jeweiligen Gefährtinnen, der Staatssekretär mit dem Boyfriend-von-dem-niemand-wissen-darf und zwei Paare, mit denen Cono seit Urzeiten befreundet ist, einem ungefähr sechzigjährigen Architekten und einem Anwalt, in Begleitung ihrer Gattinnen. Zwei Stützen der Divisione Nera, die mit dem General in tiefer Freundschaft oder besser gesagt Bruderschaft verbunden sind.

Es fehlt auch nicht der Finanzier Aldo Silla, in Begleitung einer bekannten Theaterschauspielerin und seines Faktotums William Negrete, der wie immer allein und in sich gekehrt ist.

Keine zufälligen Gäste.

Cono macht nie etwas ohne Absicht. Silvester ist bloß ein Vorwand, um zwei Truppen der alten und der neuen Garde zusammenzubringen und gemeinsam eine neue Allianz zu schmieden: zwischen jenen, die geschworen hatten, alles Alte hinwegzufegen, sich jetzt jedoch arrangieren müssen, und den unsterblichen Veteranen wie dem General. Und wie sehr die neuen Regierenden auch eine Form wohlerzogener Distanz vorspielen, ist es dennoch unleugbar, dass der eben unterschriebene Vertrag dank der Mithilfe Conos und seiner Berater ein wunderbares Willkommensgeschenk ist. Waffenlieferungen für drei lateinamerikanische Länder, und das fünfundzwanzig Jahre lang. Die Gegenleistung: eine Rieseninvestition des Fondo Bravo, eines überaus finanzkräftigen Fonds, in Italien. Ein Triumph für die neue Regierung. Sauerstoffzufuhr für die Konten. Conos endgültige Heiligsprechung, sogar in den Augen der Neuankömmlinge.

Der Fondo Bravo ist Silla.

Diese Information ist offen zugänglich.

Das Kapital, das den Fonds speist, stammt zum Großteil von den Freunden William Negretes.

Das hingegen ist eine sozusagen heikle Information.

Ein Teil des Geldes ist auf das Konto der Divisione Nera gewandert.

Das ist eine geheime Information.

Ein Teil des Geldes ist als Provision auf das private Konto des Generals gewandert.

Das ist eine entschieden geheime Information.

Cono sagt, *In a Sentimental Mood* sei ein Plagiat von *Munasterio 'e Santa Chiara*. Silla erwidert mit seinem unwiderstehlichen Lächeln, der Song des Duke stamme aus dem Jahr 35, der neapolitanische Schlager hingegen sei zehn Jahre später entstanden. Allenfalls habe Neapel Harlem kopiert. Der Architekt und der Anwalt geben Cono recht. Die Damen gähnen. Die Regierungsmitglieder sind zu jung und zu ungebildet, um zu verstehen, worum es bei dem Streit geht. Luisella kommt aus dem ersten Stockwerk herunter, nachdem sie den Kleinen schlafen gelegt hat. Negrete küsst ihr galant die Hand. Cono öffnet eine Champagnerflasche nach der anderen.

Sax' Handy vibriert. Eine Nachricht von Alba: „Komm raus, ich muss mit dir reden."

Sax blickt sich um und verlässt unauffällig den Salon.

Auf dem Vorplatz parken die Autos der Minister. Zwei Securitys wachen abwechselnd, während die anderen in der Küche des Hauses bewirtet werden. Sax grüßt die rauchenden Wachen, die aufspringen. Ihn friert, er trägt nur Sakko und Krawatte. Idiot. Er sollte hineingehen und sich was Warmes anziehen. Doch Alba hat noch ein SMS geschickt: „Links, in Richtung des Wäldchens." Sax folgt ihren Anweisungen.

Scheinwerfer blinken, Sax geht hin. Alba steigt aus einem Fiat 500X mit der Aufschrift einer Leihwagenfirma. Sie trägt einen zerschlissenen Parka und hat rote Augen.

„Ist etwas mit Biondo?", fragt Sax beunruhigt.

„Nichts Neues. Ich bin aus einem anderen Grund hier. Nimm das." Sie lässt einen USB-Stick in Sax' eiskalte Hände gleiten.

„Was ist das?"

„Das habe ich gefunden."

„Was denn?“

„Die Seite. Und Veronika. Ich habe alles gefunden. Es ist da drauf.“

„Und warum gibst du es mir?“ Sax ist aschfahl, sein Herz rast.

„Für den Fall, dass mir etwas passiert.“

„Dass dir … Was sollte dir passieren? Würdest du mir das bitte erklären?“

„Um zwei fliege ich nach London. Ich treffe den Typ, der Veronika an ihren Peiniger verkauft hat.“

„Veronika?“

„So hieß sie. Oder besser gesagt, so nannte sie sich.“

„Hör zu, ich erfriere beinahe und verstehe nicht, wovon du sprichst.“

„Wundert mich nicht, dass du in diesem Jäckchen fast erfrierst. Komm, steigen wir ins Auto.“

Im Auto ist es warm und Sax hört auf zu zittern.

Die Kälte war hilfreich, Alba etwas vorzumachen. Alba hat also das Mädchen und die Seite gefunden, auf der sie ihre Dienste angeboten hat. *Luxuryslaves* hat seinen Sitz in London. Sie hat die Seite eine Woche lang gehackt und ist so auf den Zuhälter, einen gewissen Zoltan, gestoßen.

„Wir treffen uns am Abend des 3. in einem Pub in Clerkenwell.“

„Du bist verrückt.“

„Es gab zwei Möglichkeiten. Entweder mich als Kunde auf der Suche nach einer Sklavin oder als Sklavin auf der Suche nach Arbeit ausgeben. Ich habe mich für die zweite entschieden.“ Alba holt ein Kuvert aus dem Handschuhfach und zeigt es ihm. Es enthält eine Reihe von Fotos, auf denen sie halbnackt und im Latex-Overall zu sehen ist. An einen Marterpfahl gefesselt. An einen Pranger. Mit einem Ball zwischen den Kiefern.

„Bist du völlig übergeschnappt?“

„Alba Nera Slave. Beeindruckend, nicht wahr? Im Netz findest du Dutzende solcher Anzeigen. Die meisten auf offiziellen Seiten und ein paar im Darknet. Natürlich habe ich eine IP-Adresse hinzugefügt. Das alles habe ich zu Hause erledigt, um unserer Direktion keine Probleme zu machen. Aber ich habe eine ziemlich glaubwürdige Legende gebastelt. Sicher, wenn jemand nachforscht, würde er mich ausfindig machen, doch wenn ich schnell genug bin … Ich werde diesen Zoltan treffen und herausfinden, an wen er Veronika verkauft hat. Und dann wird die Sache ernst."

„Alba, du bist übergeschnappt. So was … und dann in London. Dieser … wie heißt er noch mal?"

„Zoltan."

„Dieser Zoltan könnte dich vergewaltigen, er könnte ein Mörder sein und …"

„Mach dir keine Sorgen. Ich kann mich verteidigen."

„Du kannst das auch anders erledigen. Schreib einen Bericht, beziehungsweise schreiben wir ihn gemeinsam, und dann stellen wir einen Antrag auf Amtshilfeverfahren, wie es sich gehört. Wir könnten Interpol um Hilfe bitten …"

„Nein."

„Was heißt *nein*?"

„Immer wenn wir so vorgegangen sind, waren uns die Bösen einen Schritt voraus. Das war bei Veronika der Fall, Biondo liegt im Sterben … Nein, ich und du, wir müssen die Sache lösen. Allein. Nicht auf offiziellem Weg."

„Alba, mach keine Witze. Du wirst doch nicht glauben, dass ich nach London fliege und …"

„Das habe ich nie gesagt. Ich brauche nur eine Kontaktperson. Einen Freund, der mich im Notfall aus dem Schlamassel rettet. Jemand, dem dein Wort genügt, damit ich nicht allzu viele Erklärungen abgeben muss. Du hast zwei Tage Zeit. Am 3. muss alles fertig sein. Ich rechne damit. Das bist du mir schuldig. Und auch Biondo. Ruf mich an, wenn du es erledigt hast. Und jetzt geh zu deiner Party zurück. Ich gehe zu Bett, ich bin todmüde."

Sax murmelt einen Gruß und der Fiat verschwindet über die Kurven, die nach Cervara hinunterführen. Er beschließt hineinzugehen, bevor ihn die Kälte umbringt.

Wie nahe ist Alba der Wahrheit?

Wie hoch ist die Wahrscheinlichkeit, dass sie diesem Zoltan kompromittierende Informationen entlockt?

Wie gefährlich ist sie?

Wie kann er sie aufhalten?

Cono steht auf der Schwelle. Er scheint auf ihn zu warten. „Du hättest deine Freundin bitten können, sich zu uns zu gesellen."

„Das hätte nicht gepasst", seufzt er und fragt sich zum x-ten Mal, wie dieser Mann alles wissen kann.

„Muss ich mir Sorgen machen?" Cono mustert ihn mit dem Blick von jemandem, der sich keine Märchen erzählen lässt.

Genau in diesem Augenblick hat Sax eine Idee.

Wer sagt, dass man Alba aufhalten muss? „Es gibt wirklich kein Problem, Cono." Und diesmal klingt er so überzeugend, dass sogar der General es glaubt.

Im Hineingehen hakt sich Cono unter. „Hat Silla deiner Meinung nach recht? Haben wir Neapolitaner die Neger bei diesem Song imitiert?"

„Ich glaube schon, Cono, ich glaube schon."

„Auch egal. *Munasterio* ist ohnehin schöner!"

VII.

Der Fluss ist aufgrund der Regenfälle der letzten Tage angeschwollen, schlammig gelb und turbulent wie immer auf der Strecke kurz vor der Barriere der Isola Tiberina. Die Kälte hat die Möwen vertrieben, die wenigen Obdachlosen, die die letzte Kältewelle überstanden haben, drängen sich in ihren prekären Unterständen, saufen nicht nur Wein aus den billigen Tetra Paks, sondern auch Hoffnung.

Und hoffen, erst am nächsten Tag wieder aufzuwachen.

Kommissar Ceglia geht das Flussufer entlang und raucht seine letzte Zigarette.

Er ist schmutzig, hat einen langen Bart, stinkt. Sechs Tage wohnte er in einer Wellblechbaracke in der Siedlung, die an der Via Palmiro Togliatti entstanden ist. Mit einer zahnlosen und halb dementen Alten als „Mitbewohnerin", die in einer unverständlichen Sprache Litaneien sang. Als die letzte Bohnen- und Zichorieration zu Ende war, hat er auf den Genuss ihrer Gesellschaft verzichtet. Seit zwei Nächten schläft er im Freien unter der Brücke. Er hat das neue Jahr begrüßt, indem er einem Betrunkenen die Decke weggenommen hat. Als er festgestellt hat, dass sie voller Ungeziefer ist, hat er ihn fast erschlagen.

Es war eine Dummheit, einen Kollegen zu erstechen.

Ramon wegen dem Mexikaner zu erstechen war eine sehr große Dummheit.

Mit dem Mexikaner zusammenzuarbeiten war die allergrößte Dummheit.

Kommissar Ceglia möchte sein altes Leben zurückhaben. Sein ödes Leben eines Bullen, der ein wenig korrupt, aber nicht allzu korrupt war, der gewalttätig, aber letzten Endes vernünftig war, der verrückt, doch letzten Endes sympathisch war. Ein Mörder, ja, aber kein Mörder ohne Grund.

Einer wie viele.

Es ist jedoch anders gekommen.

Der Mexikaner hat ihm angeboten auszuwandern, er hat ihm ein Flugticket, einen funkelnagelneuen Pass und eine Arbeit angeboten. Ceglia hat abgelehnt.

„Einigen wir uns auf eine wasserdichte Version. Ich will wieder in den Dienst zurück."

„Du bist verrückt. Du hast fast einen Kollegen umgebracht. Sie suchen dich wie tollwütige Hunde."

„Es war Notwehr."

„Blödsinn."

„Deine Freunde könnten uns helfen."

„Von welchen Freunden sprichst du?"

„Komm schon, das weißt du sehr gut. Glaub nicht, dass ich so dumm bin. Ich weiß, wer du bist und was du machst. Und ich weiß auch von deinen Freunden. Ich könnte alles erzählen, wenn du mich nicht aus dem Schlamassel rausholst."

„Dann erlebst du den morgigen Tag nicht mehr."

„Wetten wir?"

Der Mexikaner hat ihn scheel angelächelt. Der Mexikaner hat zu ihm gesagt: „Warte ein paar Tage, versteck dich, dann sehen wir, was sich machen lässt."

Die Tage sind vergangen. Ohne Nachrichten. Ceglia hat sogar überlegt, sich zu stellen. Er hätte genug Geschichten zu erzählen. Es waren keine leeren Drohungen. Der Mexikaner hat gewisse Dinge gemacht, und er hat sie gesehen. Und es gibt noch viele mehr, die er nur ahnt. Die er sich zusammengereimt hat.

Nur wegen dem Koks ist er kein vorbildlicher Polizist geblieben.

Jetzt hingegen ist er das schwarze Schaf. Dabei gibt es oben, ganz oben, viel Schlimmere!

Die letzte Zigarette ist aus.

Letzten Endes hat er sich doch nicht gestellt. Der Mexikaner hat angerufen. Oder besser gesagt, jemand hat in seinem Namen angerufen. Man könne eine Lösung finden, hat die Stimme gesagt. Und sie haben ein Treffen am Flussufer vereinbart.

Ceglia weiß nicht so recht, ob er ihm trauen kann, doch angesichts der Situation, in der er sich befindet …

Wenn er wenigstens eine Pistole bei sich hätte … doch der verdammte Romani hat ihn überrascht, als er noch nicht mal den Dienst angetreten hatte.

Er hat jedenfalls sein Messer bei sich, das lässt einen nie im Stich.

„Kommissar? Ceglia?"

Er hat ihn nicht kommen sehen, er geht sofort in Deckung. Er packt das Messer und hält es vor sich hin.

Der Mann ist unter vierzig, hat ein etwas schlaffes, aber freundliches Gesicht. Seine Hände stecken in den Jackentaschen. Ceglia ist noch immer auf der Hut, doch etwas entspannter.

„Und? Was hat der Mexikaner entschieden?“

„Der Mexikaner wünscht dir ein gutes neues Jahr“

Die rechte Tasche hebt sich, vibriert, zuckt. In der Brust des Polizisten klaffen zwei Löcher. Ceglia kreist um die eigene Achse, breitet die Arme aus, fällt mit dem Gesicht voran auf die feuchten Steine.

Ugo Ippoliti bückt sich, um die Halsschlagader zu fühlen. Sie pulsiert noch. Mit der behandschuhten Hand holt er eine Smith & Wesson aus der Tasche, die er sich vor ein paar Stunden in der Kammer der Spurensicherung besorgt hat, legt sie an Ceglias Schläfe und gibt ihm den Gnadenschuss. Der Körper zuckt noch einmal, dann nichts mehr. Ippoliti legt die drei Patronenhülsen neben die abgenutzten Schuhe des verblichenen Jurado. Dann steckt er die Waffe ein und geht in die Nacht davon. Noch immer fällt ein hartnäckiger, lästiger Regen.

VIII.

Die Reisetasche ist fast fertig gepackt. Sie enthält einen Latex-Overall, einen winzigen Minirock, Netzstrümpfe, Reizwäsche, wobei der Ausdruck Reizwäsche untertrieben ist. Die Arbeitsutensilien der Hure, als die sie sich bei diesem Zoltan ausgeben wird. Der seine Sklavinnen in den Tod schickt. In zwei Stunden muss sie am Flughafen Fiumicino sein. Sax hat nicht zurückgerufen. Macht nichts. Es geht nur darum, die Vorsichtsmaßnahmen zu erhöhen. Oder ein Risiko mehr einzugehen.

Während sie einen Pullover aus Shetlandwolle anzieht – in London hat es sechs Grad unter null –, klingelt es an der Tür. Aus alter Gewohnheit packt Alba ihre Kaliber 22 und späht durch den Spion.

Sax und Ippoliti. Alba seufzt erleichtert und lässt sie herein. Ippoliti wischt sich die Schuhe auf der Matte ab, und als er über die Schwelle tritt, bückt er sich beinahe zum Zeichen der Unterwerfung. Ein Gedanke durchzuckt Alba: Ist es möglich, dass er nach den vielen Jahren noch immer in mich verliebt ist? Sie hat sich allerdings nichts vorzuwerfen, sie hat ihn in keiner Weise ermutigt, wenn der Zufall sie nicht wieder zusammengeführt hätte, hätte sie ihn sogar vergessen. Der arme Ippoliti!

Für Mitleid ist allerdings keine Zeit. Sax hat derweil sein rätselhaftes Lächeln aufgesetzt.

„Wenn du mir etwas zu sagen hast, dann sag es gleich, Sax. Sonst verpasse ich noch meinen Flug."

„Ich fürchte, es gibt Komplikationen."

„Wie bitte?"

„Du kannst nicht nach London fliegen."

„Wie willst du mich daran hindern, mein Lieber?"

Sax nickt Ippoliti zu, und der reicht Alba eine Mappe. Darin liegt das Farbfoto eines gut aussehenden, ungefähr dreißigjährigen Mannes mit slawischen Zügen.

„Das ist dein Mann. Zoltan Marko, Kroate, sechsunddreißig Jahre, vorbestraft wegen Raubüberfall und Drogenhandel. Eine Zeit lang war er auch bei uns, im Nordosten, tätig. Er leitete einen Escortservice in der Gegend von Treviso."

„Na und?"

„Weißt du, was passieren wird, wenn du nach London fliegst? Am Flughafen Heathrow werden zwei elegante Herren im Anzug auf dich zutreten, mit steinerner Miene und ohne Erklärung werden sie dich in die erste Maschine zurück nach Italien setzen. Dann wirst du einen eingeschriebenen Brief bekommen, in dem dich eine britische Behörde auffordert, das Ticket zu bezahlen. Du kannst natürlich mit Kreditkarte, in Euro oder Pfund Sterling bezahlen. Letzteres wäre ihnen lieber. Du weißt ja, die Engländer und die Europäer sind gerade nicht so gut aufeinander zu sprechen."

Alba beginnt etwas zu ahnen. „Sag mir, es ist nicht so, wie ich denke! Er steht unter Schutz!"

Sax zerstreut ihre letzten Zweifel. „Er ist ein Informant von Scotland Yard. So gut wie unberührbar."

Alba wirft die Mappe zornig von sich. Das Foto segelt spöttisch auf einen Sofatisch, kommt zwischen stirnrunzelnden Wachsbuddhas und dem letzten Roman von Edna O'Brien zu liegen.

Ihr erster Gedanke: „Jetzt ist es aus." Doch der dauert nur einen Augenblick. Alba wird nie klein beigeben. Sie muss Zoltan sehen. Auch wenn er unberührbar ist. Vielleicht kann sie die richtigen Argumente auf den Tisch legen und ihm einen Namen entlocken.

„Ich habe verstanden, Sax. Rufen wir deine englischen Freunde an und organisieren wir ein Treffen. Zu ihren Bedingungen. Zoltan ist mir egal. Das weißt du und das weiß auch er, wenn es mir gelingt, mit ihm zu reden."

„Schon erledigt." Sax lächelt engelsgleich. „Sie erwarten dich in East Coker, in Somersetshire. Der Flug geht am Nachmittag."

Sax hat sich also einen Spaß gemacht. Er hat ein kleines Spiel eingefädelt. Will er, dass sie ihm unter Ippolitis feuchtem Blick dankt, ihn lobt, preist?

„East Coker", flüstert Alba mit einstudierter Konzentration. „Wer hätte sich das gedacht! Unser Sklavenhändler ist gebildet!"

Weder Sax noch Ippoliti verstehen die Anspielung. Alba bietet ihnen eine Tasse Tee an. Ippoliti nimmt begeistert an und folgt ihr in die kleine Küche. Er heftet sich auf ihre Fersen, seine Nüstern zittern, um den zarten Zimtgeruch ihres Parfüms einzuatmen.

Vom Flughafen Bristol nach East Coker fährt man fünfzig Minuten auf einer Landstraße. Alba legt sie an Bord das roten Ford Fiesta von Penny Blower zurück, der englischen Polizistin, die sie eskortiert und die ihr laut Sax dabei helfen soll, Zoltan zu einem Gespräch zu bewegen. Penny ist eine farblose Blondine, so sinnlich wie eine gekochte Kartoffel. Als Alba sie von Sax hat grüßen lassen, hat sie kurz

Interesse gezeigt. Aber nur einen Augenblick lang. Alba fragt sich, ob Sax mit ihr ins Bett gegangen ist. Er scheint auf graue Mäuse zu stehen, also vielleicht ja. Während sie langsam über die enge Straße fährt und man vor dem Fenster nur den monotonen Tanz der Regentropfen sieht, erklärt Penny Alba die Regeln der Abmachung. Zoltan hat sich freiwillig bereit erklärt, die italienische Polizei zu treffen, doch er hat ihr gegenüber absolut keine Verpflichtung. Gewalt oder psychologischer Druck sind nicht erlaubt. Schimpfwörter und Drohungen sind nicht erlaubt, Alba darf ihm auch nicht Geld oder Sonstiges anbieten. Penny wird während des ganzen Gesprächs anwesend sein.

„Ihr kümmert euch aber gut um diesen Zoltan."

„Er hilft uns bei einer großen Ermittlung", flüstert die kleine Engländerin in ihrem Italienisch, das immerhin verständlich ist.

Alba sagt nichts. Sie wusste, dass es nicht einfach sein würde. Doch die Hoffnung stirbt zuletzt.

„East Coker", verkündet Penny und biegt auf die Allee ein, die zu einem Dorf mit massiven Steinhäusern führt.

„In my beginning is my end", rezitiert Alba leise. *„In succession houses rise and fall, crumble, are extended, are removed, destroyed, restored, or in their place is an open field, or a factory or a by-pass."*

Aus dem Dorf East Coker sind die Eltern von T. S. Eliot in die Emigration aufgebrochen. Ihre Kollegin scheint unbeeindruckt. Sie parken vor einem Pub. Helles Licht und Volksmusik empfangen sie. Penny begrüßt so gut wie alle Anwesenden. Neugierige Blicke richten sich auf Alba. Penny öffnet eine kleine Tür neben der Theke. Eine Holztreppe, ungefähr zwanzig Stufen. Sie gelangen in ein bequemes Zimmer, ein Feuer im Kamin verbreitet wohlige Wärme. Ein gut aussehender Mann sitzt in einem Samtfauteuil, mit einem Pint Bier in der Hand. Er ist wohl über eins neunzig groß, trägt eine schwarze Samtjacke, seine Haare sind blond-brünett, sein Bart ist gewollt ungepflegt, unter dem Kragen des Armani-Hemdes lugt ein Tattoo hervor, goldene Armbänder. Etwas Viriles und zugleich Tröstliches geht von ihm aus.

Für einen Menschenhändler besitzt er viel Charme.

Wenn Alba nicht wüsste, womit er sein Geld verdient, fände sie ihn sogar sympathisch. Penny macht ihr ein Zeichen, sie solle sich auf den eher unbequemen Stuhl gegenüber dem Fauteuil setzen. Sie bleibt jedoch stehen. Sie informiert Zoltan, dass er das Recht zu schweigen hat.

Zoltan grinst breit. „Was ich sagen kann, sage ich gern", sagt er auf Italienisch, mit kaum merklichem slawischen Akzent. „Ich mag Italien und die Italiener. Wir sind Freunde."

Penny erstarrt. Ihr wäre es sicher lieber, wenn das Gespräch auf Englisch stattfände. Zoltan beruhigt sie mit einer Geste. Alles in Ordnung, meine Schöne. Zoltan blickt so gelassen drein wie jemand, der die Situation unter Kontrolle hat.

Alba würde ihm das Lächeln gern in den Hals stopfen. Sie beherrscht sich und fragt ihn ebenfalls lächelnd, worin seine Arbeit besteht.

„Ach, ich bin Geschäftsmann, Signora."

„Was für Geschäfte?"

„Kennen Sie das Gesetz von Angebot und Nachfrage? Ich bringe Leute, die etwas brauchen, mit jenen zusammen, die etwas liefern können."

„Liefern Sie jenen, die etwas brauchen, manchmal auch etwas persönlich?"

„Könnten Sie sich bitte etwas genauer ausdrücken?"

Alba hat einen kleinen Koffer bei sich. Er enthält ein paar Notizen und viele Fotos. Sie fischt die von Veronika heraus und reicht sie der Engländerin. „Die würde ich gern unserem Freund zeigen, Penny."

Als sie die ersten beiden Fotos betrachtet, überzieht eine starke Röte ihre Wangen.

„Is it necessary?"

„Ja, Penny, ich bitte dich." Alba hat einen warmen, fast komplizenhaften Ton angeschlagen. Sie ahnt, dass der Anblick der Fotos, die nicht einmal die brutalsten sind, etwas bei Penny bewirkt. Das ist eine Chance. Sie muss sie ergreifen.

Mit einem Nicken gibt Penny ihre Zustimmung. Jetzt hat Zoltan die Fotos. Er wirft mit gelangweilter Miene einen zerstreuten Blick darauf und nimmt einen Schluck Bier.

„Und, Herr Marko?"

„Und, Frau Polizistin?"

„Veronika. Ich nehme an, Sie haben sie erkannt."

„Veronika?"

„Eines der Mädchen von *Luxuryslaves*. Ihrer Website."

„Die Seite ist völlig legal."

Zoltan ist in der Defensive. Das erkennt Alba an einem leichten süßlichen Geruch. Gewiss ist sie die Einzige, die den Hauch wahrnimmt. Ein Verdienst der Dunklen Triade.

„Wenn sie wirklich legal wäre, befände sie sich nicht im Deep Web."

„Sie ist dort, weil mir Zahlungen in Bitcoin lieber sind. Heutzutage ist das sicherer."

„Veronika ist tot."

„Tut mir leid, aber was habe ich damit zu tun?"

Er weiß es.

Alba ist sich sicher.

Die Proxemik lässt ganz eindeutig eine Lüge vermuten. Auch Penny ist sich dessen sicher. Die englische Polizistin wirkt wie ein Vulkan kurz vor dem Ausbruch. Vielleicht hat sich Alba in Bezug auf sie geirrt. Vielleicht ist sie doch eine Verbündete.

„Ich würde gern den Namen des Kunden von Ihnen erfahren, Mister Marko, der bezahlt hat, um Veronika zu mieten."

Zoltan beginnt zu lachen und schlägt sich mit der Hand auf den Schenkel. Penny zuckt kaum merklich zusammen. Alba hat den Eindruck, dass sie drauf und dran ist, den Slawen zu verprügeln. Wenn sie keinen Fehler macht, wird es ihr vielleicht gelingen, ihr Vorhaben durchzuführen. Und die Engländerin wird ihr dabei helfen.

„Tut mir leid“, sagt Zoltan, als er sich wieder gefasst hat, „aber das ist ein Berufsgeheimnis. Die Kunden vertrauen mir, ich darf ihr Vertrauen nicht enttäuschen.“

Alba reicht Penny eiskalt die Fotos von Arielle. Sie wirft einen Blick darauf und schmeißt sie dann Zoltan auf den Schoß. Der Slawe wird von der Geste überrascht, er hat sich an die Gelassenheit der Engländerin gewöhnt.

„Look at these pictures please“, zischt Penny.

„Wir nannten sie Arielle, weil sie ein auffälliges Tattoo hatte“, erklärt Alba. „Und der, der ihr das angetan hat, hat Veronika dasselbe angetan.“

„Wie wollen Sie das wissen?“ Zoltan kommt langsam die Selbstsicherheit abhanden. Oder vielleicht ist sogar einer wie er fähig, Gefühle zu empfinden.

„Er hat dieselbe Technik, dieselben Knoten, dieselben Farben benutzt. Das muss ich dir wohl nicht erklären“, antwortet Alba, die ihn jetzt duzt. „Gewisse Kunden sind … Gewohnheitstiere …“

Zoltan scheint drauf und dran einzuknicken. Er bittet um die Erlaubnis zu rauchen. Penny nickt. Er zündet sich eine Zigarette an und hält Alba das Päckchen hin, sie schüttelt den Kopf. Es folgt ein tiefes Schweigen, nur die Stimmen aus dem Pub unten sind zu hören. Schließlich wirft Zoltan die Kippe in den Kamin und schüttelt den Kopf.

„Er nimmt das Mädchen, einverstanden, doch als er fertig ist, geht es Veronika gut. Dann trifft sie einen Falschen, der ihr wehtut.“

„Aber geh!“, sagt Alba ungeduldig, „das glaubst du ja nicht einmal selbst, Zoltan! Du weißt, wer es ist. Und du musst es uns sagen. Es geht hier nicht bloß um das Hobby eines reichen Perversen … wir sprechen von einem Mörder! Hilf mir, ihn aufzuhalten!“

„Tut mir leid, ihr könnt mich nicht zwingen. Ich habe nichts zu sagen.“

Penny wirft Alba einen Blick zu, der vor Gewalttätigkeit trieft. Ja, sie ist bei der Sache. Doch plötzlich werden ihre Züge sanft. Sie beißt sich auf die Unterlippe, und als sie Alba fragt, ob sie unten ein Bier holen könnte, lächelt sie sogar.

Die beiden Frauen blicken einander an.

Alba lächelt zurück.

„Okay, ich bin in fünf Minuten wieder da."

„Von mir aus in zehn", antwortet Penny und zeigt die Handflächen, um eindeutig zu sein.

Zoltan ahnt langsam etwas. Mit den Händen auf den Armlehnen wirft er sich im Sessel hin und her.

„Penny, don't play with me. We have an agreement …"

„No play", antwortet Penny aufmunternd. *„Just a beer. Alba, a pint of lager for me, please."*

„Ich bin gleich zurück."

Penny geht zu dem Slawen hin. Alba schließt leise die Tür hinter sich. Nach zehn Minuten kommt sie zurück, mit zwei Pints auf einem Tablett, auf dem das Wappen der Yeovil Town, der lokalen Fußballmannschaft, prangt. Es reicht ein Blick, der bittere Geruch, der im Raum hängt, und sie versteht, dass der Slawe klein beigegeben hat.

Zoltan sitzt mit weit aufgerissenen Augen da, in seinem Mundwinkel hängt ein Speichelfaden. Er atmet mühsam. Penny sagt einen Namen.

„Wie hast du das gemacht?"

Penny zuckt mit den Achseln. Alba trinkt ihr Pint in einem Zug aus und reicht Penny das ihre.

Die Engländerin schüttelt den Kopf. „Ich muss fahren. Gib es diesem Trottel, er braucht es."

Kaum sitzt sie im Fiesta, stürzt Alba sich auf das Tablet. Er hat jetzt einen Namen, sie kann es gar nicht erwarten, ihn im Netz zu suchen. Penny ist wie ausgewechselt, sie scheint sich von einer Last befreit zu haben, sie fährt lächelnd durch die Nacht, in der der ewige Regen Somersethires fällt.

Sie hat bekommen, was sie wollte. Einen Namen. Sie hat Sax versprochen, ihn in Echtzeit zu informieren. Doch ihre Neugier ist zu groß.

Immerhin hat sie den Namen in Erfahrung gebracht.

Alba öffnet Google Images und tippt den Namen ein.

William Negrete.

Der Bildschirm baut sich nur langsam auf, offenbar ist die Verbindung nicht allzu gut.

Ein kleiner dünner Mann mit traurigem Blick. Auch wenn er auf manchen Fotos in Gesellschaft wichtiger und berühmter Menschen zu sehen ist, hat er immer diesen traurigen Blick. Traurig und distanziert.

Doch es geht um etwas anderes.

Alba ist dem Mann bereits begegnet.

Am liebsten würde sie schreien.

Sie ballt die Fäuste. Sie murmelt einen Fluch. Sie schleudert das Tablet auf den Teppich zu ihren Füßen.

„Any problem, Alba?“, fragt die Engländerin.

„Nothing too hard, thank you“, wiegelt sie kalt ab.

Gleich darauf bereut sie ihre Reaktion. Ohne Penny hätte sie nichts erreicht.

„Du hast recht. Das Problem ist, ich bin ihm bereits begegnet.“

„The killer?“

„Ja. Vor zehn Jahren. Bei der Hochzeit eines Freundes.“

Der von Sax und Luisella.

Penny hat zwei Zimmer mit Verbindungstür im Sofitel gebucht. Jetzt, wo sie, wie sie sagt, „Freundinnen“ sind, gehen sie in ein japanisches Restaurant, eines der wenigen Lokale, das in der *food area* des Flughafens Bristol noch offen hat. Sie essen ein ordentliches Sashimi und trinken eine Flasche eiskalten Sake. Penny kann es gar nicht fassen. Sie hat etwas gemacht, wozu sie sich nie für fähig gehalten hat. Sie hat alle Regeln gebrochen. Es könnte schwere Konsequenzen für sie geben. Sie könnte sogar ihre Arbeit verlieren. Alba beschwichtigt sie. Zoltan, das Schwein, wird den Mund halten. Er hat viel zu große Angst vor dem Typ, dem er die Sklavin verkauft hat.

„Ich fühle mich jedoch großartig", lacht Penny, beschwipst.

„Du hast etwas in dir begraben und das wollte raus. Es musste passieren."

„Bist du auch Psychologin?"

„Eher psychotisch."

Auch Alba lacht. Aber es ist ein gezwungenes, wenig überzeugtes Lachen. Ein Teil ihres Hirns versucht die Informationen zu dem Namen zu verarbeiten. William Negrete. William Negrete und Sax. Verdammt. Beim Grünen-Tee-Eis vertraut ihr Penny an, dass sie mit dreizehn Jahren von ihrem Stiefvater missbraucht wurde. Das hat sie in sich begraben. Und als sie die schrecklichen Fotos gesehen hat …

Ungefähr um ein Uhr ziehen sie sich in ihre Zimmer zurück. Penny ist betrunken.

Sie umarmt Alba innig, ihr alkoholgeschwängerter Atem kriecht in ihr Ohr. Empfindet sie was für sie? Das fehlte noch. Aber nein. Sie will ihr nur etwas sagen.

„Houses lie and die: there is a time for building und a time for living and for generation, Alba!"

Mit den Versen Eliots bleibt Alba endlich allein.

Allein mit ihrer Seelenpein.

Keine Rede von Schlaf.

Fürs Erste ruft sie Sax an. „Leider war Freund Zoltan nicht sehr gesprächig."

„War es also ein Schlag ins Wasser?"

„Ich fürchte, ja. Aber unterhalten wir uns morgen."

Über so ein Thema spricht man nicht am Telefon, doch nicht aus diesem Grund belügt Alba Sax. Sie weiß nicht mehr, ob sie ihm vertrauen kann. William Negrete ist mit Sax so gut bekannt, dass er zu seiner Hochzeit eingeladen war. Alba versucht, die Situation rational einzuschätzen.

Es gibt verschiedene Möglichkeiten. Sax weiß nichts. Seit Jahren tanzt ihm ein Serienkiller vor der Nase herum und er hat keine Ahnung. Für die These spricht: Sax hat Albas Ermittlungen in keiner Weise behindert, ihr vielmehr zu der Begegnung mit Zoltan verholfen. Schlussfolgerung: Sax ist ein Trottel.

Zweite Möglichkeit: Sax deckt Negrete. Und wenn er ihn heute deckt, dann hat er ihn auch damals, zu Zeiten Arielles, gedeckt. Für die These spricht: Sax hat heute wie damals Zugang zu allen Ermittlungsdaten. Dagegen spricht: Er hat ihre Arbeit nicht behindert. Und da ist noch was. Nicht er hat den Condor Di Corrado erschossen. Biondo hat ihn erschossen. Bei einer derartigen Gemengelage würde ihn jedes Gericht freisprechen.

Hat Biondo Negrete gedeckt? Hat er den Condor erschossen, um gefährliche Ermittlungen zu behindern? Und ist er dann, erdrückt von Gewissensbissen, aus der Bahn geraten? Absurd. Gewisse Details würde kein Gericht durchschauen. Den Charakter der Personen zum Beispiel. Biondo ist großzügig und impulsiv, Sax kalt und berechnend, darin unterscheidet er sich nicht sehr von ihr. Wenn sie auf einen der beiden tippen müsste, würde sie augenblicklich auf Sax tippen.

Aber vielleicht macht es keinen Sinn, auf einen der beiden zu tippen. Sie könnten beide von einem Dritten benutzt worden sein. Aber warum ausgerechnet sie drei?

Alba, die mit wenig Make-up, unordentlichen Haaren, fiebrigem Blick aus einem Billigflieger steigt, der auf einer peripheren Landebahn in Fiumicino gelandet ist, ist kaum wiederzuerkennen. Sie ist sauer, weil sie keine Gewissheiten hat, und wer keine Gewissheiten hat, hat die Situation nicht unter Kontrolle. Und sie hasst es, die Kontrolle zu verlieren.

Knapp neben der Gangway steht eine Limousine mit getönten Fensterscheiben.

Ippoliti winkt ihr grüßend zu und bittet sie einzusteigen.

Alba setzt sich auf den Hintersitz.

Sax empfängt sie mit zweifachem Kuss auf die Wange.

Einen Augenblick später legt er ihr Handschellen an.

Alba bricht in ein spöttisches Lachen aus.

Sax. Sie hätte ihrem Instinkt vertrauen sollen.

IX.

Eine Woche vor der Hochzeit mit Luisella tranken Cono und Sax einen erbärmlichen Kaffee in der Halle des *Museo Nazionale del Cinema* in Turin. Cono bewunderte die mächtige Statue des monströsen geflügelten Gottes mit weit aufgerissenem Mund.

„Stell dir vor, Gianna', die Statue wurde vor mehr oder weniger hundert Jahren extra für einen Film, *Cabiria*, hergestellt, das Drehbuch hat niemand Geringerer als Gabriele d'Annunzio geschrieben, der Seher! Der Hurensohn! Übrigens der erste Film überhaupt, der einem Präsidenten der Vereinigten Staaten im Weißen Haus gezeigt wurde! Aber nicht das ist das Interessante daran …"

Um die Wahrheit zu sagen, hatte es in diesen zwei Tagen in Turin nur wenig Interessantes gegeben. Abgesehen vielleicht von den gefüllten Teigtaschen und den Trüffeln, nach denen Cono verrückt war und in deren Kult er Sax eingeführt hatte. Ansonsten tödliche Langeweile. Cono war offiziell eingeladen worden, an einer Konferenz über den Frieden im Mittelmeerraum teilzunehmen, einer Konferenz ausschließlich für geladene Gäste, zu denen Sax nicht gehörte. Deshalb irrte er seit eineinhalb Tagen zwischen der Mole Antonelliana, dem Valentino-Park, den Arkaden und der Po-Promenade herum. Turin war eine schöne Stadt, trotz des wenig anregenden Klimas, doch nach zwei, drei Spaziergängen, und bei dem ständig grauen Himmel und dem schneidenden Wind … nein, danke.

„Puh, der Kaffee schmeckt scheußlich. Also, was sagte ich gerade ... das Interessante ist, dass die Statue den Moloch darstellt. Eine weit verbreitete Gottheit, die sowohl von Ägyptern, Israeliten, Ismaeliten, Kanaanitern, Phöniziern und einigen mehr verehrt wurde. Lauter Völker, die sich seit mehr als zweitausend Jahren wegen eines Stücks Land abschlachten oder, schlimmer, weil sie sich nicht einigen können, wessen Gott der bessere sei. Doch in einem bin ich einverstanden: Alle stehen auf diese hässliche Kannibalenfresse. Ja, denn offensichtlich mag Herr Moloch Menschenopfer, vor allem zartes Kinderfleisch."

„Stehen?"

„Ja, sie sind in sie vernarrt. Verliebt. Sie haben ein Faible für den Menschenfresser. Der x-te Beweis für die unglaubliche Dummheit des Menschengeschlechts."

Die Konferenz, sagte Cono, sei nur ein Ablenkungsmanöver. Der wahre Grund des Treffens war eine akademische Zusammenkunft, bei der Wissenschaftler aus der ganzen Welt über den Moloch-Mythos sprachen. Doch auch diese Konferenz war nicht wirklich wichtig. Wichtig war, dass man am Rande des Treffens ein Round-Table-Gespräch organisiert hatte. Zwei der fünf Teilnehmer, zwei junge Akademiker, einer aus Israel und der andere aus dem Iran, waren nicht gekommen, sie hatten beide eine lakonische Absage geschickt.

„Und willst du wissen, warum, Gianna'? Warum sie nicht aufgetreten sind? Weil das Round-Table-Gespräch woanders und mit mir als Vermittler stattfand. Nicht wegen der hässlichen Kannibalenfresse. Aber um herauszufinden, ob es eine Möglichkeit gibt, dass diese zwei zutiefst verfeindeten Länder zumindest imstande sind, sich an einen Tisch zu setzen und ein Massaker ... eine Bombe ... einen Krieg zu vermeiden ..."

Ein Israeli und ein Iraner. Beide Mitglieder der jeweiligen Dienste. Beide Anhänger der pazifistischen Fraktionen und nicht der Kriegstreiber. Und Cono in der Rolle des großen Mediators.

„Was übrigens unsere Spezialität ist. Die Vermittlung, vor allem in dieser Region. Sicher, hin und wieder taucht irgendein Trottel auf, der sich einbildet, harte Politik machen zu müssen. Was bedeutet: vor dem Großen Weißen Vater in Washington in die Knie zu gehen. Wer uns für Schlaumeier hält, muss erkennen, dass sein Vertrauen in uns in keiner Weise wächst, und die, die hingegen wissen, dass wir aufgrund unserer anarchischen Gerissenheit einzigartig sind … denken allmählich: ‚Du willst den Amerikaner machen?' und versuchen uns loszuwerden. Doch zum Glück haben sie nicht Bestand."

„Wie ist es mit der Vermittlung gelaufen?"

„Wie immer ist es zu keiner Einigung gekommen. Aber … aus unserer Perspektive … haben wir die Beziehungen zur aufstrebenden Führungsklasse gestärkt. Anders gesagt, zu jenen, die morgen schon die Geschicke in die Hand nehmen könnten … und außerdem vorteilhafte Verträge mit den einen und den anderen geschlossen, das schadet nie …"

„Aber warum erzählst du mir das alles? Das müsste doch geheim sein?"

„Theoretisch und praktisch, mein Sohn. Doch du gehörst bald zur Familie, also sollst du es wissen."

X.

„Bei dieser Gelegenheit habe ich zum ersten Mal von der Divisione Nera gehört", sagt Sax. Er reicht Alba eine Tasse heiße Schokolade und nimmt ein Croissant von einem Tablett aus Karton.

Ippoliti hat sie in ein kleines, hässliches und kaltes Büro in einem Seitentrakt der zivilen Luftfahrt gefahren.

Alba hebt die Hände in Handschellen. „Ist dieses Theater wirklich notwendig?"

„Ich weiß nicht, wie sehr ich mich auf dich verlassen kann."

„Dann hast du recht. Es ist notwendig."

Höchst konzentriert, um ihm keinen auch noch so geringen Vorteil zu verschaffen, nimmt sie die Tasse und macht einen Schluck. Sie verschüttet keinen Tropfen. Dann nimmt sie ein Creme-Croissant und beißt hinein.

„Rede weiter, Sax."

„Ich kann nicht allzu sehr in die Details gehen, doch kurz gesagt gibt es die Divisione Nera gar nicht."

„Sehr gut."

„Offiziell gibt es sie nicht. Doch wir haben Büros und ein allerdings sehr karges Organigramm. Eigentlich … finanzieren wir Operationen, die der Staat unbedingt ausführen möchte, zu denen er sich offiziell jedoch nicht bekennen kann."

„Was seid ihr genau? Eine Art italienisches *Spectre?*"

„Ich antworte dir mit Conos Worten: Wir sind eine Art Ermöglicher."

„Ich bitte dich!", erwidert sie verächtlich und provokant.

Sax ist jedoch fest entschlossen, sich nicht provozieren zu lassen. „Du kannst dir gar nicht vorstellen, wie viele Attentate wir vereitelt haben. Ohne dass es jemand je erfahren hat. Wie viele Undercoveragenten wir in die brutalsten terroristischen Organisationen, auch den IS, eingeschleust haben. Wie viele ausländische Agenten wir rekrutiert haben …"

„Das hast alles du gemacht?"

„Ich? Weder ich noch Cono haben jemals Derartiges gemacht. Wir ermöglichen, dass es andere machen. Wir erleichtern ihre Aufgabe."

„Wie?"

„Wir lukrieren die Mittel."

„Und zu diesem Zweck deckt ihr Leute wie William Negrete?"

Sax schüttelt den Kopf. Er flüstert ehrlich betrübt: „Nicht ihn, Alba. Wir decken nicht ihn."

XI.

Nachdem sie das Filmmuseum besichtigt hatten, bestand Cono darauf, den Unterricht in einem historischen Restaurant auf der Piazza Carlina, bei einem traditionellen *Vitello tonnato* und zwei Gläsern Nebbiolo, weiterzuführen. „Ein Wein für Kerkermeister, laut Stendhal."

„Ein Zitat nach dem anderen. Ich werde bald davon betrunken sein, Cono."

„Zitate sind in bestimmten Zusammenhängen nützlich, zum Beispiel bei französischen Diplomaten, japanischen Kulturattachés, gelehrten Persern. Aber wenn du es wagst, bei einem Engländer oder einem Amerikaner ein Zitat anzubringen, werden sie dich für einen Trottel halten. Wir sind ein kleines Land, wir müssen uns arrangieren. Mit den Angelsachsen spricht man besser über den teuersten Lamborghini, über das exklusivste Hotel in Venedig, über den Abend am Comersee, an dem du einen Martini geschlürft hast. Über die Mafia, für die sie insgeheim eine gewisse Bewunderung hegen. Nie über Faschisten oder Kommunisten, die für sie ein und dasselbe sind. Sie halten sie beide für Teufel. Die Amerikaner haben sich in den Kopf gesetzt, dass wir so eine Art Spielplatz sind, der ihnen gehört, und wenn man etwas bewirken will, dann muss man sie darin bestärken. Bei Russen, Georgiern oder Aserbeidschanern sollte man vielmehr erwähnen, dass man Al Bano die Hand gedrückt hat oder ein dicker Freund von Michele Placido ist. Dann ist dir der Erfolg gewiss. Aber reden wir wieder über uns …"

Die Operationen der Divisione Nera kosteten einen Haufen Geld, erklärte Cono, und wie man wisse, sei die Kapitalakkumulation der Ursprung aller Probleme. Geben wir es zu: Wenn wir im Rahmen eines Budgets agieren müssten … das vom Staatshaushalt abhängig ist … selbst wenn wir auf Reptilienfonds zurückgreifen könnten … könnten wir nur einen Bruchteil unserer Projekte verwirklichen.

„Doch das, was wir tun, ist – vor allem nach dem 11. September – von größter Bedeutung."

Nein, dachte Sax, das ist die größte Ausrede, die neue Göttin der Staatsräson. Der 11. September. Wie lange wird die Legende von Osama noch wirken? Früher oder später würde sie ihre Aktualität verlieren, darauf schwor er. In ein paar Jahren würde Al Kaida bei Studenten genauso aktuell sein wie Vercingetorix. Allerdings nur, wenn sie sich in der Zwischenzeit nicht etwas Neues einfallen ließen.

„Wir alle haben einen Moloch, dem wir etwas opfern. Ich will nicht dozieren, doch die Geschichte der Menschheit lehrt uns das. Unser Moloch ist die Sicherheit. Und die Sicherheit, mein Junge, kostet. Viel. Im Lauf der letzten Jahre haben wir immer mehr auf Schattenbankiers zurückgegriffen, wir haben in den Dark Pools gefischt … und haben dabei ein echtes Genie entdeckt. Einen brillanten Mann, der imstande ist, Gewinne zu vervielfachen, der Beträge und Einsätze wie durch einen Zauber aufscheinen und verschwinden lassen kann, der bei der Buchhaltung loyal und nicht korrumpierbar ist …" Cono ließ die Gabel sinken und machte einen Schluck vom Nebbiolo. „Leider hat dieser außergewöhnliche Mann einen kleinen Mangel. Ein Laster, mit einem Wort. Er spielt gern mit Mädchen. Und zwar auf die harte Art. Und hin und wieder passiert ein peinlicher Unfall."

Dann machte er Sax ein Zeichen, er solle näher kommen, und flüsterte ihm einen Namen ins Ohr.

XII.

„Aldo Silla!“ Alba schüttelt nach wie vor ungläubig den Kopf.

„Genau. Er. Er benutzt seinen Sekretär Negrete als Strohmann, doch der Mexikaner hat kein Interesse an Mädchen. Es ist Silla. Ich wollte es auch nicht glauben, doch Cono hat Beweise.“

„Und so habt ihr“, erwidert sie ätzend, „jahrelang einen Serienkiller gedeckt!“

„Darauf bin ich gewiss nicht stolz.“

„Red keinen Blödsinn!“

„Di Corrado hat die Knoten vorbereitet. Gemeinsam haben sie junge Prostituierte rekrutiert. Di Corrado wusste jedoch, wann es genug war. Er nicht. Er verlor die Kontrolle. Er kannte keine Grenze. Arielle war die Erste. Dann kamen die anderen.“

„Wie viele.“

„Fünf. Oder vielleicht sechs. In verschiedenen europäischen Ländern.“

„Das ist widerlich, Sax.“

„Technisch gesehen ist er nicht einmal ein Serienkiller. Es handelt sich um … Unfälle.“

„Blödsinn. Er hat sie den Pandilleros ausgeliefert, damit sie sie umbrachten.“

„Sie hat gedroht, ihn anzuzeigen. Das war ein Fehler.“

„Sax, du bist widerlich.“

„Ich habe versucht, ihn aufzuhalten. Doch Cono war dagegen.“

„Warum erzählst du mir das?“

„Weil ich will, dass Veronika die Letzte ist. Wir beide könnten das schaffen.“

„Wir beide?“

„Allein schaffe ich es nicht. Silla ist ein Geldgeber der Divisione. Er ist unberührbar. Aber wenn jemand von außen … eine wie du … es machte … wäre es was anderes … und wir könnten das Problem lösen.“

„Arschloch."

„Du würdest mir dabei helfen, die Gesellschaft von einem gefährlichen Frauenmörder zu befreien."

„Fehlen noch immer zwei Schuldige. Du und Cono. Ach nein, vielleicht Ippoliti … Er hat auch damit zu tun, stimmt's?"

„Alba, die Divisione Nera ist unerlässlich für das Überleben des Staates. Versuch anders zu denken. Dank der Geldflüsse, für die Silla sorgt, können wir Attentate verhindern, Hunderte Menschenleben retten … das ist bereits geschehen … Silla hat eine Schlüsselposition inne, er kann nicht von einem Augenblick zum nächsten verschwinden. Dadurch entstünde ein Vakuum, bereits in Angriff genommene Operationen würden scheitern, die Terroristen könnten in dieses Vakuum eindringen und uns ins Herz treffen. Von Sillas Geldmitteln hängt unser Hackernetz ab. Wenn es zusammenbräche …"

„Man höre, man höre! Ein Netz von Hackern! Was macht ihr damit? Überzeugt ihr die Menschen davon, dass die Erde flach ist, dass Jesus ein Mitglied der PKK war und dass die *Protokolle der Weisen von Zion* echt sind?"

„Leider ist es genau so. Was sind im Vergleich dazu vier Huren?"

Sax wird Albas Blick nie mehr vergessen. Eine Mischung aus Verachtung, Hass, Mitleid. Vor allem das Mitleid verletzt ihn. Er hat ihr gegenüber dieselben Argumente verwendet wie seinerseits Cono ihm gegenüber. Doch mit einem ganz anderen Ergebnis. Sax fragt sich, wie sein Leben ausgesehen hätte, wenn er den Pakt mit Cono abgelehnt hätte. Vielleicht würde er in irgendeinem Provinznest Pässe abstempeln. Wäre er glücklicher? Wäre das Sodbrennen, das er seit Wochen beim Aufwachen spürt, gar nicht aufgetaucht? Ja, möglich. Doch verdammt, nein. Sein Sohn soll sich alle Black-Lotus-Karten der Welt leisten können. Er hat überhaupt keine Absicht umzukehren. Nicht an dem Punkt, an dem er sich befindet. Doch eines ist klar. Alba wird nicht freiwillig mitmachen. Nun, dann muss er sie eben beseitigen.

„Leck mich am Arsch, Sax."

„Nein, du wirst tun, was ich dir sage."

„Ich werde von diesem Sessel aufstehen und dich anzeigen. Jetzt nimm mir die lächerlichen Handschellen ab."

„Ich kann nicht. Du bist verhaftet."

„Du spinnst!"

Sax tritt an die Schwelle und ruft mit einem Kopfnicken Ippoliti, der ihm eine durchsichtige, versiegelte Tüte überreicht, eine der Art, die man verwendet, um Beweisstücke zu sichern, die der Spurensicherung übergeben werden.

Darin befindet sich eine Pistole.

„Erkennst du sie?", fragt Sax nunmehr kalt und professionell.

„Sollte ich?"

„Das ist eine Smith & Wesson, Kaliber 9x21, mit herausgefräster Registriernummer."

„Na und?"

„Mit dieser Waffe ist vor zwei Tagen am Ufer des Tiber ein Polizist namens Vittorio Ceglia erschossen worden …"

„Ceglia?" Allmählich versteht Alba.

„Als Undercover nannte er sich Jurado. Ihm wird vorgeworfen, Kommissar Gianni Romani, Biondo genannt, lebensgefährlich verletzt zu haben. Du und Biondo, ihr hattet ein Verhältnis. Du bist über den Vorfall nicht hinweggekommen. Deshalb hast du ihn gesucht und erschossen."

Plötzlich erinnert sich Alba. Sie hat die Programme HOPE und FAITH angeworfen. Ihre Chefin Rosalia Becciu bittet sie, eine Pistole zu untersuchen. Sie nimmt sie in die Hand und hinterlässt ihre Fingerabdrücke.

Diese Pistole.

Sax hat sie aus ihrer Lade gestohlen.

Er hat Ceglia umbringen lassen.

Alba ist festgenommen worden.

Sie springt auf, um sich auf Sax zu stürzen.

Sax ruft nach Ippoliti, der mit gezogener Pistole ins Zimmer stürmt.

Ippoliti wirft Alba einen flehenden Blick zu, sie zuckt mit den Achseln.

Ippoliti lächelt ihr zu, fordert sie auf, sich zu beruhigen

Sax fordert ihn mit einer Geste auf, das Zimmer zu verlassen.

„Wenn du kollaborierst, wird Silla verschwinden. Negrete ist schon in Mexiko und auf unserer Seite. Wir werden eine Abmachung treffen, alles wird auch ohne ihn seinen Lauf nehmen und du wirst dein altes Leben wieder aufnehmen."

„Und die Pistole?"

„Nun, ich bin nicht so naiv und gebe sie dir zurück! Sagen wir, wir verwahren sie an einem sicheren Ort."

„Früher oder später wird meine Chefin mich fragen, wo die Pistole gelandet ist, die sie mir gegeben hat."

„Wir geben dir eine sehr ähnliche und die Sache ist geregelt."

„Wie kannst du dir sicher sein, dass ich … später … die Beweise nicht heraushole? Es gibt Gesichtserkennungen, meine Begegnung mit Zoltan, die Suche im Netz …"

„Alles gelöscht. Ich sage noch einmal, wir haben sehr gute Hacker … Also?"

Alba streckt sich und lächelt Sax resigniert an. „Ist gut. Du hast gewonnen. Sag mir, was du von mir willst."

XIII.

Um zwei Uhr nachts betritt Alba die Halle des Glyre-Hotels, eines der elegantesten und teuersten Hotels von ganz Rom, ein wahres Juwel in der Nähe der Fontana di Trevi. Sie ist so gekleidet, wie sie ursprünglich bei Zoltan auftauchen wollte. Kurzes hautenges Kleid, kein BH, kein Slip, Vierzehn-Millimeter-Absätze (der einzig schwierige Teil, eine Herausforderung für jede Frau, auch für diensthabende Polizistinnen), eine glänzende spitze Spange in den kupferblonden Haaren, eine glänzende flache Tasche. Das einzige Detail, das nicht dazu passt: Sie hat eine Sporttasche mit dem Logo eines Fitnessstudios im Zentrum umgehängt. Der Nachtportier, dunkelhäutig wie ein Inder und mit großem Schnurrbart wie ein Inder, springt auf, läuft um den Tresen herum und versperrt ihr den Weg.

„Verschwinde, du hast hier nichts zu suchen."

„Jovana kommt heute nicht, mein Schatz. Sie hat mich geschickt. Ich muss den bewussten Gast treffen." Und Alba steckt ihm einen Hundert-Euro-Schein in die Uniformtasche. Der Mann entspannt sich. „Er ist in der Bar."

„Bewahrst du das bitte für mich auf?" Murrend nimmt er die Tasche.

Alba geht über einen Gang, in den Vitrinen werden Schmuck, Halstücher, Taschen feilgeboten. Markenware, mit Farben und Motiven ganz nach dem Geschmack der Russinnen und Asiatinnen.

Die Bar des Glyre ist ein Schmuckkästchen. Ein runder Saal, den man über drei Stufen betritt, und ein etwas größerer Raum unten, der aus Säulen und Spiegeln besteht. Der Traum des Architekten, eines Salonsozialisten aus den Achtzigerjahren. An zwei Tischen sitzen laute Gesellschaften. Besoffene Asiaten, lauter Männer, und Nordländer, vielleicht Russen, in Begleitung von schmuckbehängten Huren. Die Blicke der Männer folgen ihr, während sie zum abgelegensten Tisch des runden Saales geht. Und dort trifft sie einen Mann im Sakko, der gerade auf die Tastatur eines Tablets tippt, vor ihm steht das klassische Glas eines Highballs, halb voll mit einer bernsteinfarbenen Flüssigkeit.

Alba nimmt unverschämt an seinem Tisch Platz. „Jovana ist heute verhindert. Sie schickt mich. Spendierst du mir einen Drink?"

Silla ist ein freundlicher Mann. Das war ihr bereits bei Sax' Hochzeit aufgefallen, doch aus irgendeinem seltsamen Grund hatte man ihn ihr nicht vorgestellt. Umso besser. So ist die Gefahr geringer, wiedererkannt zu werden. Er ist nicht sehr groß, aber elegant, höflich, ohne schmierig zu wirken. Zweifellos besitzt er Klasse. Die Augen allerdings. Die Augen lügen nicht. Zwei völlig ausdruckslose Höhlen. Die Profiler in Quantico legten großen Wert auf dieses Detail. Den Blick. Das kann übrigens jeder Psychiater bestätigen, der auch nur eine minimale Berufserfahrung hat. Das Indiz ist die Gefühlsleere, das Fehlen von Empathie. Wenn Sie jemandem gegenüberstehen, der Sie ansieht, Sie jedoch eindeutig das Gefühl haben, dass er nicht Sie, sondern irgendeinen Punkt hinter Ihnen betrachtet … dann wissen Sie, der Blick bedeutet: „Du bist ein Hindernis zwischen mir und etwas, das wichtiger ist als du." Und wenn es Ihnen gelingt herauszufinden, worin dieses Etwas besteht und wo es sich befindet, dann wissen Sie vielleicht auch, wen Sie vor sich haben. Sofern Sie noch am Leben sind.

Silla macht dem Barmann ein Zeichen, er nickt. Gleich darauf steht ein Kellner neben dem Tisch.

„Was darf ich Ihnen bringen?"

„Einen Lagavulin. *Cask strength*."

„Ausgezeichnete Wahl, Signora", gratuliert der Kellner.

Silla deutet ein vages Lächeln an. „Profi?"

„Nur gelegentlich."

„Jovana hat Ihnen alles erklärt?"

„Ja, ich weiß alles."

„Haben Sie eine Spezialität?"

„Extremsex."

„Wie extrem?"

„Sehr extrem."

Der Kellner bringt auch ihr einen Highball und ein Glas Wasser. Alba zögert kurz, dann gießt sie den Whisky runter, ohne ihn zu strecken.

„Wie heißt du?", fragt Silla.

„Nenn mich Claire. Und du?"

„Ist das wichtig?"

„Nein. Trinkst du nicht?“

Silla mustert sie, als wolle er sie einschätzen. Das Urteil einer kalten, unpersönlichen Maschine. Irgendetwas stimmt nicht. Er schüttelt den Kopf. „Ich bin sehr müde“, seufzt er. „Trink ruhig deinen Whisky aus. Geht auf meine Rechnung.“

Irgendetwas ist schiefgelaufen. Jetzt will er nach Hause. Wenn Alba wüsste, wo er wohnt, hätte sie ihn dort erwartet. Und hätte sich die Inszenierung erspart. Sie kann ihn nicht einfach so gehen lassen, nein!

„Warte“, sagt sie, während er schon aufsteht.

Sie hat ihn mit der Hand berührt und er ist zurückgezuckt, als hätte ihn ein lästiges Insekt gestochen. Offensichtlich mag er keinen Körperkontakt. Außer er entscheidet über das Wo, das Wie und Wann.

„Ich verstehe nicht, warum ich warten sollte, meine Liebe.“

Alba lächelt, greift mit der Linken zwischen ihre Beine, steckt Zeige- und Mittelfinger, deren Nägel mit 538 Gris Obscur lackiert sind, in ihre Möse. Dann steckt sie die Finger in Sillas Highball.

„Du kannst noch viel mehr bekommen.“

Silla führt das Glas an die Nase und schnuppert anerkennend. Er macht einen kleinen Schluck. Seufzt. Alba bemerkt, dass er hin- und hergerissen ist. Er ist müde, doch sie hat seine Aufmerksamkeit erregt.

„Wie viel verlangst du?“

„Darüber können wir uns unterhalten. Vielleicht bei dir zu Hause.“

Vor dem Glyre wartet ein schwarzer Mercedes mit livriertem Chauffeur. Der Finanzier reicht ihm die schwere Tasche, die er ihr höflich getragen hat, er fragt: „Ist das Ihr Werkzeug?“

„Ja.“

Der Chauffeur, ein kleiner Mann, der nach altem Rasierwasser stinkt, öffnet ihr mit angewidertem Blick die Hintertür. Aber vielleicht ist er nur neidisch auf Silla. Unterwegs bittet er sie, die Nummer mit den zwei Fingern zu wiederholen.

„Mach es selbst, wenn du willst.“

„Lieber du."

Die Ablehnung von Körperkontakt gehört zu dem Profil, das Alba allmählich von Silla zeichnet. Sie ist keine Freundin von Küchenpsychologie, doch sie ist sich ziemlich sicher, dass ihn seine Mutter als Kind nicht gerne in den Arm genommen hat. Und ihn nicht gerne geküsst hat. Nicht, dass sie deshalb Mitleid mit ihm hätte, doch das muss man berücksichtigen. Sie erreichen eine große gespenstische, ziemlich abgelegene Villa an der Cassia. Silla führt sie in einen großen Salon mit riesigen Glasfenstern und fragt sie, ob sie etwas trinken möchte.

„Danke, ich brauche nichts."

„Wir sehen uns in zwei Minuten."

Sie nutzt die Zeit, um die Bilder an den Wänden zu betrachten. Erlesene Stücke, die eine Vorliebe für Pop-Art erkennen lassen. Sie würde schwören, der Rauschenberg ist echt.

Silla kommt zurück. Er trägt einen Seidenkimono mit einem Fuji-Motiv. Er geht zu einer Treppe, die ins Souterrain führt. Eine Sicherheitstür, die sich hinter einer Bücherwand versteckt.

„Das ist mein Reich", erklärt er und reißt die Tür auf.

Der Dungeon besteht aus einem großen, runden Zimmer. Alba sieht ein Bett mit schwarzen Seidenlaken, einen Pranger, an der Wand befestigte Ringe, Peitschen, Plastikphalli in allen Größen. In einer Vitrine befinden sich Schnüre in den Farben des mörderischen Nawashi.

Wahrscheinlich war Veronika genau hier, denkt sie. Und erwartet einen Schauer. Doch sie ist ruhig, kontrolliert.

Silla zieht den Kimono aus. Darunter trägt er Boxershorts mit rotgelben Bulldoggen darauf. Alba würde am liebsten laut lachen, beherrscht sich jedoch.

„Wollen Sie etwas trinken?", fragt der Finanzier.

„Ich würde das Vorspiel gern überspringen."

„Warum? Das Vorspiel ist das Wesen jeder erotischen Begegnung."

„Ist gut, Schatz, wie du willst."

Alba zieht die lange, spitze, indigoblaue Spange aus den Haaren, nimmt sie in die Rechte und geht damit zu Silla. „Willst du spielen?", flüstert sie.

„Bist du etwas verrückt?", flüstert er gelangweilt.

„Sehr sogar."

Und unvermittelt hält sie ihm die Spange an die Halsschlagader.

Ein zischendes Geräusch.

Ein Geräusch, wie wenn Nachtfalter gegen Insektenlampen fliegen. Doch diesmal zischt Sillas Fleisch.

Der Mann bricht röchelnd zusammen.

Nach zehn Minuten kommt er wieder zu sich, bis auf die Boxershorts ist er nackt, mit Plastikhandschellen ist er an Händen und Füßen ans Bett gefesselt.

Alba ihrerseits hat die Kleider angezogen, die sie in der Sporttasche mitgenommen hat. Einen gemütlichen Trainingsanzug und Birkenstocksandalen.

„Kompliment, ein guter Scherz", sagt Silla entspannt, „aber das entspricht nicht ganz meiner Vorliebe."

„Warum nicht? Spielst du nicht gern die Rolle des Sklaven?"

Silla schließt die Augen, ein kaltes Lächeln tritt auf sein schmales Gesicht. „Grausam ist die Frau, die einen Mann lächelnd in ihrem Netz einfängt, um sich über ihn lustig zu machen und an seinem Leid zu ergötzen."

„Mein Sklave!", deklamiert Alba. „Ich akzeptiere Sie als Sklave und toleriere Sie unter folgenden Bedingungen an meiner Seite. Sie müssen völlig auf Ihr Ich verzichten …"

„Mein Wille wird Ihr Wille sein", fällt Silla ein, nahezu im Rhythmus einer inneren Musik, träumerisch. „Sie sind ein passives Werkzeug in meinen Händen und führen widerstandslos alle meine Befehle aus."

„Wenn Sie eines Tages", fährt Alba fort und übernimmt automatisch den Rhythmus, „vergessen sollten, dass Sie mein Sklave sind, und mir nicht mehr in allem gehorchen, habe ich das Recht, Sie nach Lust und Laune zu bestrafen und auszupeitschen."

„Und wenn ich im Luxus lebe", sagt Silla jetzt mit geschlossenen Augen und zarter Röte auf den Wangen, „und Sie im Elend lasse, wenn ich Sie mit Füßen trete, dann müssen Sie mir ohne zu klagen den Fuß küssen, der Sie tritt!"

Den letzten Satz haben sie gemeinsam ausgesprochen, in perfektem Einvernehmen. Wie ein altes Schmierenkomödiantenpaar, das seit Jahren auf derselben Bühne spielt. Einen Augenblick lang sehen sie einander an.

„Du bist die erste Hure, die imstande ist, Sacher-Masoch zu zitieren …"

„Ich bin keine Hure …"

„Schade, du hast ein gewisses Talent … Claire."

„Ich heiße nicht Claire."

„Natürlich nicht. Aber wir haben uns ja darauf geeinigt, dass Namen keine Bedeutung haben, oder? Jedenfalls ist es ein Fehler, Sacher-Masoch als Perversen zu betrachten. In Wirklichkeit war er ein Vorläufer des Feminismus."

„Das Wort scheinst du nicht sehr zu lieben."

„Du aber auch nicht, meine Liebe." Und Silla starrt sie wieder mit dem kalten Blick an, doch diesmal geht er nicht durch sie hindurch. Er verharrt an einem gewissen Punkt in der Mitte ihrer Stirn. Als ob er in ihr lesen wollte. Ihr den Inhalt des Schädels aussaugen wollte. Sie besitzen und entleeren wollte.

Jetzt spürt Alba den Schauer, auf den sie gewartet hat. Sie nimmt die Spange und versetzt Silla einen elektrischen Schlag auf die Füße.

Der Mann windet sich, ächzt. Zum ersten Mal scheint er verwirrt.

„Was ist, Silla? Gefällst du dir nicht in der Rolle des Sklaven?"

Er seufzt und deutet ein Lächeln an. „Jovana hat dir wohl eine Menge Informationen gegeben."

„Jovana packt gerade ihre Koffer, um nach Plovdiv zurückzukehren."

„Ach, sie ist Bulgarin? Das wusste ich nicht. Ich war mal mit einem bulgarischen Mädchen zusammen. Sie war sehr freundlich und willig."

„Was hast du mit ihr gemacht?"

„Nichts Besonderes. Eine Session, die gutgegangen ist. Alles wie vorgesehen."

„Nicht wie mit Veronika."

„Wer ist Veronika?"

Alba hält ihm die Spange an den Brustkorb, auf der Höhe des Herzens. „Das Ding heißt *flex wand* oder *violet wand,* eigentlich solltest du das wissen. In technischer Hinsicht ist das ein Elektrostimulator. Er gibt eine kleine Ladung ab. Er kann gefährlich werden, wenn man ihn bei trockenen Geweben anwendet, wenn die Stärke nicht gut eingestellt ist, wenn das passive Subjekt Herzprobleme oder sonst eine ernsthafte Krankheit hat ... Es klingt paradox, aber er ist einfach zu erwerben. Schau, dieses Modell zum Beispiel ..." Alba gibt einen sehr leichten Stoß ab.

Silla zuckt zusammen.

„Dieses Modell habe ich manipuliert. Ich kann die Intensität des Elektroschocks modifizieren. Ich kann ... Aber ich glaube, du hast verstanden. Reden wir wieder über Veronika."

„Veronika war ein Unfall."

„Das höre ich nun schon die ganze Zeit. Ein Unfall ..."

„Was willst du? Wie viel verlangst du, damit dieses Theater ein Ende nimmt?"

„Deinen Kopf, Silla", flüstert sie eiskalt. „Ich bin Kommissarin Alba Doria von der Kriminalpolizei und ich werde dich ins Gefängnis bringen."

Silla grinst sarkastisch. „Schau, schau. Nun, ich habe mir gedacht, dass so etwas früher oder später passieren würde ... Aber glaub mir, bei der Beziehung zwischen dir und mir spielt es kaum eine Rolle, dass du Polizistin bist."

„Es gibt keine Beziehung zwischen dir und mir."

„Auch wenn du es noch so verleugnest, es gibt eine Beziehung."

„Und du wirst nicht mit *geistig abnorm* davonkommen."

„Weißt du, was du wirklich willst, Alba … Ich darf dich doch Alba nennen?"

„Trau dich ja nicht."

„Was du wirklich willst", fährt Silla fort und seine Stimme wird zu einem verführerischen Säuseln, „ist kein gerechter Prozess. Nein. Zu einfach. In deinen Augen stelle ich das Schmutzige und Böse dar, den weißen sadistischen Mann, den Folterer, den Feind der Frauen … alles, was man dich zu hassen gelehrt hat … das interessiert dich, Kommissarin Doria; der Hass. Du willst mich zerstören. Du willst keine Gerechtigkeit. Du willst nur Rache. Damit wir uns recht verstehen: Ich respektiere die Rache. Sie ist ein ehrenwertes, wenn auch für mich unverständliches Gefühl, wie alles, was mit Emotionen zu tun hat. Denkst du, wir würden uns jetzt hier befinden, wenn ich zu Emotionen fähig wäre? Doch darum geht es nicht, meine Liebe. Wenn es nur um Rache ginge, und in meinem Fall ungerechtfertigte Rache, dann wärst du nicht besser als der klassische Law-and-Order-Bulle aus vielen mittelmäßigen Filmen … Nein, ich will ehrlich sein. Ich an deiner Stelle würde mir langsam Sorgen machen."

„Du musst dir langsam Sorgen machen …"

Silla seufzt. Und nimmt eine Art professionellen Tonfall an: „Ich habe dir zugesehen, zuerst, als du mir einen kleinen Schock versetzt hast … Ich habe deine Augen gesehen. Es hat dir Spaß gemacht, nicht wahr? Es macht dir Spaß, dass ich mich in deiner Macht befinde, hilflos, gefügig, vielleicht sogar zu allem bereit, nur um meiner Qual ein Ende zu bereiten … Und je weiter du gehst, desto größer wird dein Spaß. Und die Pausen werden kürzer. Du willst immer mehr. Stärkere Dosen. Wie bei Drogen. Ach, ich glaube, behaupten zu können, dass wir gar nicht so unterschiedlich sind … Und weißt du, was ich dir sage? … Gemeinsam könnten wir Großartiges vollbringen …"

Alba schwenkt die Spange. „Ich kann dich umbringen, Silla. Ich brauche dieses Ding nur auf 220 Volt einzustellen. Und ich schwöre dir, ich bin bereit, es zu tun."

„Daran zweifle ich nicht. Genau davon spreche ich ja. Das ist unsere wahre Natur, die sich unter tausend Masken verbirgt, die uns von den Konventionen auferlegt werden ..."

„Silla, der Philosoph des Verbrechens ... halt den Mund."

„Ich weiß, warum du so sprichst, meine Liebe. Ich habe dieselbe Erfahrung gemacht. Als ich meine wahre Natur zur Kenntnis genommen habe, habe ich zuerst einmal Ekel verspürt, sogar Entsetzen. Ich bin kein Ungeheuer, habe ich mir immer wieder gesagt, ich bin kein Ungeheuer. Doch genau das bin ich. Ein Ungeheuer. Und du, meine Liebe, bist auf dem besten Weg, zu werden wie ich!"

In Alba steigt die Anspannung und Widerwille macht sich breit, doch gleichzeitig ergreift sie eine ungesunde Neugier. Wie weit wird sie gehen? Zu allen, die sie kennen, auch zu sich selbst, hat sie immer wieder gesagt: „Bis zum Letzten, bis ans Ende, bis zum Schluss." Und jetzt, wo sie die Gelegenheit hat, stellt sie fest, dass sie es vielleicht wirklich tun wird. Aber ist sie bereit, die Konsequenzen zu tragen? Und warum geht ihr Sillas Stimme so nahe? Sein Monolog hat einen Eiterherd in ihrer Brust hinterlassen, einen Kern, der kaum auszustoßen ist. Sie erinnert sich an die Lektion aus Quantico. Genau so machen es die intelligenten Psychopathen. Die Menschen, die sich im Leben auf allen Gebieten hätten durchsetzen können, wenn es nicht den kleinen Twist in ihrem Hirn geben würde. Den mörderischen Wahn. Silla hat wahrscheinlich einen IQ wie ein Astrophysiker. Genau so machen sie es. Sie lesen in deinem Inneren und erkennen das Irrationale, wenn nicht gar Böse, das in jedem von uns nistet, sogar in den ehrlichsten und wehrlosesten Menschen. Sobald sie deinen Schwachpunkt erkannt haben, und sie erkennen ihn sofort, steuern sie direkt darauf los. Sie versuchen dich in ihren Wahn miteinzubeziehen. Sie können sehr überzeugend sein. Auch Polizisten sind schon darauf hereingefallen, haben sich einfangen lassen. Danach waren sie am Boden zerstört, konnten niemandem mehr vertrauen.

Genau darin besteht Sillas Spiel. Er will, dass sie sich schmutzig, als seine Komplizin, schuldig fühlt. Wenn sie ihn jetzt erschösse, hätte er gewonnen. Silla versucht Kontrolle über die Situation zu gewinnen. Nun, da täuscht er sich.

Alba fragt Silla, wo sich sein Handy befindet, und nimmt es. Als sie ihn nach dem Code fragt, um das Handy zu entsperren, nennt er ihr vier Zahlen.

Alba tippt sie ein, dann überlegt sie es sich anders. „Die echten."

„Warum glaubst du, dass es nicht die echten sind?", fragt er provokant.

Alba legt die *violet wand* an Sillas Füße. Ein kleiner Stoß am linken Fuß. Er knirscht mit den Zähnen und beißt sich auf die Lippe.

„Also?"

„Neun-vier-zwei-null."

„Danke."

Sobald das Handy entsperrt ist, sucht sie Sax' Nummer in der Liste. Er ist unter dem amtlichen Namen „Dr. Grassi G." eingetragen.

„Jetzt wähle ich Grassis Nummer und du sprichst mit ihm."

„Warum sollte ich?"

„Weil du keine Schmerzen mehr an den Füßen spüren willst. Das ist dein Schwachpunkt. Alle haben einen."

„Ich mache dir mein aufrichtigstes Kompliment. Du solltest dir überlegen, in meinem Metier zu arbeiten. Der Finanz. Egal, ob legal oder illegal. Du würdest bald die Nummer eins sein."

Wortlos hält Alba ihm das Handy ans Ohr.

XIV.

In einer Winternacht in der Wochenmitte, während es seit zwei Tagen unerbittlich auf die Hauptstadt regnet, rast Sax auf einer Aprilia Tuono 1000 CC in die Villa. Er muss höllisch aufpassen, nicht auf dem nassen Asphalt auszurutschen, doch er ist ein zu erfahrener Motorradfahrer, um ein Risiko einzugehen.

Sillas Anruf hat ihn beunruhigt.

„Du musst sofort kommen."

„Wohin?"

„In die Villa."

„Es ist vier Uhr morgens!"

„Es ist dringend!"

„Ist was passiert?"

„Leider ja."

„Ich komme."

„Ruf mich an, wenn du da bist. Ich lasse die Tür offen. Komm direkt ins Souterrain."

„Souterrain" ist ein Euphemismus für *Dungeon,* der Kammer des Vergnügens. Der Ton des Gesprächs war ziemlich eindeutig. Silla ist in die Falle gegangen. Und jetzt bittet er um Hilfe. Allerdings hat er sich für einen möglichst ungünstigen Moment entschieden. Denn morgen … Doch bei rechter Betrachtung könnte es vielleicht sogar ein sehr günstiger Moment sein. Einen Augenblick lang hat Sax überlegt, Ippoliti anzurufen. Doch Ippoliti bewacht Alba, sie darf nicht einmal einen Augenblick lang aus den Augen gelassen werden, und selbst wenn das Programm geändert werden würde, müsste man davor unbedingt die Lage überprüfen. Der verfluchte Silla und der verfluchte Cono, der sich quergelegt hat. Inzwischen könnte alles geregelt sein, doch …

Als er vor der Villa steht, ruft er wie vereinbart an. Die Stimme des Finanziers ist ein nahezu unverständliches Gemurmel, und die kurze Antwort wird von mehrmaligem Husten begleitet. Offenbar steht es schlimm um ihn. Ein kaum hörbares Summen kündigt das Öffnen der Tür an. Sax betritt die riesigen Zimmer. Die Tür zum Dungeon ist offen, von unten dringt grelles Licht herauf. Kein Geräusch. Sax zieht die Pistole. Lieber kein Risiko eingehen.

„Silla, ich komme jetzt runter. Ich bin's, Sax. Aldo, hörst du mich?"

Noch immer Schweigen. Auf halber Höhe der Treppe glaubt er jedoch eine Art Winseln zu hören. Sein Herz rast, als er die letzten Stufen hinunterläuft. Die Tür ist halb offen. Er nähert sich vorsichtig.

Silla liegt auf dem Bett. An Händen und Füßen gefesselt. Er kann nicht sprechen, denn jemand hat ihm einen *ball gag* in den Mund gerammt. Sax begreift, dass auch er in die Falle gegangen ist. Er muss verschwinden, und zwar sofort. Zum Teufel mit Silla. Etwas Kaltes streift seine Schläfe. Der Lauf einer Pistole. Kalt wie Albas Stimme.

„Ciao, Sax. Ich habe auf dich gewartet."

Sie lässt sich die Waffe geben, durchsucht ihn, stößt ihn ins Zimmer, macht die Tür hinter sich zu. Fesselt ihn mit den Handschellen. Dann nimmt sie Silla den *ball gag* aus dem Mund. Der Finanzier hustet und spuckt. Sax hat nicht die Kraft, etwas zu sagen. Alba stellt sich mitten im Dungeon auf. Ihr Bild wird von den Spiegeln an den Wänden zurückgeworfen, ein Kaleidoskop verzerrter Fragmente.

„Silla, jetzt erzähle ich dir, wie Sax uns austricksen wollte: Im Zuge ihrer Recherchen im Netz ist Kommissarin Alba Doria auf den Finanzier Aldo Silla gestoßen und hat sein psychologisches Profil gezeichnet, das mit dem des Komplizen des Condors übereinstimmt, des Serienkillers, der vor zehn Jahren getötet wurde. Im Einvernehmen mit Sax – der mit Entsetzen zur Kenntnis genommen hat, dass der Finanzier, den er gut kennt, in Wirklichkeit ein gnadenloser Frauenmörder ist – beschließt sie, Silla festzunehmen. Doch der hochintelligente Mann stellt fest, in eine Falle gegangen zu sein, bedroht sie mit einer Feuerwaffe und versucht zu fliehen. Alba, die für ihre Schießkünste berühmt ist, ist jedoch schneller und erschießt ihn in Erfüllung ihrer Pflicht. So wird ein gefährlicher Feind der Gesellschaft ausgeschaltet, die Ordnungskräfte stehen gut da und General Cono di Sangiorgio, Sillas Geschäftspartner und großer Beschützer, muss auf ein anderes Pferd setzen. Sofern ihn der Skandal nicht mit in den Abgrund reißt. William Negrete, mit dem man ein Abkommen geschlossen hat, wird die geheimen Aktivitäten der Divisone Nera weiterhin unterstützen, Sax wird Karriere machen und letztendlich an Conos Stelle treten, während Alba lorbeerbekränzt zu ihren wissenschaftlichen Forschungen zurückkehren wird. Und alle leben glücklich und zufrieden. Was hältst du davon, Sax? Hast du es dir so vorgestellt? Stimmt die Rekonstruktion?"

Sax schweigt noch immer.

Silla hat einen angewiderten Ausdruck aufgesetzt. „Von einem mittelmäßigen Beamten wie dir habe ich mir diese fantasievolle Wendung nicht erwartet", sagt er zu Sax gewandt. „Doch du hast, wie ich sehe, ins Schwarze getroffen."

„Wärst du kein verrückter Verbrecher, wären wir nicht hier", erwidert Sax.

„Die Eigenschaften, aufgrund deren ich ein verrückter Verbrecher bin, sind dieselben, weshalb ich ein Finanzguru bin. Das solltest du wissen, du hast ja mehr als alle anderen davon profitiert."

„Im Gefängnis könnt ihr euch dann lange darüber unterhalten."

„Ich verstehe nicht, warum du ihm nicht geholfen hast", sagt Silla zu Alba.

„Ganz einfach. Er wollte auch mich ausschalten."

„Ach ja", sagt Silla.

Sax blickt sie düster an. „Hast du die Pistole vergessen, Alba? Mit der du Jurado erschossen hast? Deine Fingerabdrücke sind darauf."

„Schon erledigt, mein Lieber. Im Augenblick ist die Pistole in meinem Labor. Leider hat ein Irrtum bei der Dosierung der Säuren den Lauf zerstört, die Anzahl der abgefeuerten Schüsse ist nicht mehr feststellbar. Von den Fingerabdrücken ganz zu schweigen!"

Sax begreift, dass das Spiel wirklich vorbei ist, und spielt die letzte Karte aus. Mit einem wütenden Schrei stürzt er sich auf Alba, gerade als sie sich zu Silla umdreht. Sie sieht, dass die Augen des Psychopathen aufblitzen, und macht einen Schritt zur Seite. Sax' Angriff geht ins Leere und er kracht mit dem Gesicht auf den Sockel des Prangers, eines wertvollen Stücks aus dunklem Holz aus dem späten 19. Jahrhundert.

Alba zielt, kalt. Am liebsten würde sie dem Renegaten eine Kugel verpassen.

„Los, nur zu!“, fordert Silla sie auf. „Das ist der kleine Schritt, der dir noch fehlt, um zur wahren Alba zu werden!“

Alba hebt den Lauf und schießt an die Decke. Sax knirscht mit den Zähnen. Silla seufzt enttäuscht.

Alba ruft die 113 an.

EPILOG

„Hast du gesehen, was ich für dich ausgesucht habe, Biondo? Ein Mantelkleid aus rot-oranger Bouclèwolle mit Kragen und Manschetten aus karmesinrotem Samt. Ich habe es gerade gekauft. Dazu passende Stuart-Weitzman-Stiefel und eine Birkin Bag. Es war keine einfache Wahl, die Verkäuferinnen haben mich hasserfüllt angeblickt …

Ich weiß, was dich interessiert, Biondo. Bin ich mit Ippoliti ins Bett gegangen? Tja, warte, dazu kommen wir noch. Doch fürs Erste mach mir ein Kompliment. Ich bin ein Genie. Ich habe geahnt, dass Sax mich nicht schonen würde. Mittlerweile war er zu weit gegangen. Ich sage nicht, er hätte nicht versucht, mich auf seine Seite zu ziehen. Er war immer ein geschickter Vermittler. Doch als er begriffen hat, dass ich niemals mitspielen würde, hat er beschlossen, auch mich loszuwerden. Doch er hat einen Fehler begangen: einen von vielen, wirst du sagen, Biondo, doch das war der größte. Entschuldige, sonst wäre ich nicht hier und könnte nicht mit dir sprechen!

Was heißt, welchen Fehler? Ist doch klar. Er hat mich Ippoliti anvertraut. Dabei wusste er doch, dass der arme Ugo seit jeher in mich verliebt war. Ja, sicher, auch er ist ein schönes Arschloch. Dazu kommen wir noch. Guter Gott, würde ich jetzt gern eine rauchen, doch das ist hier natürlich verboten. Das ist schon eine kleine Sucht. Du weißt ja, wie sehr ich es hasse, von jemandem oder etwas abhängig zu sein, doch das mit dem Rauchen wird langsam eine richtige Abhängigkeit. Doch kommen wir zum Punkt.

Also, Sax vertraut mich Ippoliti an. Ich ziehe zu ihm. Drei helle Zimmer im Bufalotta-Viertel. Ikea-Möbel und Drucke mit Hunden und Hirten an den Wänden. Ein großer Fernseher und ein riesiges Bett, das er mir überlässt, er schläft auf einer Art Liege im

Vorzimmer, für den Fall, dass ich nachts auf dumme Gedanken komme. Was ohnehin unmöglich ist, denn er versperrt die Tür. Eigentlich habe ich Hausarrest, allerdings gemeinsam mit Ippoliti. Keine Ahnung, wie lange, Sax hat es mir nicht gesagt. Ich weiß nur, dass es nicht lange dauern wird, denn er hat bereits eine Übereinkunft mit Negrete geschlossen, der mit seinen mexikanischen Partnern das Terrain sondiert. Sie warten nur auf den richtigen Augenblick, um in Aktion zu treten. Ippoliti ist meine einzige Chance, lebend davonzukommen. Ich muss mir die Gefühle zunutze machen, die er für mich empfindet.

Allerdings habe ich ihn zehn Jahre lang ignoriert, ich kann mich nicht einfach in sein Bett stürzen und schreien: ‚Fick mich, fick mich!' Er würde den Braten riechen, das ist zu gefährlich. Also beginne ich ein subtiles Spiel der Verführung. Ich lasse die Tür meines Zimmers halb offen, sodass er mich beobachten kann, während ich die Strümpfe anziehe, mir die Haare bürste oder in der Unterwäsche dasitze. Ich rufe ihn, wenn ich unter der Dusche stehe, und bitte ihn, mir den Bademantel zu reichen, natürlich zeige ich kein Stück Haut. Mitten in der Nacht stöhne ich wie verrückt, er stürzt herein, ich sage ihm, ich hätte einen Albtraum gehabt und fühlte mich sicherer, wenn er in der Nähe wäre, also setzt er sich auf einen Stuhl und ich schnarche ruhig weiter. Tricks, so alt wie die Welt … Eines Tages, fünf oder sechs Tage nach Beginn der Komödie, ertappe ich ihn schließlich dabei, wie er mit Sax telefoniert. Sie wechseln ein paar Sätze, dann kommt Ippoliti niedergeschlagen wie ein geprügelter Hund zu mir und fragt mich, ob ich Hunger oder Durst habe, ob ich etwas Spezielles brauche, und dabei hält er den Blick zu Boden geschlagen und traut sich nicht, mich anzuschauen.

Ich verstehe, dass der Augenblick der Wahrheit gekommen ist, das sind keine guten Nachrichten für mich. Ugo ist am Boden zerstört. Einerseits ist er Sax treu ergeben … Danach habe ich herausgefunden, dass er eigentlich Cono treu ergeben ist und Sax ihm immer auf die Eier gegangen ist. Kein Wunder, bei diesem Strebergesicht und seiner arroganten Art … Jaja, ich weiß, ich sollte nicht so reden. Wir waren so gute Freunde … ihr zwei: dicke Freunde … Ich bitte dich, Biondo, er wollte mich umbringen!

Als Ippoliti also so niedergeschlagen und unglücklich zu mir kommt, begreife ich, dass der Moment gekommen ist. Ich sage also zu ihm:

‚Nein danke, ich habe alles …'

‚Schon gut, Alba, wenn du aber zufälligerweise …'

‚Etwas gäbe es schon.'

‚Sag es mir, sag es mir, und ich schaue, ob ich es besorgen kann!'

Du darfst mir allerdings nicht böse sein, hörst du, Biondo? Ich habe es ja nur getan, um mein Leben zu retten … ‚Ja', sage ich zu ihm und gehe zu ihm hin, lecke mir mit der Zunge über die Lippen und streichle seine Wange. ‚Ugo, morgen wird vielleicht etwas Hässliches passieren, vielleicht sogar noch heute …'

‚Was redest du da', protestiert er und wird über und über rot.

‚Wenn mir etwas zustößt', sage ich hartnäckig, ‚möchte ich, dass du mich in guter Erinnerung behältst …'

Mittlerweile hat er fast Tränen in den Augen und ich küsse ihn auf den Mund. Ein richtiger, leidenschaftlicher Kuss. Er verliert den Kopf. Du weißt ja, es missfällt mir nicht, so eine Reaktion bei den Männern zu bewirken …

Er verliert den Kopf und seine Hände schlüpfen überallhin … ja, überallhin, ich habe dir ja gesagt, gleich wird es heikel … ‚Warte', sage ich. ‚Warte, ich trinke davor gern einen schönen heißen Tee.'

Keuchend zuckt er mit den Achseln und bietet sich an, mir einen zu machen.

‚Nein, das mache ich schon selbst', sage ich wie eine brave Geisha. ‚Mach es dir derweil bequem.'

Während er sich also auszieht, sich unter die Decke legt und sich auf die Eroberung freut, von der er seit Jahren träumt, gehe ich in die Küche und koche Tee. Allerdings leere ich das Drittel eines Fläschchens Alcover, Gamma-Hydroxybuttersäure, ins Teewasser. Ja, das gute alte GHB. Ich habe immer ein wenig dabei, für den Fall, dass ich es brauche. Um ehrlich zu sein, habe ich immer ein kleines Sortiment von Medikamenten … sinnvollen Medikamenten … dabei. Ich habe sie immer dabei, weil, nun, ich sagte ja schon, man kann ja nie wissen … Sie hätten mich sorgfältiger durchsuchen sollen, doch wer konnte ahnen, dass ich immer mit Medikamenten und Schlafmitteln herumlaufe?

Ich trage also den Tee ins Schlafzimmer und gieße zwei Tassen ein. Ich halte mich zurück, ich warte, bis er seinen Tee zur Gänze, aber wirklich zur Gänze, getrunken hat, und gehe unter einem Vorwand ins Bad. Ich bleibe zehn Minuten dort, so lange, bis das Mittel wirkt. Als ich zurückkomme, ist er völlig hinüber. Biondo, siehst du den humoristischen Aspekt der Sache? GHB ist eine Vergewaltigungsdroge! Die Männer schütten jungen Mädchen das Zeug ins Getränk, um sie zu ficken, ohne dass sie es merken. Du kannst dir gar nicht vorstellen, wie sehr ich es genossen habe, es einem Idioten wie Ippoliti zu verabreichen!

Wenn man die Dosis richtig erwischt, hat Alcover eine schwere Nebenwirkung: Es wirkt enthemmend. Ich stelle also ein paar Fragen und er redet, redet, redet … Silla hat sich in eine Prostituierte verliebt, eine gewisse Jovana. Sax hat sie rekrutiert. Sie und Silla treffen sich in einem Hotel im Zentrum, dann absolvieren sie eine SM-Session in Sillas Dungeon. Ippoliti weiß nicht, wo er sich befindet, nur Sax kennt die Adresse. Ich habe vor, am Vormittag Silla gemeinsam mit Sax zu überraschen und sie aufzumischen. Ich weiß, wenn ich mein Leben retten will, muss ich in diesem Zeitfenster agieren, also frage ich ihn nach dem Namen des Hotels, wo Silla seine Schöne trifft. Zum Glück kennt ihn Ippoliti.

Bleibt das Problem der Pistole. Wenn ich sie nicht finde, bin ich erledigt. Vielleicht nicht gerade tot, aber ein paar Jahre Gefängnis fasse ich bestimmt aus. Wegen einem Verräter wie Sax will ich allerdings keine Minute ins Gefängnis. Ich frage Ugo. Bingo! Die Pistole ist im Safe. Ich lasse mir die Kombination geben und während ich das Beweisstück in die Hand nehme, von dem mein Leben abhängt, proste ich im Geiste auf das gesegnete GHB.

Doch davor fische ich noch Loretam aus meiner Hausapotheke und verabreiche Ippoliti zehn Tropfen. Nach ein paar Sekunden vergeht die Geschwätzigkeit und er fällt in einen tiefen Schlaf. Gute Nacht und schöne Träume! Ich nehme die beiden Pistolen, die von Ippoliti und die Smith & Wesson aus meinem Labor, und lasse sie in Säure weichen. Morgen werden sie nur noch Eisenbrei sein, und ich werde als die Dumme dastehen, die die Reagenzien verwechselt hat. Aber es gibt keine Beweise! Inzwischen verabrede ich mich mit den Kollegen von der Verkehrspolizei. Eine Streife postiert sich vor dem Hotel im historischen Zentrum. Als sie eine Frau sehen, die aussieht wie eine Hure, halten sie sie auf und bitten sie, sich auszuweisen. Bist du Jovana? Tut mir leid, aber du musst uns folgen. Sie sagen, ich hätte freie Fahrt, ich gehe hinein, und den Rest kennst du ja.

Gut, Biondo. Die Geschichte Sillas ist publik geworden, man kann sie nicht vertuschen, doch seine Anwälte erklären ihn schon jetzt für unzurechnungsfähig. Zehn Jahre in einem Heim, denn es gibt keine Anstalten für geistig abnorme Rechtsbrecher mehr. Bei dem vielen Geld kann er sich außerdem die besten Anwälte leisten … Sax und Ippoliti versuchen alles unter den Teppich zu kehren, ich könnte schwören, sie argumentieren, sie hätten in gutem Glauben gehandelt. Ich habe geglaubt, dass du geglaubt hast …

Im Grunde hat Sax niemanden umgebracht. Nur ich kann bezeugen, dass er versucht hat, mich umzubringen … Ippoliti hat ein Problem wegen Jurado, doch er könnte sich auf Notwehr berufen, im Übrigen hat er einen flüchtigen Mörder gesucht … Warum er geschwiegen hat? Weil er eine laufende Ermittlung nicht gefährden wollte? Keine Ahnung, ist nur eine Vermutung.

Tja, nun muss ich dich verlassen. Ich muss mein Leben wieder in den Griff bekommen. Ich gehe schon lange nicht mehr zum Analytiker, ich raufe mir deshalb zwar nicht die Haare, aber er geht mir ein wenig ab. Soll ich dir meine letzte Fantasie erzählen? Ich würde sie nicht gerade als Traum bezeichnen, aber hör mir zu. Ich bin im Büro, es ist Nacht, ich bin von Computern umgeben, als ich plötzlich einen Schatten sehe. Ich sehe ihn nicht, aber ich spüre einen Schatten hinter mir. Kräftige Arme packen mich und knebeln mich, ich kann nicht schreien. Es ist ein Unbekannter. Er stößt mich gegen den Schreibtisch, ein Bildschirm kracht zu Boden, eine Tastatur knirscht. Seine Hände berühren mich überall. Er zieht mir die Hose runter, reißt mir den Slip runter. Er ist in mir. Und weißt du was? Das ist verdammt erregend.

Biondo, ich muss jetzt wirklich gehen. Wenn du nicht bald aufwachst, bin ich nicht länger imstande, dich zu besuchen. Tut mir leid, ich habe nicht das Zeug zur Krankenschwester. Ich mag dich, vielleicht liebe ich dich sogar, aber ich kann die besten Jahre meines Lebens nicht mit einem Krüppel vergeuden. Deshalb ist das ein Ultimatum. Wenn du der Unbekannte aus meinem Traum sein willst, dann beeile dich, zu den Lebenden zurückzukehren. Ciao."

Die Besuchszeit ist vorüber. Alba verlässt das Zimmer 25, dank der Beziehungen ihrer Mutter hat sie ihm ein Einzelzimmer beschafft: Ist die Hexe wenigstens zu etwas gut. Biondo liegt noch immer im Koma, niemand wagt eine Prognose.

Sie macht das Handy an. Ein Dutzend Anrufe, zumeist von unbekannten Nummern. Journalisten möchten ihr eine Erklärung abringen. Über Nacht ist sie berühmt geworden. Als Erinnye, die den unverdächtigen Serienkiller zur Strecke gebracht hat und zwei Kollegen des Betrugs oder schlimmerer Dinge bezichtigt. Eine berühmte Kabarettistin hat sie als Vorbild für eine Sendung zur Primetime genommen.

Kaum hat sie das Krankenhaus verlassen, zündet sie sich eine Zigarette an. Der Januar ist schon fast vorbei, doch der Winter gibt sich noch nicht geschlagen. Sie hustet. Sobald Biondo aufwacht, wird sie aufhören. Vielleicht. Und wenn sie sich ernsthaft unterhalten können, wird sie ihm von der Unruhe erzählen, die Silla ihr eingepflanzt hat, das Körnchen Unruhe, das die Aktion nur vorübergehend beschwichtigt hat, das sie jedoch noch immer in der Brust trägt wie einen widerlichen Alien, der bereit ist, seinen Wirt zu verschlingen. Oder vielleicht auch nicht. In ihrem Leben ist alles prekär. Sogar die Dunkle Triade scheint sich beruhigt zu haben. Sie macht ein paar Schritte. Neben dem Tor steht Cono di Sangiorgio. Er geht ihr mit unbestimmtem Ausdruck entgegen.

„Guten Tag, Frau Dr. Doria."

„General."

„Sie haben einen schönen … wie sagt ihr Jungen? … einen schönen Shitstorm ausgelöst … einen Scheißsturm. Gratuliere. Ich habe auch ein paar Spritzer abbekommen, doch im Augenblick ist mir das egal."

„Schön für Sie."

„Doria, erklären Sie mir eines: Warum haben Sie mich nicht in diese Geschichte hineingezogen? Sie haben Giannaldo geopfert, ohne mit der Wimper zu zucken …"

„Er wollte mich umbringen!"

„Das müssen Sie beweisen."

„Er hat mich betrogen. Er hat mich und Gianni betrogen. Reicht das nicht als Grund?"

„In meinem Bereich ist der Betrug oft eine Ressource, doch ich verstehe, dass Sie aus Ihrer Perspektive … Gut, dann nennen wir es so. Kein Hinweis auf die Divisione Nera? Sie haben ja alles Wissenswerte erwähnt … Serienkiller … Protektion von höchster Stelle … aber nichts über die Divisione … warum?"

Seufzend und mit einem angespannten Lächeln zuckt Alba mit den Achseln. „General, ich liebe mein Land. Ich bin mir bewusst, dass die Divisione eine entscheidende Rolle für unsere Sicherheit spielt. Die Methoden sind zwar … nun ja, zweifelhaft, doch ich möchte durchaus vor Terror- und Cyberangriffen geschützt sein … Das ist alles."

Der alte General blickt sie an und nickt kaum merklich. In seinen wässrigen Augen, den Augen eines alten Karpfens, der seit ewigen

Zeiten auf dem schlammigen Boden schwimmt, verbirgt sich eine gar nicht verborgene Botschaft: Du erzählst mir ein Märchen, doch im Augenblick glaube ich dir, weil es mir passt. Aber das ist nur ein vorübergehender Waffenstillstand. Der lakonische Abschiedsgruß bringt das zum Ausdruck: „Gib acht, Doria."

Der General hat alle Gründe, ihr zu misstrauen. Alba hat ihre Entscheidung überhaupt nicht aus Patriotismus getroffen. Cono ist einfach zu mächtig, um sich offen mit ihm anzulegen. Wenn sie ihn heute angriffe, würde er sie fertigmachen. Und sie hat überhaupt keine Lust, fertiggemacht zu werden. Sie will siegen.

Mit vier zu einer Raute geformten Fingern, fast als würde sie das Zielfernrohr eines Präzisionsgewehrs nachbilden, nimmt Alba den rasierten Nacken des Generals ins Visier.

Früher oder später, Cono. Früher oder später.

Genau in diesem Augenblick wacht der Patient in Zimmer 25 auf.

Dieser Roman ist nach einer gemeinsamen Idee von Massimo Carlotto und Carlo Lucarelli entstanden, großartigen Autoren, vor allem aber großartigen Menschen.

Ihnen gebührt mein Dank.

Die Drucklegung erfolgte mit freundlicher Unterstützung durch die Abteilung für deutsche Kultur in der Südtiroler Landesregierung.

AUTONOME PROVINZ BOZEN SÜDTIROL
PROVINCIA AUTONOMA DI BOLZANO ALTO ADIGE
Deutsche Kultur

Mit freundlicher Unterstützung des Ministero degli Affari Esteri e della Cooperazione internazionale, Rom.

Die Originalausgabe ist 2019 unter dem Titel *Alba Nera* bei Rizzoli / Mondadori Libri, Mailand, erschienen.

First Italian edition Rizzoli Libri S.p.A.

Umschlagmotiv von mauritius images / Petro Kladyk / Alamy

Korrektorat: Joe Rabl

Grafische Gestaltung: Dall'O & Freunde
Druckvorbereitung: Typoplus, Frangart
Printed in Europe

ISBN 978-3-85256-828-7
www.folioverlag.com

E-Book ISBN 978-3-99037-120-6